Spiegelman est mort.

Roman

22 juin – 2 août 2001

« Chaque grand détective devrait pouvoir avoir son Reichenbach.
-Parce que tu te prends pour un grand détective ? »
De prime abord. (Melbourne 2001, tome 7).

Jean-Philippe Bottin.

Chapitre un.
Jeudi 26 juillet 2001.

« Spiegelman est mort ?
-Il est mort !
-Il est mort…
-Mort…
-Et elle ?
-Aussi sans doute.
-Qui elle ?
-Décidément, tu ne captes rien aujourd'hui ! »

Chapitre deux.
Jeudi 2 août 2001.

La cérémonie fut brève. Sèche comme lui. Dans un froid glacial. Au fond de la salle, à côté du cercueil, un grand portrait de lui en uniforme. Sur cette photographie relativement récente, son regard bleu acier était déjà un peu vague, perdu, son visage flétri, son uniforme fripé. Son étoile avait terni, ses espoirs avaient disparu, son âme avait déjà quitté la maigreur de son corps, avant même que la fille des faux époux Bear ne l'eût précipité du haut de ces putains de chutes. N'était le Kaddish, l'hommage ne fut pas religieux. Il avait tout préparé. Les cd avaient été placés sur le petit guéridon de son petit appartement d'Elwood. Une note scotchée à côté, avec la liste des morceaux et leur ordre. Au cas où.

« Après le Kaddish : 1) Stefano Landi - *Passacaglia della vita*, premiers couplets. 2) Discours de Deepak. 3) Henry Purcell – *When I am laid in earth*, entièrement. 4) Discours d'Agni. 5) Antonio Vivaldi – *Stabat Mater* (RV 621) pendant que le public quitte le funérarium. Merci. »

Merci. Agni Kortsidaki et Deepak Patel avaient effectué un début de perquisition de son appartement dès qu'ils avaient appris sa mort. Ils voulaient comprendre, ils n'avaient toujours pas compris. Lorsqu'elle avait vu les trois cd et la note, elle avait ouvert la bouche pour appeler Deepak Patel, mais rien n'était sorti. Elle l'avait lue, cette note, avec ce mot à la fin : merci. Ce mot lui avait arraché le cœur. Elle avait peiné à respirer. Elle avait tremblé. Elle s'était rattrapée au petit guéridon. Elle était morte avec lui. Deepak Patel l'avait rejointe et avait placé sa grosse main poilue sur son épaule. Ils étaient restés l'éternité ainsi, unis dans le silence, avec, pour les bercer de tristesse, le bruit de la mer et le souffle glacé du vent qui pénétraient dans le petit appartement d'Elwood.

« Il a laissé les fenêtres du salon ouvertes.

-…

-Comme d'habitude.

-…

-Il pensait rentrer, alors. »

Son mentor était mort, Agni Kortsidaki était muette. Elle avait montré la note. Il ne pensait pas rentrer, alors.

« Alors je ne comprends pas. Pourquoi… »

Deepak Patel s'était tu lui aussi. Il lui avait donné une petite tape dans le haut du dos et s'était remis lentement en branle. Ils avaient une perquisition sur le feu. Agni Kortsidaki n'avait pas bougé, petite chose immobile et interdite. Il s'était chargé de toute la besogne, elle n'avait pas bougé d'un pouce, le regard perdu sur cette note, sur ce mot : merci.

« Agni ?
-…
-Il faut partir, les Fédéraux sont là… On y va ?
-…
-Allez, viens !
-Quel con ! Crever, comme ça… Et moi, qu'est-ce que je deviens. »

Elle avait chuchoté, une douleur douce, une colère calme. Son cœur avait calé, comme une vieille bécane du bush prise dans une flash flood et qu'on abandonnait sur place. Définitivement.

וְיַמְלִיךְ קֻדְשָׁא בְּרִיךְ הוּא"
"בְּמַלְכוּתֵהּ וִיקָרֵהּ

« Et le Saint, béni soit-Il, régnera
Dans sa royauté et sa splendeur. »

Le rabbin de la synagogue d'East-Melbourne s'était déplacé dans la salle de réception de la Direction Générale de la Police du Victoria. Il était terriblement touché par la drôle de disparition de son drôle d'ami. Il égrenait le Kaddish sans y penser, sans vouloir y penser pour ne pas avoir à pleurer devant tous ces gens qu'il ne connaissait pas mais qui constituaient le socle social de celui que l'Éternel, révéré soit-Il, avait décidé de reprendre à Lui. Jour de tristesse que ce jour-là ! A peine eut-il terminé son émouvante lecture du Kaddish que les premières notes de la *Passacaille de la Vie* retentirent dans la salle. Bisogna morire. Il fallait bien mourir.

« Conneries !
-Écoute plutôt ! »

“Oh come t’inganni
se pensi che gl'anni
non hann' da finire,
bisogna morire.

È un sogno la vita
che par sì gradita,
è breve gioire,
bisogna morire.
Non val medicina,
hai persi li sensi,
sei morto e puoi dire:
bisogna morire.[1]”

---

[1] « Oh, comme tu te trompes
Si tu penses que les années
Ne doivent pas finir ;
Il faut mourir.

La vie est un rêve
qui semble si doux,
c'est court de se réjouir ;
il faut mourir.
A rien ne sert la médecine,
Tu as perdu la raison,
tu es mort et tu peux dire :
il faut mourir. »

Stefano Landi (1587-1639) - Passacaglia della vita.

Il fallait bien mourir ! Conneries ! Agni Kortsidaki était en colère. Contre lui qui était mort connement, trop tôt. Il avait encore du jus, des choses à dire, de l'amour dans son vieux corps racorni. Contre le Christ Pandokrátor, son Christ à elle, créateur de rien et qui lui retirait tout. Contre le monde entier qui ne pleurait pas assez la mort de son ancien mentor, de son ancien amant, de son ancien…

« C'est bizarre qu'il ne se fasse pas incinérer.
-Ben il ne peut pas.
-Pourquoi il ne peut pas ? Il n'était pas en sucre !
-Tu es con ! Il est juif, enfin il était juif.
-Il était juif ?
-Qu'est-ce que tu crois qu'on entendait ? Le gars avec le grand chapeau ? C'était une prière de juif. Un truc à eux, pour leurs morts.
-Et parce qu'il était juif, il ne peut pas être incinéré ?
-Tu as compris !
-Ils ont raison, le corps, notre corps, c'est quand même sacré, non ?
-Moi ce qui m'étonne, c'est qu'il y ait des juifs dans le Gippsland.
-Il venait du Gippsland ?
-C'est écrit sur le petit livret qu'on a reçu à l'entrée, tu ne sais pas lire ?
-Vous ne pouvez pas vous taire ? »

Reniflements, gorges nouées, le discours de Deepak Patel était parfait.

« Enfin, un peu abscons, non ?
-Abs quoi ?
-Cons. »

Le Brahman pétri de sagesse rendait hommage au défunt revenu de tout mais si discret sur sa quête d'un dieu d'amour et d'enchantement. Le guru étalait devant un public captif ses litanies en forme de sagesses orientales. Il pérorait.

« C'est quand même beau, non ?
-Les parties qu'on comprend, oui. »

Agni Kortsidaki n'écoutait pas, n'écoutait plus. Pétrifié, Wojcik pleurait à chaudes larmes. K.O. debout, l'Enclume de la Baltique ! Trish Mac Thomas, immense femme en noir, était restée assise quand tout le monde s'était levé pour le Kaddish. Non qu'elle eût refusé de le faire, non ! Elle n'en pouvait mais. C'était le mort de trop. Son énorme gorge était secouée des spasmes de la douleur. Elle était toutes les femmes des Balkans qu'elle avait vu se déchirer de douleur, leurs fils, morts ensanglantés, contre leurs seins trop maigres. Elle était la douleur faite femme. A côté d'elle, Agapito Sansoni n'osait la regarder et tremblait de fatigue sur ses jarrets. Il l'avait veillée toutes les nuits depuis qu'ils avaient appris la mort de l'ami, du collègue, du chef, du vieux au regard acier. Schoenmaker n'avait pu venir. Il était miné par le chagrin. Incapable de rien. Depuis l'annonce, il était alité et dormait les yeux ouverts, le regard fixé au plafond. Au dernier rang du public, discrète malgré sa masse et son aura, une gigantesque femme du Peuple des Origines d'Ici observait, incrédule, la cérémonie.

"Thy hand, Belinda, darkness shades me
On thy bosom let me rest
More I would, but Death invades me;
Death is now a welcome guest
When I am laid in earth,
May my wrongs create
No trouble in thy breast;
Remember me, but ah! forget my fate[2]"

---

[2] Ta main, Belinda, l'obscurité voile mon regard;
Sur ton sein laisse-moi me reposer.
J'en voudrais plus encore, mais la mort m'envahit:
La mort est maintenant un hôte bienvenu.
Quand je reposerai en terre,
Que mes torts ne créent
Aucun problème en ton sein.
Souviens-toi de moi, mais oublie mon sort.

Henry Purcell (1659-1695) – Lamento de Didon, Didon et Enée.

La lamentation de Didon s'immisça dans les corps, envahit les esprits et les larmes coulèrent en torrents du bush. Le moment était d'une tristesse achevée.

« C'est un peu trop, non ?
-Non… Ça lui ressemble… Il avait un côté drama queen, notre chef. C'est quand même beau…
-…
-Arrête de soupirer ou sors ! »

Encore plus au fond de la salle, derrière la gigantesque mère du Peuple des Origines d'Ici, se tenait une longue femme blonde, élégamment drapée dans une robe beige de crêpe de soie grège. Tache crème dans un océan de noir. Chapeautée, gantée beurre frais, elle s'était plutôt apprêtée pour aller aux courses. Une tenue d'Oaks Day à Flemington, une semaine de Melbourne Cup. Mais personne ne l'avait remarquée. Chacun était accaparé par sa propre tristesse et son propre constat de la finitude du monde et de son incomplétude. Ah oui ! Il y avait aussi Silvester Fork, le shrink, le philosophe des petits chemins compliqués, le psychologue et ami de fraîche date de celui que tous pleuraient ici. Le blanc de ses yeux était écarlate. Il sanglotait à s'en étouffer, tout en essayant de raisonner l'instant.

« Chers amis… »

Agni Kortsidaki était minuscule face aux chers amis. Le ciel et tous ses anges de feu s'étaient écroulés sur elle et la maintenaient ensevelie sous des gravats de sentiments divers et violents. Elle n'y arriverait pas, la minuscule femme, à crier son amour et sa colère. Laissait-elle place à la réalité et à l'ampleur de ses sentiments, elle renierait Dieu et toute sa cohorte de saints inutiles. Elle n'avait pas écrit beaucoup de choses. Quoi qu'elle eût pu dire, cela aurait été trop bref. Alors, elle avait pris le parti du resserrement, de la sobriété, des quelques mots balbutiés à mi-voix, du chant silencieux de son cœur. Presque rien à dire, juste 'adieux vieille bête'.

« Adieux vieille bête que j'aime. »

La voix avait été blanche mais avait fendu le silence pour arriver jusqu'à la longue femme en beige du fond. Elle écrasa la larme qui venait de faire couler son rimmel, pourtant waterproof. L'ampleur de la tristesse ambiante, sans doute. Elle se retourna et quitta la salle en faisant claquer ses talons. Personne n'entendit rien puisque le *Stabat Mater* RV 621 d'Antonio Vivaldi venait d'éclater contre les murs de la salle de réception de la Direction Générale de la Police du Victoria.

« Stabat Mater dolorosa
iuxta Crucem lacrimosa
dum pendebat Filius.
Cuius animam gementem,
contristatam et dolentem,
pertransivit gladius.[3] »

« Condoléances…
-Ma pauvre…
-Une bien belle cérémonie…
-Quel homme !
-On s'appelle…
-Courage pour la suite…
-Prenez le temps de…
-Je ne sais pas quoi dire…
-Il va nous manquer…
-Oui… Je… Il…
-Remets ta cravate droite…
-Je perds un véritable ami…

[3] Debout, la Mère des douleurs,
près de la croix, était en pleurs,
quand son Fils pendait au bois.

Alors, son âme gémissante,
toute triste et toute dolente,
un glaive la transperça.

Antonio Vivaldi (1678-1741) – RV621..

-Je vous attends dehors pour aller au cimetière, je n'ai pas de voiture…
-C'est immédiatement après, c'est ça ?
-Quelle tristesse…
-On ne s'y attendait vraiment pas…
-Je pourrais vous voir pour une petite interview ?
-Moi, je ne m'en remets pas…
-Il y a un pot après le cimetière ? Non ? Il aurait aimé ça pourtant, non ?
-Si tu as besoin de me parler, n'hésite pas à me téléphoner.
-Merci, c'était… C'était… Je crois que je vais encore pleurer…
-Bien… C'était bien… C'était beau… »

Il n'avait plus de famille. Deepak Patel, le Directeur Général de la Police du Victoria, son patron, Agni Kortsidaki et Wojcik, ses deux collègues Chief Superintendents, Trish Mac Thomas et Agapito Sansoni, ses deux légistes préférés, s'étaient alignés pour recevoir les condoléances des nombreux participants. Silvester Fork était resté en retrait. Il ne connaissait celui que tous pleuraient que depuis quelques semaines. Aux dires de tous, cela avait été une cérémonie finalement très sobre mais très poignante, très belle. On en commentait même les accents tragiques, à peine sorti de la salle. Les connaisseurs s'étonnaient de n'avoir rien entendu de Jean-Sébastien Bach, son compositeur préféré.

« Il nous bassinait avec son Bach.
-Bach par ci, Bach par là. Et sa Sheila, paix à son âme, comme elle en a souffert. Il avait toujours une cassette de prête dans ses voitures.
-Et nous, nous n'en avons peut-être pas souffert ? »

En tous les cas, ils les avaient formés, ses collègues flics qui pouvaient maintenant noter l'absence de Bach dans une sélection de musique classique.

« Ça le fera sans doute sourire, depuis là-haut…
-Les juifs ont aussi un là-haut ?
-Tu es con ou quoi ? Jésus était juif ! C'est eux qui ont tout inventé. Nous, on n'a fait que suivre.

-Nous, qui ?
-Nous, les chrétiens.
-Oh attention ! Je ne suis pas chrétien !
-Tu es juif, peut-être ?
-Non, je ne suis rien. Élevés du temps du communisme, on n'était rien ! Pas de religion !
-Si, le communisme ! Elle est où ta bagnole ? Il paraît qu'il a tout préparé et qu'il nous paye des coups au DT Hotel.
-Qui nous paye des coups ?
-Ben le mort ! Il a tout organisé, qu'on te dit ! Au cas où, qu'il disait.
-En effet, ça a été le 'cas où', comme tu dis…
-Putain, il va nous manquer. Même là, dans sa mort, il nous scotche tous : il a tout organisé nickel chrome. »

Le dernier clampin venait de terminer de serrer les mains de la famille improvisée du défunt. Il n'y avait plus personne mais ils étaient encore alignés face au vide. Le shrink, Silvester Fork, assis derrière eux, tout racrapoté sur sa chaise. Personne ne voulait bouger. Personne ne voulait y croire. Wojcik pleurait à chaudes larmes silencieuses. Trish était vide de chagrin. Agapito s'était collé contre elle pendant toute la cérémonie, petite chose perdue contre le corps immense, chaud et triste de sa douce légiste. Agni Kortsidaki ne se départait pas de son hochement de tête qui montrait à tous ceux qui voulaient la regarder qu'elle n'acceptait rien de tout cela. Et Deepak Patel frémissait de la même colère que la belle Minoenne. Il fut le premier à esquisser un mouvement.

« Ils nous attendent pour le cimetière. »

Les six compagnons du désespoir s'engouffrèrent dans les limousines de l'entreprise de pompes funèbres qui suivirent à vive allure le corbillard, encadrées d'une longue file de voitures de police toutes sirènes hurlantes, un dernier hommage de ses compagnons d'armes.

« Il ne faut exagérer, on n'enterre pas un chef d'état ! »

Ils en avaient déjà parlé et Deepak Patel s'en était bien souvenu lorsqu'il avait mis au point les commémorations. Il avait clairement expliqué qu'il voulait que le cortège parte pour le cimetière à toute vitesse.

« Sur les chapeaux de roue, mon enterrement ! »

Juste après, il avait sifflé en allongeant le bras rapidement. Puis il avait ri.

« Un enterrement à toute berzingue ! »

Et maintenant ils étaient déjà là, dans le secteur juif du Melbourne General Cemetery, autour du cercueil. Le vent venu de la Baie de Port Phillip les glaçait tous jusqu'aux os. Les besoins de l'enquête n'avaient pas permis le respect des rites de funérailles juives qui exigeaient que le corps fût enseveli au plus vite après la mort. Toutefois, la tradition avait été respectée et le cercueil était très simple. Les textes sacrés exigeaient que le défunt fût uniquement inhumé dans un linceul. La loi des hommes l'interdisait. La légère boîte d'eucalyptus sans aucun signe extérieur, n'était l'étoile de David, l'emporterait donc loin des tumultes de cette terre. Derrière un acacia, la gigantesque femme du Peuple des Origines d'Ici observait le dernier carré d'amis rassemblés autour du trou où descendait lentement cette boîte rose pâle. Elle était inquiète. Où allait-elle donc pouvoir le retrouver, son Chep ? Les six membres de la 'famille' du défunt retournèrent rapidement aux limousines de l'entreprise de pompes funèbres afin d'éviter de se frotter à nouveau aux irréductibles amis qui avaient tenu à faire le voyage furieux et hurlant vers les dernières terres du collègue, patron et ami. L'ultime station de ce calvaire intime était l'arrière-salle du DT Hotel, là où les clubs sportifs de policiers organisaient leurs matchs de boxe faussement clandestins. Wojcik, l'Enclume de la Baltique, l'Assassin de Gdansk, l'Assommeur de Poméranie, l'Anesthésiste de la Vistule y avait brillé. Maintenant c'était feu le vieux, le patron qui y était à l'honneur. Il avait d'ailleurs versé une somme de trois milles dollars au DT Hotel, au cas où. Et nous y étions, à ce moment du cas où. Quand les six de la 'famille' entrèrent dans la salle du fond, tout le monde s'arrêta de parler, de boire, de bouger même. Deepak Patel fit un geste de la tête. On se remit en branle, la tête lourde, la gorge nouée, la main cramponnée au verre. En fond musical, à peine audible, les suites pour violoncelles de Jean-Sébastien, comme il avait l'habitude de l'appeler.

« Ah ben voilà ! Toi qui disais qu'il avait été oublié, son Bach… »

Une musique bien étrange pour une arrière-salle de bar à flics. Il y trônait toujours le ring sur lequel on avait placé le grand portrait du défunt ainsi qu'une petite table avec le livre de condoléances. Chacun devait alors se muer en boxeur et se courber pour se glisser entre les cordes et parvenir jusqu'au recueil des tristesses.

« Qu'est-ce que tu regardes ?
-Eux…
-Et ?
-Rien… J'ai envie de partir…
-Nous devons rester. Pour lui, pour eux. »

Deepak Patel semblait être le seul à garder un peu de contenance. On lui avait déjà arraché le cœur, il y avait longtemps, et il ne pleurait plus. Il ressentait de la tristesse, mais plus jamais jusqu'aux larmes. Il avait déjà sangloté tout son soul. Et puis son père, son éducation, sa religion lui avaient appris à ne jamais s'apitoyer sur son sort, ni sur celui de ses proches. La roue de la vie était ainsi qu'elle reprenait régulièrement ce qu'elle avait donné, rien de plus, rien de moins.

« Tu ne pleures pas ?
-Je ne pleure plus, non…
-Tu n'as pas de cœur…
-Non… »

Agni Kortsidaki s'était détachée brusquement de Deepak Patel qui venait de la serrer contre lui. Wojcik ne comprenait pas ces gestes d'intimité entre ces deux-là, devant tout le monde. Wojcik et elle n'étaient pas vraiment amants, ils couchaient seulement ensemble, parfois, le plus souvent possible. Il n'était pas vraiment jaloux. Un peu. Parfois seulement, mais ça n'était pas possible puisqu'ils n'étaient pas amant. Il était soul et les mots se fracassaient contre son entendement. Il avait une soif inextinguible et il tentait pourtant de l'étancher. Il titubait déjà, boxeur K.O. au pied du ring. Trish Mac Thomas l'enveloppa de son corps chaud et son affection et l'assit dans un fauteuil à l'écart de la belle Minoenne frissonnante de cette colère qu'elle avait maintenue vive depuis le jour où on l'avait informé avoir découvert le corps du vieux, mort et démantelé par la chute. A l'autre bout de l'arrière-salle, une grande pinte dans chaque main, Agapito Sansoni cherchait, d'un œil hagard et rougi, sa bien-aimée au cœur si tendre. Silvester Fork passait son temps à changer de siège et à s'y recroqueviller en balbutiant qu'il ne comprenait plus rien, que tout avait commencé si vite. L'affaire Zecco venait à peine d'être bouclée. Un mois plus tard, le jour d'après 'Noël en juillet', terminé, fini, parti. Exit Spiegelman !

Chapitre trois.
Vendredi 22 juin 2001.

Il y avait du mouvement à l'Espy, car la nouvelle s'était répandue que l'affaire Zecco avait été menée définitivement à son terme. Comme quand le poulain s'était échappé et avait rejoint les chevaux sauvages de la Snowy River dans le poème de Banjo Paterson et que tous les hommes s'étaient rassemblés pour se jeter dans la mêlée et le traquer parce qu'il valait plus de mille livres, la bande de Police Station de City of Melbourne était au complet. Il y avait même le ban et l'arrière-ban de tous ceux qui avaient participé à un moment ou à un autre à la résolution de ces meurtres. Il ne manquait que le vieux, le boss. Spiegelman. Tous étaient euphoriques. Il faisait enfin un froid glacial et ils s'étaient tous réfugiés à l'intérieur. Bien au chaud. Ils s'étaient réunis à l'Espy parce que c'était devenu une tradition d'aller faire la fête dans cette institution de St Kilda à chaque clôture heureuse d'un dossier difficile. Le DT Hotel, ce bar à flic, c'était pour des réunions sérieuses, des regroupements informels, des coups rapides entre deux interrogatoires. Il leur fallait maintenant s'éloigner de tous les miasmes putrides que cette affaire Zecco avait exhalés. Le vent marin avait sali les grandes baies de l'Espy. Dehors, la bruine faisait reluire les trottoirs. Le vent froid et cinglant chassait les rares passants qui hâtaient le pas. Les eaux perpétuellement calmes de la baie de Port Phillip perdaient leurs lueurs d'argent alors que le soleil trop maussade et trop triste se couchait trop lentement et trop tôt. C'était l'hiver ! Enfin ! Mais Agni Kortsidaki ronchonnait.

« Je déteste l'hiver.
-Arrête, c'est bientôt Noël ! La neige tombe enfin en abondance sur les reliefs !
-Te voilà transformé en Miss Météo, Schoenmaker ! Tu nous étonneras toujours.
-Je surveille ça parce que j'adore le ski.
-Moi, je déteste l'hiver, la neige et tout ça. Je ne suis pas venue en Australie pour ça. »

Agni Kortsidaki était faussement grincheuse mais elle faisait montre d'une belle dose de mauvaise foi puisqu'elle n'avait jamais choisi d'habiter en Australie mais qu'elle y était née.

« N'empêche que je n'aime pas l'hiver et ces conneries commerciales de 'Noël en juillet'.
-Ça tombe un quel jour de l'année ?
-Le 24 au soir est un mardi. Et ça n'est pas une connerie commerciale mais une tradition qui remonte au moins au début du siècle.
-Du vingtième siècle, tu veux dire ?
-Ah oui, je ne m'y suis toujours pas fait.
-Qu'est-ce qu'il fout, le vieux ? Il faut qu'on lui mette une race !
-Agni, arrête de l'appeler le vieux ! Et puis il ne boit plus, tu ne pourras pas lui filer une race, comme tu dis.
-Petit joueur ! Il est où ?
-Avec le grand patron. Des derniers points à régler avant de refiler le bébé au juge Moffat.
-Et le grand patron, il viendra lui aussi ?
-Probable.
-Mais il ne boit pas, lui non plus.
-Tu rigoles ?
-Les hindous, ils ne boivent pas !
-Et pourquoi ils ne boiraient pas, les hindous ? Quand j'étais en Inde, je n'ai jamais autant bu de ma vie. Tu dois confondre avec les musulmans.
-Il y a aussi des musulmans en Inde.
-C'est pour ça que je confonds.
-C'est même le premier pays musulman au monde.
-Tu rigoles ?
-J'ai l'air ?
-Mais les hindous, alors ?
-Aussi !
-Quoi 'aussi' ?
-Et les gars, je viens d'avoir Deepak au téléphone. Il vient de lâcher le vieux.
-Agni !
-Mais c'est affectueux, quand je dis 'le vieux'.

-Ton affection, pas devant les collègues ! Entre nous seulement. Qu'est-ce qu'il a dit le grand patron ?
-Que Spiegelman arrivait bientôt et qu'il viendrait lui aussi, mais plus tard. Alors vos conneries sur l'Inde et les hindous ou je ne sais quoi d'autre, vous les rangez dans vos culottes ! Il est où mon verre ? »

« Tu peux y aller, Carl, tout est en ordre.
-Tu es sûr ?
-Oui. Nous avons fait notre boulot. Ils sont tous les trois sous les verrous et Moffat s'occupera aussi de la mise sous tutelle administrative de Palazzo.
-Et on ne recherche pas le trésor de la Vieille ?
-J'ai mis l'antigang et la financière dessus. Et les Fédéraux gardent un œil dessus. S'il existe, ton trésor de la Vieille, nous le retrouverons.
-Il existe, j'en suis certain, Deepak.
-Alors on le trouvera si Bébé ou la fille des faux époux Bear n'ont pas mis la main dessus avant.
-Et eux ?
-Bébé a déjà quitté le territoire national.
-Vers où ?
-Tu connais le protocole ! Même nous, nous ne devons rien savoir.
-Même toi ?
-...
-Et elle ?
-Elle est en train d'acquérir sa couverture et sa légende avec les Fédéraux et elle devrait avoir disparu d'ici deux ou trois jours.
-Pourquoi tu ne l'as pas gardée pour lui faire cracher le morceau au sujet du trésor ou de ses parents ?
-Elle a déjà craché le morceau, comme tu dis.
-Sur l'affaire Zecco, oui ! Mais sur le trésor de la Vieille, sur les trafics de ses parents...
-Un deal est un deal, Carl ! Et que vaudraient devant un tribunal des aveux extorqués sur la base d'un parjure ? Et nous n'avons pas besoin d'elle pour retrouver ce putain de trésor, Carl ! Et est-ce que nous avons vraiment besoin de le retrouver ? Et ce n'est plus ton

affaire. Et ce n'est pas de ton ressort ! Et fous-moi la paix avec les faux époux Bear !
-Bon, bon, j'ai compris, Deepak… Je ne m'en occuperai plus… De plus rien du tout…
-…
-…
-Qu'est-ce que tu attends ?
-Qu'est-ce que j'attends ?
-Pour rejoindre ton équipe à l'Espy ?
-Bon…
-Tu as encore quelque chose à me demander ?
-Oui...
-Accouche !
-Si je veux revoir Felicia… Felicia Bear, je pourrai te demander un coup de main ?
-Tu crois que je vais t'aider à te taper la fille des faux époux Bear, c'est ça ? »

Deepak Patel, le Directeur Général de la Police du Victoria, était complètement à côté de la plaque parce que Spiegelman souhaitait juste la revoir, lui parler longuement, lui poser toute une litanie de questions afin de refermer dans son esprit trop encombré, trop torturé, le dossier de la Vieille. Et tenter de comprendre enfin la personnalité complexe de cette femme extraordinaire qui régna, sans partage et si longtemps, sur la pègre de la ville et de l'état. Elle tenait une place très spéciale dans (le panthéon de) son estime.

« Aux grands détectives, les grand bandits.
-Parce que tu te prends pour un grand détective ?
-…
-Et tu as raison. Whisky ?
-Je ne bois plus. Tu le sais bien.
-Avec toi, on ne sait jamais… On ne sait rien…
-…
-Et dans les romans anglais ou américains, les grands détectives boivent.
-Tu dégaines les inepties, il est temps que je parte. Si tu as besoin de moi, tu sais où je suis…

-Tu n'oublies rien ?
-Non.
-Ton téléphone portable ! File, je vous rejoins dès que j'ai parlé avec Moffat. »

Deepak Patel se fourvoyait aussi totalement en ce qui concernait la prétendue Felicia Bear puisque Spiegelman lorgnait ailleurs et profiterait de l'euphorie du moment à l'Espy pour retourner explorer les sentiers abandonnés depuis son adolescence de sueur et de musc en compagnie John Massie, R.I.P. Schoenmaker lui avait fait du rentre dedans depuis qu'il avait rejoint la Police Station de City of Melbourne. Spiegelman allait lui montrer de quel bois il se chauffait quand on l'emmerdait. Le ban et l'arrière-ban était donc présent pour fêter la fin de l'enquête Zecco et le début du week-end. Ils s'étaient rassemblés autour de quatre longues tables à l'entrée de l'Espy. Ils étaient tous en civil, c'était le règlement et ils ressemblaient à tous les autres clients. Aussi bruyants, aussi bigarrés. L'imminence du week-end libérait les corps et allégeait les esprits, à moins que ce ne fût l'alcoolisation par trop abondante. Lorsque Spiegelman arriva, tous les policiers lui hurlèrent la bienvenue. Il avait été refroidi par les paroles peu amènes de Deepak et les bourrasques de marin sur la promenade. Il était en décalage complet avec l'ambiance générale. Agni Kortsidaki fondit sur lui et l'embrassa.

« Et bien, ne fais pas la gueule ! Nous sommes tous très contents de te voir. Regarde l'ambiance ! Allez, souris ! »

Quand la belle Minoenne lui donnait un ordre, il ne pouvait presque jamais rien faire d'autre qu'obtempérer. Ses yeux acier s'illuminèrent donc, ses rides de lion s'étalèrent en éventail, sa bouche s'allongea en un sourire non feint. Spiegelman souriait enfin ! Il riait même. Tonnerre d'applaudissements. Agni Kortsidaki imposa le silence d'un geste ample du bras.

« Carl, tu veux leur dire quelque chose ? »

Cette fois-ci, il lui tint tête et refusa de dire quoi que ce fût.

« Je te comprends, nous sommes ici pour fêter et boire et pas pour écouter des discours. Alors, tu payes ta tournée ! »

Il hocha la tête. S'il s'était soudainement tu, s'il ne bougeait plus, c'était qu'il venait de croiser le regard de Schoenmaker, tout aussi bleu que le sien, qu'il venait d'apercevoir son magnifique sourire, qu'il avait remarqué que sa carotide était gonflée par l'émotion…

« Sa carotide, voilà que je pense comme un légiste…
-Tu me parlais ?
-Non, non...
-J'appelle les serveurs alors… Pour ta tournée… Qu'est-ce que tu prendras ?
-Je ne sais pas… Un coca…
-Tu fais chier, tu pourrais boire une bière ou un cidre, pour l'occasion !
-Agni, je ne bois plus. Cette fois-ci, c'est définitif…
-Mais pourquoi ? Tu recommenceras à ne plus boire demain !
-Tu es lourde, Agni ! »

Il l'abandonna. Elle partit à la recherche des serveurs. Tous étaient retournés à leurs joyeuses conversations. Spiegelman se dirigea vers Schoenmaker qui, sans pouvoir bouger un muscle, le regardait arriver, l'admirait plutôt.

« Vous ne buvez rien, chef ?
-Ça vient. Et vous, Agent Schoenmaker, vous buvez une limonade ?
-Oui.
-Vous ne buvez pas d'alcool ?
-J'ai arrêté de boire. Je buvais trop, je crois.
-Un jeune Australien, ça boit toujours un peu trop, non ? C'est normal… »

Un peu lourdingue, comme entrée en matière. Spiegelman ne savait plus draguer. Deepak Patel l'avait contaminé, il commençait, lui aussi, à débiter des inepties. Schoenmaker était pivoine. Spiegelman était terriblement gêné. Trish Mac Thomas le surveillait du coin de l'œil, heureuse que son cher Carl se décoinçât un peu et reprît la route du sentiment, des corps qui exultaient, des petits matins simplement heureux.

Chapitre quatre.
Jeudi 26 juillet 2001.

Deepak Patel avait dû rappeler du monde à la Police Station de City of Melbourne. La semaine de 'Noël en juillet' marquait traditionnellement le début de ces courtes vacances d'hiver où les riches s'éclipsaient pour profiter de la belle saison en Europe. Les moins pauvres allaient s'enfermer dans des chalets à la montagne pour s'adonner au ski entre les eucalyptus et toutes sortes de marsupiaux surpris par l'invasion soudaine d'étranges créatures filantes. Les plus pauvres restaient à renifler et éternuer dans cette ville devenue terriblement froide et encore plus humide que d'habitude. Deepak Patel n'était pas pauvre mais s'il était resté à Melbourne, c'était parce qu'il devait superviser le déroulement du transfert à la justice des dernières affaires résolues par ses équipes. De toute façon, ses vacances, il se les réservait pour la fin de novembre, juste après la période festive constituée du Melbourne Festival et de la semaine de la Melbourne Cup. Il partait à Delhi où sa famille s'était installée. Parfois, ses vacances pouvaient correspondre avec Diwali et il reprenait alors un peu d'énergie dans le souffle encore chaud, toujours pollué, de l'étouffante ville sans fin qui, pour l'occasion de la fête des lumières, passait des jours entiers à rajouter le bruit des pétards et des feux de Bengale au vacarme assourdissant et habituel d'une ville d'une trentaine de millions d'habitants frappés en permanence d'insomnie et de chorée.

Deepak Patel était à son bureau lorsqu'il apprit la nouvelle. Il resta quelques secondes la bouche ouverte, le téléphone collé contre l'oreille. Il raccrocha sans rien dire alors que son interlocuteur l'avait visiblement appelé pour lui annoncer le grand malheur qui les avait tous touchés, mais surtout pour lui demander la marche à suivre. Il était le grand patron de la Police du Victoria et un de ses hommes venait de se précipiter du haut d'une cascade et s'était retrouvé en miettes éparses sur les rochers qui bordaient la retenue d'eau. Il devait appeler les Fédéraux et leur passer officiellement le relai. Ils étaient déjà sur place mais attendaient le feu vert. Il devait faire évacuer la scène de crime de tout témoin, de tout badaud et de tout agent de la Police du Victoria. L'affaire devenait fédérale et c'était très bien ainsi. Il n'avait jamais vécu une chose de ce type et se sentait soudain démuni, sans voix, honteux. Il ne pouvait plus faire marche arrière. Il rappela son interlocuteur afin qu'il procédât à l'évacuation des lieux et au passage de témoin. Il appela les Fédéraux qui se déployèrent sans attendre. Certains policiers du Victoria s'attardèrent, admiratifs du travail si rapide, si minutieux des superflics nationaux. Ils furent rabroués et poussés vers la sortie. En une matinée, l'affaire fut bouclée : Carl Philipp Emanuel Spiegelman et Felicia Bear, ou telle était sa dernière identité connue, s'étaient entretués en tombant ensemble du haut des chutes de…

« Pourquoi pas un suicide ?
-Un suicide à deux ?
-Sommes-nous certains que Felicia Bear était aussi présente ? Son corps n'a toujours pas été retrouvé.
-Nous cherchons encore le corps. Toutefois, tous les éléments concordent. Spiegelman s'était préparé à cette dernière rencontre. Il avait pris ses dispositions au cas où. »

Au cas où… Les dispositions en question avaient été découvertes chez Spiegelman, bien en évidence, par Deepak Patel et Agni Kortsidaki, juste avant qu'ils ne fussent chassés du petit appartement d'Elwood par les Fédéraux. Encore eux. En effet, une fois le relai passé, Agni Kortsidaki et lui avaient filé chez Spiegelman en tentant de doubler les Fédéraux et récupérer quelques souvenirs, quelques indices, une émotion, l'esprit du lieu avant qu'il ne se dissipât. Les cosmonautes de la brigade scientifique fédérale eurent tôt fait d'aseptiser l'endroit. Les deux amis s'étaient retirés. Ils avaient juste emporté les trois cd et la note gribouillée par le Chief Superintendent avant de filer vers une mort annoncée.

« Annoncée ?
-Je t'expliquerai, mais pas maintenant.
-Mais tu m'expliqueras ?
-Promis. »

Agni Kortsidaki avait travaillé sur la dernière affaire avec Spiegelman et tout le petit monde de la Police Station de City of

Melbourne, sauf Wojcik qui avait été prêté pour un temps aux Fédéraux.

« Encore eux ! »

Elle n'avait rien remarqué de spécial. Sa stupeur fut aussi profonde que légitime lorsque Deepak lui annonça que la mort de Spiegelman était annoncée.

« Annoncée… »

Une voiture banalisée les ramenait tous les deux vers la Direction Générale de la Police du Victoria.

« Mon chauffeur est en congé. »

Deepak Patel meublait le silence. Agni Kortsidaki remontait le fil des événements depuis la résolution de l'affaire Zecco jusqu'à ce moment glauque dans cette voiture banalisée à côté de ce mec faussement détaché, comme toujours, où elle se retrouvait petite, si petite, si démunie, avec ces trois cd et cette note griffonnée pour seul souvenir de Spiegelman, sauvé à la sagacité de la police scientifique, par le soudain volteface de Deepak Patel.

« On vous laisse, le relai a été passé. Viens Agni. Vite. »

Dans la précipitation, elle n'avait pas songé à reposer les trois cd, ni la note griffonnée et s'était retrouvée à l'arrière de la voiture banalisée, à côté de l'Indien d'habitude si mutique, aujourd'hui si disert, qui lui servait de patron et de seul réconfort.

« Pourquoi nous sommes partis si vite ?
-Pour que tu ne penses pas à reposer ce que tu avais dans les mains. J'ai bien fait ? »

Elle hocha la tête.

« Ça veut dire oui ou non ? »

Lorsqu'elle n'y prêtait pas attention, qu'elle était fatiguée ou en colère, elle disait toujours oui en grec et son ναι et son mouvement de tête semaient toujours la confusion. Là, elle était perdue dans ses pensées, épuisée et hors d'elle et elle était à mille lieux de vouloir se faire comprendre par quiconque.

« Quel temps ! Il doit neiger sur les hauteurs… »

Deepak Patel meublait, ils étaient bloqués au croisement entre St Kilda et Commercial Roads. Depuis qu'à deux reprises des camions s'y étaient écrasés récemment, ce dangereux carrefour n'avait pas été remis en service correctement. L'autorité des transports et les municipalités concernées n'étaient toujours pas parvenues à un accord…

« Deepak, tu es obligé de me souler avec des choses que je sais déjà ?
-Je meuble…
-Tu meubles… »

L'éternité et même plus ! Ce voyage de retour entre Elwood et la Direction Générale de la Police du Victoria dans le CBD n'en finissait pas !

Chapitre cinq.
Samedi 23 juin 2001.

Ni l'un ni l'autre n'avaient beaucoup d'expérience en la matière, la nuit ne fut pas extraordinaire mais pour le grain d'une peau, un regard fiévreux, un sourire d'extase, on pouvait se contenter d'une exultation un peu bâclée qui rappelait les premiers émois d'adolescence. Il fallait considérer cela comme une base sur laquelle bâtir des interactions plus charnelles, plus maîtrisées, moins éparpillées. Ils avaient été deux enfants affamés devant un buffet trop plein de trop bonnes choses, à essayer tout sans rien finir. Le début avait toutefois été prometteur et les prochaines fois devraient être plus satisfaisantes. Une des prochaines fois aurait pu être dans un instant, en cette matinée glorieuse, si son portable n'avait pas sonné. Une première sonnerie mais il n'avait pas cessé de lui caresser le dos. Une deuxième sonnerie et il avait soupiré en se levant, nu et toute gloire arborée, pour chercher ce maudit téléphone, sans succès. Ces téléphones portables avaient le don d'aller se nicher dans les endroits les plus mystérieux d'un appartement. Il retourna se coucher et se montra un peu plus entreprenant face au corps étalé assoupi. Une troisième sonnerie, le corps étalé assoupi grogna.

« Décroche, s'il te plaît. Ça a l'air sérieux, patron ! »

La moue sévère se transforma en un immense sourire.

« Mais je ne trouve pas mon téléphone portable. J'attends qu'ils me rappellent sur le fixe.
-Sous le lit. »

D'un geste, Schoenmaker saisit le téléphone vibrant et sonnant et le tendit, l'air moqueur, à Spiegelman.

« Tu as du café ?
-Il est quelle heure ?
-Je ne sais pas, regarde sur ton téléphone. Réponds, s'il te plaît. Les sonneries me cassent la tête.
-Va dans la cuisine, il y a tout. »

Spiegelman était trop bien organisé. Schoenmaker trouva tout sans avoir la joie de fouiller partout. Le café ne venait visiblement pas du Safeway du coin.

« Je le commande avec Trish. C'est elle qui me les recommande.
-Tu as le même café qu'elle ? C'est mortel ! Et tu as la même machine ! Oups, pardon… »

Spiegelman était au téléphone. Il lui sourit rapidement et s'éloigna de la cuisine.

« Tu n'es pas seul ?
-…
-Tu diras à ta promise d'une nuit qu'elle doit détaler parce que j'ai besoin de toi sur une scène. Trish y est déjà. Je t'ai laissé dormir une heure de plus. Elle a presque fini. Il faudrait que tu vois la scène avant que la scientifique ne déferle dessus.
-Il s'agit de quoi ? C'est où ?
-Tu es à poil, là ? »

Machinalement, Spiegelman regarda par la fenêtre et se couvrit le sexe de sa main libre. C'était ridicule, il n'avait pas d'autre vis à vis que la baie de Port Phillip et son appartement était trop loin et trop haut pour qu'aucun promeneur ne pût apercevoir ses parties intimes qui s'étaient flétries depuis le début du coup de fil. Même avec des jumelles, impossible !

« Prends ta douche, avale un truc et beaucoup de café et rejoins-moi ! Une voiture viendra te chercher dans dix minutes.
-C'est quoi ? C'est où ?
-Je te le dirai quand tu seras dans la voiture. Ah oui ! Trouve quelqu'un pour t'aider, je ne sais pas, Schoenmaker par exemple. Agni est en week-end.
-Et moi, je suis en week-end aussi. Tu n'as trouvé personne d'autre ?
-Le mort est dans ta circonscription… Enfin, dans un univers que tu connais bien. Mais dépêche-toi ! Et essaye de retrouver Schoenmaker, son téléphone est éteint ou sa batterie est morte.

Qu'est-ce que vous avez tous avec vos téléphones portables ? Il faudra vous y habituer !
-Et pourquoi tu ne m'as téléphoné sur ma ligne fixe ? J'étais à la maison.
-Il faudra que tu t'habitues au portable ! Mais va déjeuner au lieu de me parler de portable ! »

Deepak Patel raccrocha.

« Je crois que j'ai retrouvé Monsieur Schoenmaker. Il fait du café dans ma cuisine. Et il doit se dépêcher, la docteure Mac Thomas nous attend sur une scène de crime.
-Nous, qui nous ?
-Nous. Toi et moi.
-Elle sait déjà que…
-Non, c'est le Directeur Général qui vient de m'appeler…
-Et lui, il le sait que…
-Mais non, bêta ! Il veut juste que tu me rejoignes sur la scène de crime. Et parlant de téléphone, le tien, il ne fonctionne pas, c'est normal ?
-Pas vraiment, non.
-Alors branche-le et rappelle le grand patron.
-D'accord.
-Maintenant. Laisse, je fais le café. »

Spiegelman était trop maniaque pour laisser quelqu'un d'autre toucher à ses machines et surtout sa cafetière de précision. 93 degrés pour le café du Vietnam. Le tout nouvel arrivage de Trish. Le petit n'aurait pas su faire marcher ce genre d'engin de haute technologie. Griller du pain, maintenant !

« Patel !
-Schoenmaker au téléphone, Monsieur le Directeur Général, je viens de rallumer mon portable et je vous rappelle.
-Spiegelman n'a pas eu le temps de vous prévenir, tout de même !
-Spiegelman, me prévenir… Non, non, non. C'est vous. Vous m'avez demandé de vous rappeler.
-Quand ça ?

-Le message…
-Le message ?
-Que vous m'avez laissé, de vous rappeler.
-…
-Monsieur le Directeur Général ?
-Je ne vous ai laissé aucun message, Schoenmaker.
-…
-…
-…
-De toute façon, rappelez Spiegelman et il vous expliquera. »

Étonnant… Il n'avait pourtant pas laissé de message. Comment Schoenmaker aurait-il pu savoir que… Sa secrétaire d'astreinte entra dans son bureau, Deepak Patel oublia son étonnement. Elle avait de si belles jambes qu'elle mettait si bien en valeur.

« Je dois arrêter de considérer la femme comme un seul objet de désir. Si elle met en valeur ses jambes, c'est par goût de l'esthétisme ou quelque chose du genre, mais rien d'autre. Je dois pouvoir les admirer sans aucune concupiscence. Regarder et ne pas désirer. C'est dur, très dur.
-Vous me parliez, monsieur le Directeur Général ?
-Non, je réfléchissais, Martha… Une affaire délicate, en effet. Qui est d'astreinte au parquet ?
-Votre vieil ami, le juge Mike Moffat.
-Essayez de le joindre et passez-le-moi.
-Bien Monsieur le Directeur Général. »

Non, Agni Kortsidaki, n'était pas vieille. Pas encore. Limite. Presque. En tous les cas, elle n'était toujours pas rangée des camions, le serait-elle un jour ? Elle passerait la totalité de ce samedi à s'occuper d'elle-même pour, le soir venu, partir chasser le mâle, alors que la lune se lèverait sur la faune des noctambules parcourus du soudain frissonnement du désir. Elle essayait de se mettre en branle et en condition. Les semaines précédentes avaient été denses et la remise en route de la bête humaine qui se tapissait en elle nécessitait un effort qu'elle avait du mal à trouver en elle. Elle était partagée entre une extrême lassitude et un profond désir de sensualité, d'intimité, de jouissance. Elle devait impérativement chercher en dehors du cercle restreint de ses connaissances. Elle n'avait plus eu de contacts intimes avec Spiegelman depuis que Sheila était morte. C'était le 26 janvier, le jour du centenaire. Et puis maintenant, il semblait vouloir essayer d'investir dans la jaquette. Avec Deepak Patel, c'était trop compliqué. Pas assez, avec Wojcik et il était déjà parti pour Canberra, les Fédéraux l'avaient appelé pour une mission assez spéciale, lui avait-il dit. Et puis elle voulait essayer autre chose, mais elle n'avait pas renoncé à son attrait pour les mecs virils. Baste ! Alors elle irait chercher hors du sérail trop pratique, trop commun, trop rassurant de ceux qui font respecter l'ordre et la loi sous ces tropiques australs. Elle n'irait donc pas au DT Hotel dont les clients étaient chauds comme la braise les samedis soir, après les matchs de boxe dans l'arrière-salle parce que le seul problème était que lesdits clients étaient tous des flics. Hommes comme femmes. Changer d'air, se prétendre quelqu'un d'autre aussi. Elle irait au Vineyard sur St Kilda pour commencer. Puis elle verrait où elle irait danser. Prahran, plus loin. Mais cet après-midi, elle le consacrerait à elle-même. Un peu de Pilates, c'était une resucée moderne d'une méthode du milieu du siècle, du siècle dernier, autour de la deuxième guerre mondiale. Mais ça faisait à nouveau fureur et c'était agréable et très tonique. Après cela, quelques soins de peau. Pomsawan viendrait ensuite lui faire un long massage à domicile et elle se glisserait enfin dans un bain brûlant parfumé à l'huile d'argan. Elle savourait à l'avance chaque détail de la to-do-list qu'elle s'était constituée pour ce magnifique samedi pluvieux et gris.

« Agni Kortsidaki, tu es magnifique ! Il n'y a rien à jeter ! »

Elle se tortillait toute nue devant son miroir en pied de la salle de bain. Une très belle femme, en effet. Pour ceux qui aimaient les petites. Elle se donna quelques tapes satisfaites sur les parties charnues et bien dures dont elle était la plus fière : son ventre, ses cuisses et ses fesses. Elle se dirigea vers son dressing room pour revêtir son ensemble de Pilates. Après avoir positionné tous les ustensiles qu'une telle séance nécessitait, elle mit la cassette numéro 4 dans le VHS. La volupté commença immédiatement à l'envahir.

Elle était faite pour le mouvement, la recherche d'équilibre, les positions délicates, la détente après la contraction. Elle essayait, sans trop y parvenir, à maîtriser aussi ses flots de pensées qui lui venaient en tête en vagues. Elle était trop bavarde de nature pour se taire, même seule, même en silence, même durant une séance de Pilates. Sa mère lui avait toujours dit que c'était un signe de grande intelligence. Ca l'épuisait souvent. Elle se prenait parfois à se fatiguer d'elle-même.

« Calme-toi. Concentre-toi ! Profite ! Détends-toi ! »

Elle était excessive même dans ses injonctions au calme. Et puis, tout à coup, sans prévenir, la quiétude l'enveloppa. Comme une vieille pelure qu'on laissait au vestiaire, elle se départit soudain de toute la tristesse qu'elle avait conservée au tréfonds d'elle-même, toute sa violence et jusqu'à la totalité de ses remords. Elle était Agni Kortsidaki sur une plage de Réthymnon en hiver. L'enfant, la jeune adolescente, toute à la joie de courir et rien d'autre. Loin du monde et de la cruauté de la jeunesse. Ses membres s'étiraient, elle suivait méticuleusement les ordres du musculeux instructeurs sur l'écran. Elle était bien… Juste bien… Enfin bien… Et toujours aussi bavarde !

« Tais-toi ! »

Elle avait repris ses fonctions normales et elle était en week-end et elle n'était d'astreinte ni pour sa Police Station, ni pour la Police du Victoria. Elle avait donc décroché le combiné de sa ligne fixe et éteint son portable. Personne ne pouvait la déranger. En cas d'extrême urgence, ils devraient venir jusqu'à chez elle et cogner à la porte. Et si et seulement si elle n'était pas dans son bain, en pleine séance de Pilates ou de massage, elle daignerait répondre. Ce soir, elle danserait jusqu'à plus soif, elle se prendrait une race et elle se ferait un mec -l'ordre de la trifecta n'étant pas défini.

« Vide-toi l'esprit, bon dieu ! »

Maintenant qu'elle sentait que son corps se délassait complètement, elle devrait sentir son esprit s'alléger. Toutes ses copines lui racontaient comment elles se sentaient vides pendant un Pilates. Pleinement et agréablement vides. Pas elle. A mesure que son corps se mouvait et s'abandonnait, son esprit se remplissait de pensées toutes aussi essentielles, passionnantes et intelligentes les unes que les autres. Plusieurs fois, elle avait dû interrompre la séance pour prendre des notes. Plusieurs fois, elle avait avancé dans une enquête grâce aux notes prises pendant un Pilates. Et c'était pour cette raison qu'elle ne pouvait pas suivre de séance de groupe. Chez elle, elle pouvait appuyer sur la touche pause de son VHS et le musculeux instructeur se figeait sur place. Plus difficile dans la réalité. Elle pensa à Wojcik qui ne portait pas dans son cœur ce genre de pratique, tout comme il détestait le taïchi ou le yoga. Il aimait courir, cogner, s'écrouler K.O. et pas faire des petits gestes dans le vide ou sur un ballon ou un ressort. Elle chassa à plusieurs reprises de son esprit les images de la peau si blanche qu'elle en était presque bleue, aux hématomes disséminés en autant d'îles, du corps fort, du corps puissant de Wojcik.

« Je dois à tout prix baiser aujourd'hui. Ca fait trop longtemps. »

Quatre jours, une éternité. Il ne fallait pas laisser la machine éteinte trop longtemps. Elle s'y emploierait fermement.

« Le taxi ? Dans une heure ? Pas de problème, je serai prêt. »

Wojcik s'était réfugié dans le backyard pour échapper à la curiosité de sa mère qui avait tout de même feinté et s'était soudainement mise à vérifier l'avancement du séchage de son linge pendu dans la sous-pente de l'allée latérale. De là, elle pouvait tout entendre sans beaucoup de chance d'être aperçue. Pas très malin, le policier ! Et dire qu'on l'envoyait à Canberra pour prêter main forte aux Fédéraux alors qu'il n'était pas capable de passer un coup de téléphone urgent, important et top secret sans que sa mère n'en connût la totalité du contenu. C'était elle qui devrait embarquer dans l'avion pour la capitale du pays. Une mère polonaise était la meilleure des détectives s'il s'agissait de protéger sa progéniture. La meilleure cuisinière s'il fallait nourrir suffisamment les enfants. La meilleure infirmière lors de leurs maladies, petites ou grandes, toujours trop graves. Le meilleur chien de garde, la meilleure amie, la meilleure conseillère, le cœur le mieux accroché et le plus gros. Et Alicja Wojcik était la meilleure de toutes les mères de toute la Pologne et de toute l'émigration polonaise. Lorsqu'elle sentit que la conversation allait prendre fin, elle se glissa dans sa cuisine pour réchauffer quelques pierogi. Son fils devait manger avant de partir. On ne quittait jamais sa mère le ventre vide. Et Dieu, béni soit Son Nom, Dieu savait quand il aurait le temps de manger une fois arrivé dans son repère d'espions. Elle baissa la tête, légèrement de côté, lorsqu'il entra, le fils bienaimé, dans sa cuisine. Femme de douleur, elle cachait ses pleurs, toute triste et toute dolente. Dans le chagrin qui la poignait, cette tendre mère pleurait son fils qui la quittait. Quel homme verrait, sans verser de larmes, cette mère endurer si grand supplice ? Qui, dans l'indifférence, pouvait contempler en cette souffrance la mère auprès de son fils ?

« Ça va ? »

Wojcik n'osait regarder trop longtemps sa mère qui semblait revivre dans sa cuisine, au-dessus de son pot d'eau bouillante, prête à y plonger quelques minutes les pierogi, le psaume de la Vierge, béni soit Son Nom, devant la Croix. Il n'osait la regarder vraiment parce que, sinon, il renoncerait à son voyage à Canberra, à sa carrière, à tout, pour aller se réfugier contre le sein accueillant et par lui perpétuellement meurtri, de sa mère, de la Mère, grand christ trop imposant sur le corps si frêle de celle qui lui avait donné la vie et ce qui en découlait. Il était devenu homme, elle était restée son cœur, son âme.

« Ça va… »

Tout était dans le silence qui avait suivi la courte phrase balbutiée à demi-mots.

« Tu pleures ?
-La vapeur…

-Nous en avons déjà parlé… C'est important pour ma carrière, mais si tu ne veux pas que j'y aille, je n'irai pas. Tu as encore une chance de me dire de rester. »

Quel déchirement ! Quelle ingratitude ! Comment pouvait-il imposer à sa mère, celle qui l'avait enfanté dans une douleur innommable et infinie, ce genre de dilemme ! Le laisser partir et souffrir mille morts, mille tracas, craindre le pire à chaque instant ? Lui demander de rester et le voir dépérir et ne jamais devenir le grand policier qu'il méritait d'être ? Elle le savait, si elle lui demandait de renoncer à Canberra, il le ferait, sans lui en vouloir, jamais. Elle aurait pu lui dire qu'elle refusait lorsqu'il le lui avait annoncé. Elle aurait pu crier sa crainte extrême de le perdre pour toujours, son refus de la solitude, mais n'était-ce pas trop égoïste ? Et l'égoïsme n'était-il pas puni par le Seigneur, béni soit Son Nom. Elle était déjà veuve, elle ne voulait pas devenir… Devenir quoi ? Il n'y avait pas de mot pour une maman qui avait perdu son petit. Sans doute parce qu'il n'y avait pas de mot pour identifier cette souffrance démesurée.

« Des pierogi ?
-J'ai une faim d'ogre !
-Mange, mon grand ogre, mange !
-Tu ne manges pas avec moi ? »

La mère n'avait pas faim et elle regardait son ogre dévorer sa montagne de raviolis polonais. Il ne lui restait plus beaucoup de temps. Il avait tout fini, il ne restait plus rien dans la casserole, elle était heureuse. Il regardait sa montre de plus en plus fréquemment. Vite un bon café avec deux grosses tranches de makowieck, mais sans pavot. On ne savait jamais. Elle le remplaçait par du chocolat. Il était beau quand il mangeait. Il était beau tout le temps. Elle crut s'écrouler quand retentit la sonnette, son glas. Il l'embrassa sur le front, elle voulut le retenir mais elle ne bougea pas. Elle sortit derrière lui sur le pas de la porte, il avait déjà traversé le front yard, il était entré dans le taxi, le chauffeur avait mis les bagages dans le coffre, il s'était assis au volant. Sans bruit, comme dans un rêve, dans un cauchemar plutôt, la voiture avait tourné au coin de la rue et avait disparu. Elle s'était retrouvée seule sur le pas de la porte d'entrée, seule à jamais. La terre s'ouvrit et l'engloutit.

« Madame Wojcik, tout va bien ? »

Elle était toute seule, toute blanche, sur le perron de sa maison depuis quelques minutes. La voisine s'inquiéta. Madame Wojcik la regarda, lui sourit sans y croire et rentra dans sa cuisine se faire un café et finir le makowieck au chocolat en écoutant la radio de la communauté polonaise de Melbourne.

« Et alors le tunnel. Un tunnel long, noir, infini. Pas de lumière au fond, juste sur les côtés. Je m'en souviens bien, j'ai tout noté en me réveillant. Et là, un homme ! Cette fois, c'était un homme, pas une femme. Il était nu, j'ai bien reconnu, il avait des couilles immenses qui lui tombaient le long des jambes, c'était dégoûtant. Répugnant. J'ai cru vomir dans mon rêve. Et il s'est avancé vers moi. Et j'ai vu sa tête. Je l'ai vue. Il est arrivé vers moi les deux bras tendus comme pour m'attraper. Il allait m'étrangler. Là, j'étais pétrifié, je n'ai pas pu m'enfuir. J'ai regardé en bas, enfin, là quoi et j'ai vu son sexe. Il était tout droit, tendu comme ses bras, vers moi. Vous vous imaginez ? Oui, bien sûr vous vous imaginez, je veux dire, puisque je viens de vous le décrire. Et comme ça, ses deux bras et son sexe tendus vers moi. Une vision de fin du monde ! C'était mon beau-père ! C'était lui, dans mon rêve… »

Comment expliquer ce que Silvester Fork ressentait à ce moment-là ? Une grande lassitude ? Peut-être. Non, pour être franc, il se faisait chier velu. C'était l'expression qu'il utilisait et qu'il tournait en boucle dans sa tête pour éviter de tout balancer par le fenêtre, divan et client en premier lieu. D'habitude, il somnolait et laissait le temps faire son affaire. Au bout d'une demi-heure, la séance se terminait, il encaissait ses pépettes, il se raisonnait en palpant le cash et il recevait un autre client. Mais là, il n'avait plus envie et le monstre à trois bras bandants du client était sans doute l'élément de trop dans une journée de merde où rien ne s'était passé. Depuis qu'il avait rejoint la Police Station de City of Melbourne en tant que consultant pour les enquêtes criminelles, il avait repris goût à son art et il n'avait plus l'heur de le gâcher avec des clients pleins aux as avec leurs problèmes à la petite semaine. 'J'ai mal dormi, j'ai trop rêvé, ma femme me trompe, je ne baise plus, je ne pense qu'à ça, je l'aime mais je ne l'aime plus, c'est normal docteur que je veuille coucher avec ma fille, j'ai l'impression que je ne suis pas homosexuel, c'est grave docteur si je ne le suis plus, je trouve tout le monde si laid, même vous docteur, que faire docteur, qui êtes-vous docteur, je vous déteste docteur, baisez-moi docteur, non, ne me touchez pas docteur, pourquoi vous ne me touchez pas docteur, ça coûte combien docteur si nous couchons ensemble, il n'y a pas que le sexe docteur, docteur je peux vous confier mon plus horrible cauchemar, j'ai des fantasmes docteur…' Et alors, tout le monde avait des fantasmes ! Pas la peine de venir l'emmerder avec ça ! Il fallait qu'il se raisonnât au plus vite. Ces séances constituaient l'essentiel de ses revenus. La Police du Victoria payait très mal et il avait un train de vie dispendieux qui le clouait par conséquent sur ce fauteuil à écouter le gargouillis des égouts de ces âmes mal damnées. Un jour qu'il partageait un excellent whisky d'une des îles du nord de l'Ecosse, bien iodé, avec le Directeur Général de la Police du Victoria, Deepak Patel, ce dernier lui confia quelques exercices de respiration qu'il pratiquait dans les réunions les plus assommantes. Il était yogi et parvenait à se contrôler à tout moment, sauf devant du single malt. Depuis quelques semaines, le guru avait remis le nez dans les bouteilles. Personne ne s'en inquiétait encore.

« Je devrais le prendre ici plutôt que cet idiot de pédé refoulé.
-Vous me parliez docteur ?
-Je ne parlais pas, Monsieur Carlisle. Continuez, il nous reste douze minutes. Je ne parle jamais durant une séance, vous le savez très bien.
-Pourtant, j'avais bien cru entendre…
-Ne gâchez pas votre temps avec cela. Poursuivez, s'il vous plaît. »

Comme si l'alcool filait d'une tête à l'autre. Il avait quitté Spiegelman et voilà qu'il agitait les passions de Deepak Patel. Il était trop tôt pour qu'il prît son premier verre, mais il attendait ce moment avec impatience. Et à chaque fois qu'il ne pensait pas à son travail, ses yeux étaient attirés vers la petites pendules de son écran d'ordinateur. Deepak Patel était passé en quelques jours du sâdhu en jeûne presque permanent au pochetron du village et rien, absolument rien dans sa vie n'avait changé. Ses nouvelles aventures récursives avec Agni Kortsidaki n'avaient rien de bien nouveau. Cela s'était déjà produit, il y avait quelques années et il ne s'était pas plongé dans l'alcool pour autant. Qu'est-ce que le whisky single malt des Highlands avait de plus que toute autre chose pour lui faire perdre le contrôle ? Et qu'il pût se regarder sombrer, sans toutefois ne rien pouvoir y faire ? L'âge ? Il allait vers ses cinquante-cinq ans. Il était encore jeune et pas sénile. Ou alors on le lui cachait. On n'avait pas placé un décrépi alcoolique à la tête de la police d'un état ! Si cela avait été le cas, on l'aurait détecté avant. Il avait passé une batterie de tests et d'examens avant que le ministre de l'époque ne pût le nommer à ce poste prestigieux. Consulter, il devrait consulter. Oui mais en dehors des shrinks des ressources humaines. Eux, le secret professionnel, ils se le mettaient là où on pensait et profond. Et pas Fork, non plus ! Il était complètement malade, lui-même.

« Carl ? C'est toi ?
-Non, Monsieur le Directeur Général, c'est moi, l'Agent Schoenmaker.
-...
-Vous voulez lui parler ?
-Si je l'appelle, c'est pour lui parler. Toujours aussi perspicace, Schoenmaker ! J'ai bien fait de vous nommer dans cette Police Station. Et je vous remercie !
-Vous me remerciez de quoi, Monsieur le Directeur Général ?
-Pour une fois, j'ai de la chance, il y a quelqu'un qui décroche quand j'appelle Spiegelman sur son téléphone portable. Passez-le-moi !
-Euh, ça ne sera pas possible...
-J'avais parlé trop vite. Il est où, Spiegelman ?
-Euh... Sous la douche...
-Sous la douche ?
-Sous la douche...
-Vous n'êtes donc pas dans la voiture ou déjà sur la scène de crime.
-Euh... Non... Il finit de prendre sa douche et nous partons.
-Et vous êtes venu le chercher chez lui pour être certain... Non, non, laissez tomber, Schoenmaker, ça ne me regarde pas, je ne veux pas

savoir… Allez le sortir de sa putain de douche et conduisez-le sur la scène de crime. Les détails ont été envoyés par SMS sur le téléphone que vous utilisez.
-Bien Monsieur le Directeur Général !
-Allez, allez, vite ! Dépêchez-vous ! »

Deepak Patel raccrocha. Cela devait arriver ! Spiegelman avait retourné sa jaquette ou quelque chose du genre, il ne se souvenait plus de l'expression exacte à utiliser dans ce cas.

« Il ne faut pas que j'exprime ou même que j'évoque des pensées homophobes. Ou même que j'y pense. Je suis le Directeur Général de la Police du Victoria, je dois me montrer irréprochable. »

Deepak Patel craqua et se servit un petit verre, juste un petit verre, d'Orban 14 ans d'âge.

« Après tout, Spiegelman a eu une affaire avec le Lord Mayor Massie, R.I.P., lorsqu'ils étaient tous les deux adolescents. Et puis après, il est revenu dans le droit chemin. Non, je ne dois pas dire ça ! Il est devenu un coureur de jupons. Voilà, c'est ça. Normal, un coureur de jupons comme tous les autres. Et puis, il aimait tellement les nichons, qu'il a commencé à fréquenter des travelos, non… des travestis. Et puis, les coupés. Enfin, les transgenres. Son aventure avec Sheila Stapleton, R.I.P. Ca a fait jaser. Et maintenant, retour à la case départ avec Schoenmaker. C'est bizarre, qui aurait pu dire qu'il était comme ça, Schoenmaker ? Avec sa carrure de joueur de footy. Et puis, il n'a pas de nichons, Schoenmaker. Qu'est-ce Spiegelman peut bien trouver à Schoenmaker ? Moi, s'il fallait que je choisisse entre Sheila et Schoenmaker… »

Le téléphone le sortit de ses pensées.

« Deepak ?
-Mike ? Tu as oublié de me dire quelque chose ? C'est la troisième fois que tu me téléphones aujourd'hui.
-En fait il s'agit du mort trouvé Robe Street.

-Comme les deux dernières fois. J'y ai envoyé Spiegelman. Il s'y rendra dès qu'il aura daigné sortir de sa douche.
-Spiegelman, pourquoi Spiegelman ? St Kilda, c'est tout de même du ressort de Kortsidaki ! Je me trompe.
-Mike, j'ai toujours été réglo. Je ne me suis jamais mêlé de tes procédures…
-Que tu dis…
-Alors ne te mêle pas de mon organisation. J'ai maintenu en veille et malgré vous les Affaires Spéciales de Massie. Paix à son âme. Je mets donc mes trois meilleurs éléments sur les homicides les plus importants. Même si une vie en vaut une autre, mais c'est un autre débat. Alors puisque c'est une affaire délicate, à en croire tes trois coups de téléphone en deux heures, je les ai mis dessus, ma dream team ! Mais comme Wojcik vient de m'être volé par les Fédéraux, que Kortsidaki est en repos mérité, j'y ai envoyé Spiegelman. Et puis c'est le boss, le doyen, le meilleur des meilleurs…
-Oui mais l'affaire est, comme tu dis, délicate. Spiegelman et la délicatesse…
-Et pourquoi serait-elle plus délicate qu'une autre affaire ? Tu pourrais m'éclairer ? »

Chaque notable d'envergure se devait d'avoir une occupation charitable, quelque chose à faire dans le monde associatif, un club, une fraternité. Pour le juge Mike Moffat, c'était l'Alliance Française de Melbourne.

« Qu'est-ce que c'est que ça ? Et qu'est-ce que tu as à voir avec le consulat de France ?
-Non, il ne s'agit pas du consulat de France, mais d'une association australienne, melbournienne de promotion de la culture et de la langue française dans le Victoria.
-Mais qui veut apprendre le français en 2001 ? Le monde parle anglais, non ? Et la culture française, c'est quoi ? »

A cet instant précis, Spiegelman se souvint du feu d'artifices majestueux de long de la Yarra, pour les célébrations du centenaire de l'Australie, en janvier dernier. Une émotion intense avait alors parcouru le public. Le concepteur du spectacle avait su, à chaque instant, avec force et subtilité, montrer les différents aspects de ce grand pays, de ses peuples, de ses cultures. Magistral ! Et c'était un groupe français qui l'avait conçu et réalisé.

« Ils sont peut-être bons à quelques trucs, mais…
-Deepak, le propos n'est pas là. Je suis le trésorier de cette association. Le mort a été retrouvé sur les marches de l'entrée de son siège social. Robe Street. St Kilda. Il faut savoir que le comité de cette association est l'un des clubs les plus chics de Melbourne. Tout le gratin y est ou tourne autour. Des pincettes, Deepak, des pincettes. Je compte sur toi.
-Je vais y faire un tour moi-même, si ça peut te rassurer. »

L'association était située sur Robe Street, en effet, presqu'à l'angle avec la partie non commerciale d'Ackland Street. Le quartier était encore resté un peu chaud la nuit avec son lot de prostitués et de drogués. St Kilda s'était embourgeoisée. Toutefois cette gentrification n'avait pas chassé toute la faune de la zone et certaines personnes hésitaient à se rendre à l'Alliance Française ou d'y envoyer leur progéniture pour y apprendre la langue de Molière.

« La langue de qui ?
-Molière.
-C'est qui ?
-C'était qui…
-J'ai l'impression d'avoir couché avec mon prof d'histoire. »

Schoenmaker était jeune. Intelligent, il lui manquait toutefois un peu de patine et de culture supplémentaire, mais cela offrait à Spiegelman la possibilité de briller. En tous les cas, le sémillant et jeune agent regorgeait d'humour et de mordant.

« Bon, quand on sort de la voiture, professionnels, hein ?
-On peut commencer ici, c'est excitant, non, Chief Superintendent ?
-Agent Schoenmaker ?
-Oui, Chief Superintendent ?
-Votre main !
-Pardon ! Ça ne se reproduira plus.

-Vraiment ? Qu'est-ce qu'il fout là ?
-Qui ça ?
-Patel ! »

Spiegelman gara sa voiture de service devant la villa de l'Alliance Française, une jolie bâtisse édouardienne rouge avec des trumeaux blancs. Sur les escaliers du perron, s'affairait une troupe au milieu de laquelle on pouvait reconnaître aisément la masse si imposante mais si délicate de la docteure Trish Mac Thomas. Un peu à l'écart, observant alternativement les scientifiques autour du cadavre et sa montre, le Directeur Général de la Police du Victoria s'énervait. Sa silhouette souple ondulait légèrement, signe de grande impatience chez ce parangon de placidité.

« Te voilà seulement. Prends ton temps, mon ami ! »

Il s'arrêta net pour observer l'Agent Schoenmaker tout sourire, le visage légèrement rose. Il regarda ensuite Spiegelman, puis à nouveau Schoenmaker.

« Agent Schoenmaker, bonjour. Enfin rebonjour. »

L'insistance du regard de grand patron, sa moue énigmatique, son œil qui frisait ? Le visage de l'Agent Schoenmaker était maintenant pivoine, avec les oreilles cramoisies. Il avait les yeux baissés et la lèvre qui tremblotait. Spiegelman lui donna une légère tape dans le dos pour le réconforter et le sortir de sa torpeur. Deepak Patel n'était pas mécontent de l'effet de terreur qu'il pouvait encore provoquer chez les bizuths.

« Deepak, tu n'étais pas obligé !
-Obligé de quoi ? Je n'ai rien dit !
-Deepak, tu le sais très bien, tes yeux ! Il suffit que tu te taises pour que tu dises plein de choses…
-Allez, au boulot !
-Dis-moi d'abord, pourquoi tu m'as envoyé ici ? St Kilda, c'est City of Port Phillip, non ? C'est Agni qui devrait être ici, à ma place.

-Tu ne vas t'y mettre aussi ! Tu étais bien content quand Agni et Anton t'avaient aidé pour les autres affaires. Pour les affaires importantes, il n'y a plus de circonscription, de Police Station, que les meilleurs qui travaillent ensemble. Je perpétue la mémoire de feu ton pote, Massie. Pas content ?
-Elle est où, Agni ? Je ne la vois pas.
-Chez elle.
-Elle est malade.
-En congé.
-Et moi ? Moi aussi, j'étais en congé. Et même pas d'astreinte.
-D'astreinte ! Regardez qui me parle d'astreinte ! Pas toi, pas toi, Carl Philipp Emanuel Spiegelman, le meilleur d'entre nous ! »

L'Agent Schoenmaker s'était écarté lorsque la conversation avait viré vinaigre et avait rejoint un petit bonhomme tout vieux et tout maigre aux gestes élégants.

« Deepak, au lieu de me prendre pour un con, raconte-moi ce que tu sais de l'affaire.
-Bon, mauvaise nouvelle, très mauvaise nouvelle !
-Raconte, putain !
-Notre mort…
-On dirait plutôt une morte.
-De loin, oui, à cause des cheveux. Il avait les cheveux longs, c'est tout. Il s'agit bien d'un homme. 27 ans.
-C'est ça, la mauvaise nouvelle ?
-Tu me laisses parler, Carl ?
-Oui, mais vas-y plus vite !
-Il s'agit d'Axel Hebron.
-Comme la ville d'Hébron, en Palestine ? De la Bible ?
-Surtout comme Dave Hebron, de Hebron Constructions Pty Ltd. C'est le père de la victime.
-Ah oui, je comprends mieux ton 'mauvaise nouvelle'. Et une idée pourquoi on l'a retrouvé ici plutôt qu'ailleurs.
-Excellente question, Carl. Tu es décidément très perspicace !
-Qu'est-ce qu'il vient foutre ici, lui aussi ? Vous vous êtes donné le mot ? »

Le juge Mike Moffat était en train de garer sa voiture.

« Je te raconte rapidement. Moffat m'a téléphoné pour m'expliquer que ce truc, l'Alliance Française, c'était une association tenue par des pontes du tout Melbourne, qu'il était membre du comité directeur, en tant que trésorier, et que le président en était le fameux Dave Hebron. Je crois que Moffat va te coller aux basques pendant toute ton enquête.
-Il y a un moyen bien simple de s'en libérer.
-Raconte !
-On en fait rapidement notre principal suspect, on le met en cabane et on est tranquille.
-...
-Je déconne ! Rigole !
-...
-Arrête de faire cette tête !
-C'est que... Je n'ai pas l'habitude de te voir déconner, comme tu dis. Limite, ça me fait peur. Ah Juge Moffat ! Je ne savais pas que vous vous déplaceriez aussi vite.
-Ce n'est pas le juge qui est ici, mais l'ami...
-L'ami ?
-L'ami de Dave... Dave Hebron. Le père de la victime. Il doit arriver d'un instant à l'autre.
-Alors si c'est l'ami qui est ici, il restera professionnel et demandera à son ami de ne pas polluer la scène de crime. A vue de nez, la légiste et les scientifiques n'ont pas encore terminé.
-Il pourra tout de même voir son fils...
-De loin, oui. Je compte sur vous, Mike. Professionnel !
-...
-Mike, ça va bien ? »

Le juge Moffat eut un léger malaise. Il venait d'apercevoir de loin la longue chevelure frisée et brune du jeune défunt. Il l'avait connu bébé et l'avait vu grandir. Il avait suivi avec tristesse la détérioration des relations entre le père, son meilleur ami, et le fils, un jeune homme qu'il appréciait et admirait beaucoup et qui l'appelait 'Oncle Mike' même s'ils n'avaient aucun lien de parenté.

« Cette maison a été construite comme lupanar.
-Lupanar ?
-Un bordel, si vous préférez, Monsieur l'Agent. Ici, à l'époque edwardienne, c'était le quartier chic et chaud de Melbourne. A la mer, loin des maisons des gens bien, loin du quartier des affaires. On se dévergondait à St Kilda. Ici, c'était la salle de bal. Il y avait un bar, là. Ce qui nous sert maintenant de salles de cours, c'étaient les chambres des filles. Un lupanar très chic avec peu de filles, mais les meilleures.
-Vous connaissez bien l'histoire de ce lieu. Vous êtes ?
-Jean-Marie Violette. Je suis le responsable de l'administration de l'Alliance Française du Victoria.
-Vous êtes français ?
-Australien, depuis plus de trente ans. »

A bien le regarder, cet homme au nom de fleur était sans âge, privilège des maigres. Son anglais était si raffiné qu'on en oubliait presque son fort accent français dont il n'était pas parvenu à se départir. Ou était-ce une coquetterie ? L'Agent Schoenmaker posa ses yeux sur la rangée de livres au mur du bureau.

« Impressionnant, non ?
-Ah oui !
-L'Oxford English Dictionary. Vingt volumes. La dernière version, celle de 1989. C'est à moi, mais j'ai préféré l'installer ici, parce que ma vie est ici. »

Le petit homme aux gestes affectés fit faire au jeune policier le tour du propriétaire, tout en lui racontant l'histoire du bâtiment et de l'association qui fêtait ses 111 ans cette année, l'occasion d'une petite fête à venir à laquelle le directeur tenait beaucoup.

« Mais avant cette fête, il y aura le Bastille Day Ball. J'espère que cette affaire sera résolue avant.
-C'est quand, ce Bastille machin ?
-Le 14 juillet, c'est le jour de la fête nationale française. Ce bal, c'est notre principal événement mondain de l'année. Tout l'establishment du Victoria y est présent.

-C'est dans trois semaines tout ça et nous avons le cadavre du fils du président de votre association qui vient d'être déposé sur votre perron. Alors votre bal… Je vous laisse, on m'appelle. »

Jean-Marie Violette avait été maladroit. Le jeune agent avait été gentil avec lui tout au long de la visite et puis il s'était raidi et était devenu si policier tout à coup. Étonnante jeunesse ! Sans doute était-il homophobe et n'avait-il pas apprécié les manières trop élégantes, les mots trop recherchés, la voix trop haut perchée de l'homme au nom de fleur qui retourna dans son petit bureau, juste derrière l'accueil, d'où il avait un point de vue sur toutes les parties essentielles de la villa. Il devait certes se tordre le cou pour apercevoir les hommes et les femmes affairées sur la scène de crime.

« L'Alliance Française, une scène de crime ! »

L'Agent Schoenmaker continuait ses rencontres avec les personnes présentes sur place. Florence Courbet, l'assistante personnelle du directeur.

« Courbet, comme le peintre, Florence.
-Quel peintre ?
-Le peintre français Gustave Courbet, *l'Origine du Monde*.
-Connais pas.
-Non, laissez…
-Je m'appelle Florence Courbet. C.O.U.R.B.E.T.
-Et, qu'avez-vous… »

L'Agent Jan P. Schoenmaker n'était pas un inculte. Il n'était pas à l'image que se faisait de la police, l'intellectuel moyen que représentait cette Française blonde à l'œil bleu, terne et sans vie. Jolie tellement quelconque. Fière de son européanité qui n'était malheureusement plus de mise dans ce grand pays ouvert désormais sur le monde, le reste du monde, pas uniquement les anciennes puissances coloniales. L'Agent Jan P. Schoenmaker s'emportait. Cette Française hors d'âge et hors sol l'avait énervé. Un homme était arrivé en courant, en pleurant, en criant. On le reteint au seuil de la scène de crime.

« Mon fils Axel ! Mon fils, mon fils Axel ! Pourquoi je ne suis pas mort à ta place ? Axel, mon fils, mon fils… »

Il s'était jeté dans les bras du juge Moffat qui était soudainement pétrifié par l'intensité de l'intervention de celui qui devait donc être le père de la victime.

« Ça, on l'a bien compris que c'était son fils. Il est naturellement extraverti ou c'est une posture ?
-Je ne le connais pas. Je ne sais pas. C'est un peu normal, non ? Il vient de perdre son fils.
-Oui, mais quand même…
-Qu'est-ce que tu ferais si tu perdais un fils, Carl ?
-Tu es con, je n'ai pas d'enfant.
-Alors tu ne sais pas.
-Tu sais mieux que moi, peut-être ? Tu as combien d'enfants ?
-Je n'en ai pas et, justement, je ne juge pas. »

Le seul à pouvoir juger était justement juge et ami de la famille. S'il ne comprenait pas la réaction si forte de Dave Hebron, c'était parce que le père et le fils était en guerre ouverte depuis quelques années déjà. A telle enseigne qu'Axel Hebron avait créé Ephraim Constructions Pty Ltd, en directe concurrence avec l'entreprise paternelle à laquelle elle taillait des croupières au point de l'avoir dépassée et d'avoir tenté à plusieurs reprises de la racheter. La dernière tentative devait avoir lieu dans quelques jours, juste avant le fameux événement mondain auquel Dave Hebron tenait tant, le Bastille Day Ball.

« C'est quand, ça ?
-Je ne sais plus, quelque part mi-juillet, je crois. »

Chapitre six.
Dimanche 24 juin 2001.

Trois heures du matin. On pleurait dans la mansion Hebron. On pleurait le fils aîné disparu trop jeune, emporté par sa fougue et les trois coups portés directement dans son cœur. On riait aussi dans la mansion Hebron. On riait à la pensée du combattant abattu, de l'ennemi terrassé, du félon défait. Le père se lamentait, ses généraux se réjouissaient, non qu'ils eussent joie à voir un homme assassiné, mais parce que, peu de temps avant la découverte du cadavre, ils avaient finalisé l'accord de rachat hostile à l'encontre du fils perfide. Ils l'avaient déjà écrasé, ce combattant trop jeune pour plus de conquête. Pourquoi auraient-ils alors voulu l'achever ainsi, sur le perron d'un ancien bordel de luxe ? Tellement vulgaire !

« Mon fils Axel ! Mon fils, mon fils Axel ! Pourquoi je ne suis pas mort à ta place, Axel, mon fils, mon fils. »

Quand on eut annoncé à Samuel Yoav que Dave Hebron pleurait et se lamentait toujours, quand ce fidèle auxiliaire vit qu'au lieu de célébrer la victoire de ce jour, ce rachat hostile, la fin de l'emprise d'Ephraim sur Hebron, du fils sur le père, tout le personnel d'Hebron était rentré furtivement à la maison, comme se glissait une troupe honteuse et mise en déroute dans une bataille, quand il apprit que le père meurtri avait transformé ce jour de conquête en jour de deuil et s'était voilé la face en répétant à grand cri 'mon fils Axel ! Axel, mon fils', Samuel Yoav entra dans la chambre de Dave Hebron.

« Tu nous as fait honte aujourd'hui. A nous tous qui travaillons pour toi. Nous qui venons de sauver ton entreprise et ton existence et celle de tes filles et de tes autres fils. De ta femme et de tes… »

Samuel Yoav n'osa dépasser les limites de la décence.

« Tu nous fais honte en pleurant un ennemi et en haïssant ceux qui t'aiment. Tu nous as dit aujourd'hui que ta vie était terminée, que tu n'avais plus d'amis, plus de fidèles puisque ton fils aîné était mort.

Je vois maintenant que si Axel était encore vivant et que nous tous étions morts, tu t'en réjouirais… »

Dave Hebron et lui étaient ivres d'alcool et de tristesse. Le père meurtri dans sa chair et dans son âme leva les yeux pour regarder, étourdi, son ami de toujours.

« Non, Samuel, non…
-Alors debout ! Montre-nous que tu nous aimes ! Parle au cœur de ceux qui te suivent et t'admirent. Parce que, si tu ne te montres pas, j'en jure par l'Éternel, pas un homme ne restera cette nuit avec toi, et ce sera pour toi un pire malheur que tous ceux qui te sont arrivés depuis ta jeunesse jusqu'à ce jour ! Y compris jusqu'à ce jour ! »

Il éructait, l'ami de toujours, le single malt et les émotions trop fortes avaient produit leurs effets lyriques. Ils tombèrent dans les bras l'un de l'autre et pleurèrent collés l'un à l'autre pour se rejeter et se retrouver immédiatement après.

« Souviens-toi lorsque tu pleurais amèrement dans la nuit, les larmes inondaient tes joues. Plus personne ne te consolait que moi. Tous tes amis t'avaient trahi, sauf moi. Tu étais en exil dans ta propre ville, dans ta propre entreprise. Tes persécuteurs, ton fils en premier, t'avaient atteint dans les plus étroits défilés. Tes adversaires avaient pris le dessus, tes ennemis vivaient en sécurité, car l'Éternel t'avait frappé pour tes nombreux péchés. Aux jours de misère et de souffrance, Dave, souviens-toi de qui était auprès de toi alors que tous les biens que tu possédais dans les temps passés avaient disparu, quand ton entreprise tomba entre les mains du vainqueur et que personne ne vint te secourir et que tes ennemis, en te voyant perdu, vinrent danser sur les ruines de ton empire ! »

Lorsqu'il était au-delà de l'ivresse, Samuel Yoav se mettaient à citer la bible, en la déformant au gré de ses élans poétiques.

« Jérémiades que tout cela ! »

À peine eut-il prononcé ces paroles définitives que Dave Hebron s'endormit enfin. Samuel Yoav leva un œil glauque et rougi sur lui, tenta de sourire mais ne parvint qu'à esquisser un rictus sardonique et laissa tomber sa tête sur le haut de son vaste poitrail pour sombrer dans une nuit fiévreuse et nauséeuse.

« Police ! Nous pouvons entrer ?
-Euh… C'est à dire que tout le monde dort encore. Le fils de Monsieur est mort. Mort le jour de shabbat, imaginez-vous !
-Vous êtes…
-Mordechaï Gebirtig.
-Mordechaï Gebirtig ? »

Une immense nostalgie envahit soudainement Spiegelman. Sa grand-mère du côté de son père était juive polonaise, de Cracovie, une Gebirtig. Sa famille et elle avaient fui la Pologne et s'étaient réfugiées dans le nouveau royaume des Serbes, Croates et Slovènes. Elle y avait rencontré un jeune boucher rituel, un shohet…

« Chief Superintendent ? Tout va bien ?
-Oui, oui, ce nom… Mordechaï Gebirtig…
-Je suis content que vous le connaissiez. Ma mère m'a souvent parlé de notre lointain cousin mort dans l'incendie du ghetto de Cracovie. Et de ses chansons… Vous êtes aussi un Gebirtig ?
-Ma grand-mère…
-Oh… Nous devons sans doute être cousins. Vous êtes à Melbourne depuis longtemps ? Vous fréquentez quelle synagogue ?
-East-Melbourne… »

Spiegelman, sans le réaliser, était en train de dévoiler à son adjoint la plus intime partie de sa vie privée. Il ne disait jamais à personne qu'il allait régulièrement à la synagogue. Non qu'il craignît un antisémitisme latent dans un Victoria encore trop christianocentré. Il souhaitait juste être seul devant l'Éternel, sans quiconque comme juge ou partie. Il essayait parfois de s'éclipser pour faire shabbat avec les Cohen, des vieux parents lointains qui avaient accepté d'accueillir irrégulièrement ce cousin en recherche et qui, eux, comprenaient que, dans un monde non juif, il était parfois difficile de suivre à la lettre les lois et les rituels. Ils n'étaient pas juges et ne prenaient jamais part à sa quête du souffle intime de l'esprit. Ils le comprenaient, simplement, tout comme l'Éternel qui n'était pas le dieu de colère trop souvent dépeint et décrié…

« Chief Superintendent ? »

Mordechaï Gebirtig et Spiegelman s'étaient regardés longuement, intensément. Ce vieux monsieur si doux, si gentil respiraient l'âme du shtetl…

« Chief Superintendent ?
-Monsieur Gebirtig, menez-nous à M. Hebron.
-Ils ont beaucoup bu cette nuit. Salomon et moi venons de les mettre au lit.
-Ils ont beaucoup bu ?
-Monsieur Dave et Monsieur Samuel.
-Monsieur Samuel ?
-Monsieur Samuel Yoav, l'adjoint de Monsieur Dave. Ils ont beaucoup bu tous les deux, alors Salomon et moi les avons mis ce matin au lit. Il y a peut-être une demi-heure.
-Salomon ?
-L'ombre de Monsieur Samuel, comme Monsieur Samuel l'appelle…
-Et donc, vous avez mis Dave Hebron et Samuel Yoav au lit…
-Ah non, non, non ! Je vois ce que vous pensez… Non, non, pas ça…
-Et qu'est-ce que vous croyez que je pense ?
-Au lit, ensemble, non ! Non ! Monsieur Dave, c'est plutôt les femmes. Nous avons mis Monsieur Dave dans son lit et Monsieur Samuel dans une chambre d'amis.
-Monsieur Dave, ce sont plutôt les femmes ?
-Oh oui, ça oui !
-Pas Monsieur Salomon ?
-Lui, on ne sait pas, on ne sait rien. Il est très discret. Et surtout, il travaille tout le temps. Il n'a certainement pas une minute pour…
-…
-La chose. Pour la faire ou même y penser.

-La chose… La chose… »

Spiegelman n'avait pas regardé Schoenmaker en répétant cette métaphore pudibonde, mais il savait qu'il était pivoine jusqu'aux oreilles. La chose…

« Bon, Monsieur Gebirtig, il a un nom, ce Salomon, l'ombre de Yoav ?
-Oui, Salomon Schachter.
-Schachter… Quelle autre coïncidence ! Mon grand-père était shohet.
-Je n'ai rien compris, Chief Superintendent.
-Non, rien, c'était dans ma tête. Ne vous inquiétez pas, Agent Schoenmaker…
-Mais si, expliquez-moi !
-En néerlandais, ton nom Schoenmaker, veut dire cordonnier. Et Schachter, le nom de ce Salomon, en yiddish, ça veut shohet. Et mon grand-père était shohet et son prénom était Shlomo, en yiddish, c'est l'équivalent de Salomon. Et cet autre homme s'appelle Gebirtig, comme ma grand-mère. C'est comme si tout mon passé ressurgissait. Le shohet Shlomo Spiegelman était mariée à Hannah Gebirtig.
-Incroyable… Et un shohet, c'est quoi ?
-Un boucher, un abatteur rituel.
-Chez les juifs, c'est ça.
-C'est ça, les juifs.
-Vous êtes juif.
-… »

Spiegelman regarda longuement et avec étonnement le jeune agent au visage cramoisi piqué de deux yeux azur.

« Monsieur Gebirtig, où est Salomon Schachter ?
-Aux cuisines, nous étions en train de prendre notre petit-déjeuner lorsque vous avez sonné.
-Où se trouvent-elles ?
-Derrière cette porte.
-Allez et préparez nous deux bons cafés.

-J'y vais immédiatement. Il reste du strudel aux pommes que notre pâtissière avait préparé pour hier soir et de la hallah.
-Filez, Monsieur Gebirtig ! J'ai hâte. Nous vous rejoignons. »

Spiegelman prit Schoenmaker par le bras et le coinça contre le mur protégé des regards par la grande armoire décorative et très kitsch du hall d'entrée.

« Mon petit, il va falloir assumer. »

Pris de panique, Schoenmaker avait gardé la bouche ouverte et les yeux mi-clos comme s'il avait craint de prendre une gifle.

« Je ne…
-Calme-toi, je ne vais pas t'agresser. Je ne suis pas un monstre ! Je veux juste te dire que tu dois assumer ce qui s'est passé entre nous… »

Schoenmaker referma doucement la bouche et rouvrit complètement les yeux. Spiegelman avait son visage tout contre le sien et lui murmurait ses cachoteries à l'oreille.

« Pourquoi… pourquoi… tu me dis ça… maintenant ?
-Parce que depuis ce matin que nous avons recommencé à travailler ensemble, tu es tout rouge jusqu'aux oreilles et que tu bafouilles dès que tu essayes de me parler. Les gens vont commencer à jaser. Ils vont se méprendre. Ils vont croire que je te terrorise.
-Je…
-Reprends-toi, mon ami ! Tes émotions, tu les remets dans ta culotte… Enfin, non, pas là… »

L'œil de Schoenmaker frisa. Spiegelman le toisa de toute sa morgue, assez fier de sa petite plaisanterie, mais il ne tint pas longtemps. Le jeune Schoenmaker le faisait tout de même craquer. Ils éclatèrent de rire dans cette maison en grand deuil, l'avelout. Du moins en théorie, puisque la shemira, la grande veillée mortuaire, n'avait pas pu avoir lieu, le corps du fils défunt ayant été emporté à la morgue de la Police Station de City of Melbourne.

« Allez, on va à la cuisine. J'ai une faim de loup.
-Je veux bien essayer, Carl, mais promets-moi une chose.
-Dis toujours.
-Ne me regarde pas comme ça tout le temps, si tu veux je m'habitue.
-Te regarder comment ?
-Comme ça, justement, moi je ne peux pas... »

Spiegelman lui sourit et se détacha de lui.

« Allez, Agent Schoenmaker, le travail nous attend. Allons renifler l'air des cuisines, c'est là où se concentrent toutes les odeurs d'une maison. Reniflons, observons, rien ne doit nous échapper. Il faut à tout prix que les deux gaillards du shtetl se mettent à table et nous disent tout ce qu'ils savent.
-Du shtetl ?
-Je t'expliquerai plus tard. Ah... Tu commences à rougir...
-Non... Arrête ! »

Spiegelman avait déjà la main sur la poignée de la porte des cuisines. Schoenmaker était resté caché par l'armoire à essayer de prendre de grandes respirations et de se vider l'esprit. Il bandait encore un peu lorsqu'il répondit à l'injonction de son chef.

« Agent Schoenmaker, vous venez ou quoi ? »

Agni Kortsidaki regarda le balèze endormi dans son lit et se jura de ne plus jamais recommencer. Elle avait passé son samedi à s'occuper d'elle-même. Elle avait éteint son portable et débranché sa ligne fixe. Elle avait couru, pris une douche brûlante. Elle s'était reposée un peu avant une séance de Pilates. Elle avait repris une douche brûlante. Pomsawan était venue pour un long massage. Agni Kortsidaki s'était ensuite glissée dans un bain fumant parfumé à l'huile d'argan, le visage recouvert d'argile verte et les cheveux oints d'huile de monoï. Un verre de vin rouge. Une musique de merde calme. Des bougies. Le bonheur. Elle avait ensuite passé une heure à choisir sa tenue, ses chaussures. Une autre à décider de sa coiffure, parce qu'après un traitement au monoï, sa chevelure se laissait enfin dompter et qu'elle offrait tant de possibilité qu'elle s'en amusait toujours très longuement devant le miroir. Elle avait opté pour un chignon fou très haut perché, lui dégageant totalement la nuque. Elle avait envie d'être embrassée passionnément dans le cou. Elle en frémissait d'avance.

« Ma poulette, aujourd'hui tu vas déchirer ! »

Tout s'était ensuite brusqué, les copines à la maison pour une première bouteille d'Australian bubbly. Une seconde et on avait filé vers le Claypot pour se goinfrer en riant de poissons et de crustacés cuits sur la cendre, en buvant ce petit vin blanc presque trop sec qui se mariait si bien avec ce qu'on mangeait. Passage aux toilettes pour se remettre d'équerre et direction Prahran pour d'innombrables verres sur les terrasses chauffées. La drague avait déjà commencé. On avait ensuite choisi une boîte, on s'y était tenu. Là, le groupe de filles s'était un peu délité parce que chacune était partie en chasse, et ça, ça ne se faisait pas en meute. Agni Kortsidaki avait harponné quelques proies, pour les rejeter à l'eau. Elle voulait le meilleur en ce jour de fête où elle se sentait à nouveau fille en folie. Que fêtait-elle exactement ? Justement, le fait de se sentir à nouveau fille en folie. A moins que ce ne fût autre chose, elle ne s'en souvenait plus, elle avait déjà trop bu. Et c'était lorsqu'elle avait trop bu qu'elle perdait tout son discernement. Alors que faisait ce grand balèze dans son lit, à ronfler comme un sonneur ? Aucune idée. Elle l'avait embrassé et le trou noir. C'était le matin, il était là et elle avait un atroce mal de crâne. Comment s'appelait-il ? Où étaient ses affaires ? Elle fouilla dans les poches de l'immense pantalon en tas à terre. Elle ne trouva pas de pièce d'identité.

« Qu'est-ce que tu fais ?
-Police ! »

Un peu conne, la réponse !

« Du Vietnam, ce mois-ci. »

L'odeur de café qui se mélangeait à celle de la morgue, la masse imposante de Trish Mac Thomas penchée au-dessus d'une table de dissection, le corps papillonnant d'Agapito Sansoni autour, la musique aborigène qui enveloppait le tout, l'ambiance chaleureuse et réconfortante du laboratoire médico-légal de la Police Station de City of Melbourne. Le visage de l'Agent Schoenmaker était encore un peu rose, mais la situation s'améliorait, il se contenait de plus en plus. Après tout, il était arrivé à ses fins, il pouvait maintenant calmer son ardeur. Agapito Sansoni fut le premier à apercevoir les deux policiers venir vers eux.

« Chief Superintendent, quelle surprise de vous voir un dimanche.
-C'est que vous avez un client de luxe. Je tenais à m'assurer qu'il était à son aise parmi vous.
-Bonjour à vous aussi, Docteur Sansoni ! »

Pour la première fois, l'Agent Schoenmaker s'était imposé pour marquer sa présence dans une discussion. Tout le monde s'arrêta net, étonné. Trish Mac Thomas le regarda, amusée, puis regarda Spiegelman, soupçonneuse et éclata de rire.

« Bonjour à vous aussi, Agent Schoenmaker ! Agapito, salue notre nouveau camarade ! »

Agapito Sansoni et Trish Mac Thomas retirèrent leurs gants de latex et procédèrent à des salutations en règle. La légiste serra Spiegelman contre sa vaste mamelle et enveloppa la main tendue de l'Agent Schoenmaker entre les deux siennes grosses comme des battoirs mais aux doigts si fins. Agapito Sansoni se contenta d'un salut plus conventionnel et viril.

« Bon, le patron est là, il est temps de faire une pause pour déguster mon nouvel arrivage de café du Vietnam. Carl, tu l'as déjà essayé chez toi ?
-Oui.
-Il s'agit d'un arabica, ce qui ne constitue pas la majeure partie de la production du pays. Il vient de la province montagneuse du Lai Chau, près de la frontière avec la Chine. C'est un café étonnamment

léger comparé au reste des cafés vietnamiens qui sont en majorité des robustas corsés et forts en caféine.
-Tu nous fais du café pour fiottes, alors !
-Agapito, modère tes propos !
-Laisse, Trish, laisse ! Qu'attendre de plus d'un footballeur italien ? »

Le climat était à la chamaille potache, Spiegelman s'y glissa gentiment. Au lieu de le choquer, les paroles faussement rugueuses du médecin légiste tranquillisèrent le jeune agent. Même si l'homophobie était officiellement proscrite dans les locaux et pour le personnel de la Police du Victoria, il était toujours resté discret sur ses attirances puisqu'il avait entendu à de nombreuses reprises des remarques désobligeantes, voire insultantes au détour de conversations, même banales, entre deux collègues. Bien que pavé de très bonnes intentions, le chemin de l'acceptation et de l'indifférence était encore loin. Dans cette morgue, l'Agent Spiegelman se sentait à l'aise, protégé, apprécié et le café était…

« Mais enfin, comment on peut faire ça ?
-Quoi, ça ? »

La docteure Trish Mac Thomas releva d'un coup la tête, piquée au vif.

« Un café aussi bon ! Je n'ai jamais bu un tel café… »

La docteure se rengorgea et ce fut à elle de rosir de bonheur, de plaisir. Spiegelman sourit en coin. Quel ingénieux manipulateur, ce petit Schoenmaker ! La docteure commença à lui expliquer les secrets d'un café qui… Le téléphone de Spiegelman sonna : un miracle, il l'avait avec lui et il était allumé et il l'avait entendu et il décrocha. A l'autre bout, Agni Kortsidaki n'y croyait presque pas.

« C'est toi, Carl ?
-Bien évidemment, pourquoi pas ?
-Viens tout de suite chez moi. Viens avec une patrouille, s'il te plaît.

-Qu'est-ce qu'il se passe ? Tu veux aussi une ambulance ? Pourquoi tu m'appelles moi ?
-Carl, s'il te plaît, une patrouille, toi et pas d'ambulance, c'est trop tard. Vite ! »

Elle avait raccroché.

« C'était qui ?
-Agni.
-Qu'est-ce qu'elle voulait.
-Je ne sais pas encore mais je vous raconterai, Schoenmaker, en route ! »

Il n'avait pas grand-chose à raconter, ni le temps de le faire. La voix d'Agni Kortsidaki avait été blanche et monocorde. Il craignait le pire. Il avait pris quatre agents dans une voiture et un autre pour conduire celle dans laquelle Schoenmaker et lui se trouvaient. Il passa le temps du trajet au téléphone, avec Deepak Patel, avec Trish Mac Thomas qui l'avait appelé à peine eurent-ils démarré de la Police Station, avec Agni Kortsidaki qui semblait sonnée et qui ne parvenait plus à tenir un discours cohérent. Cette deuxième phase de réaction à un choc n'augurait rien de bon. Il avait appelé tout de même une ambulance, pour elle, puis une autre, au cas où. Ils étaient presqu'arrivés lorsqu'Agni Kortsidaki le rappela pour lui dire de ne pas venir, de tout annuler, qu'il ne s'était rien passé de grave, qu'elle avait su gérer, qu'elle était désolée de tout ce remue-ménage. Il lui répondit qu'ils arrivaient et qu'ils viendraient tout de même. Elle le somma de rebrousser chemin, il lui rétorqua de se calmer, elle hurla qu'il devait faire demi-tour et fondit en larmes. Ils étaient arrivés. Il entretint leur conversation alors qu'il sortait de la voiture et se dirigeait vers chez elle. Il ne frappa pas, la porte n'était pas fermée à clef. Il entra dans l'appartement, suivi de l'Agent Schoenmaker et des cinq autre policiers en uniforme et des urgentistes qui venaient d'arriver. Elle était à genoux à terre au pied de son lit. Au-dessus, le corps d'un homme immense et musculeux, totalement nu.

« Je regardais dans ses poches pour savoir qui s'était, il était dans mon lit, il s'est réveillé, il m'a regardé, il m'a demandé ce que je faisais, je lui ai dit police et il s'est écroulé sur le lit, comme ça, sans rien dire de plus, comme ça. »

Pas très cohérent, tout cela... Mais c'était la seule chose que parvenait à dire et répéter en boucle Agni Kortsidaki entre deux sanglots morveux sur l'épaule rapidement trempée de Spiegelman. Dans quel pétrin s'était-elle encore fourrée ? Trish Mac Thomas et Agapito Sansoni venaient d'entrer, ils s'étaient jetés dans une voiture, à peine la conversation avec Spiegelman s'était-elle terminée. Trish Mac Thomas prendrait le relais et Agni Kortsidaki contre son épaule, contre son sein protecteur. Agapito Sansoni irait voir ce que ce balèze faisait sur le lit de la Minoenne et s'il pouvait le compter parmi sa clientèle.

« Calme-toi, ma grande, essaye d'être claire.
-Je n'ai rien fait, j'ai dit 'police' et il s'est écroulé.
-Où est-ce que tu l'as rencontré ?
-Au Macunaïma, à Prahran. En fin de soirée, vers trois heures.
-Tu veux de l'eau ?
-Un café, un grand café. »

Spiegelman fit sécuriser l'appartement et appeler la brigade scientifique. Agapito Sansoni avait commencé les premiers constats cliniques. Trish Mac Thomas déposa délicatement Agni Kortsidaki dans les bras du policier pour rejoindre son collègue et amant.

« Pas de lésion, pas de coup, pas d'hémorragie pétéchiale, il n'y a pas eu de lutte, ni d'agression physique. A première vue, une mort naturelle, une crise cardiaque... Au vue de sa musculature, il pourrait prendre certains anabolisants et cela irait dans l'idée de la crise cardiaque.
-Mon doux ami, le lien n'a jamais été démontré entre la prise de stéroïdes anabolisants et les complications cardiaques.
-En tous les cas, je n'ai pas assez de lumière pour de plus amples constations externes et une ouverture de corps me semble incontournable.
-A première vue, une mort naturelle... La pauvre gosse ! Elle attendait cette nuit de détente depuis si longtemps... »

Tout le monde se retrouva à la morgue pour un bon café. Deepak Patel devait les rejoindre. On s'installa dans les canapés et fauteuils autour des tables basses du fond.

« Le café du Vietnam est très souvent décrié. A raison. Ils produisent essentiellement du robusta pour l'industrie agroalimentaire, les cafés solubles notamment. Certains petits producteurs de montagne se sont mis à l'arabica, ici l'amertume du catuai se marie parfaitement avec la douceur et l'acidité du bourbon jaune. Je dis ça pour que vous ne buviez pas idiots… »

La docteure Trish Mac Thomas parlait dans le vide. Elle s'en moquait. Elle occupait l'espace sonore en attendant l'arrivée du corps. Celui d'Axel Hebron avait été dûment étiqueté et rangé. Ils attendaient le retour du laboratoire pour l'analyse toxicologique. L'affaire était d'importance, le client en premier lieu, les résultats leur parviendraient au plus vite. Ils avaient déjà conclu que le fils félon de bonne famille était un grand consommateur de cocaïne et qu'il buvait beaucoup trop. Sa forme physique naturelle ne semblait pas corroborer son alcoolisme, les tissus adipeux n'étaient pas encore caractéristiques, toutefois l'état de son foie ne laissait aucun doute. L'intérieur de ses narines, l'état du périchondre de la cloison nasale et la perforation du cartilage du septum témoignaient, de leur côté, de la régularité et de l'intensité de la consommation de cocaïne. Le fils félon n'était ni sain, ni fringant. Ils soupçonnaient même une overdose, à tout le moins une consommation excessive, au moment du meurtre. Il devait être donc inconscient et dans un sale état au moment où les trois coups lui auront été portés au cœur. Le corps du balèze et Deepak Patel arrivèrent dans la morgue en même temps, l'un, en brancard, par l'entrée officielle des morts, l'autre, sur les deux jambes, par la petite porte qui menait au reste de la Police Station. Il fut convenu qu'Agni Kortsidaki devait quitter les lieux et faire sa déposition dans le bureau de Spiegelman qui se transformerait, comme à chaque enquête complexe, en salle commune appelée pour l'occasion 'salle de toutes les réflexions'.

« De toute façon, tu n'es jamais dans ton bureau et il est trop grand pour toi tout seul. »

L'enquête précédente était à peine terminée. Les tableaux blancs venaient d'être débarrassés des photos, des articles de journal et des fils de laine qui les reliaient entre eux et nettoyés à l'alcool pur des différents commentaires écrits avec toutes sortes de marqueurs délébiles ou moins. La salle avait été javellisée en grand la veille et l'on reprenait les mêmes enquêteurs et on recommençait. Sauf Wojcik qui avait été réquisitionné par les Fédéraux et Agni Kortsidaki qui avait basculé de l'autre côté du miroir. Même si elle ne le savait pas encore, la mort du balèze avait été considérée comme suspecte et elle aussi. Il fallait qu'elle refît surface avant qu'on ne le lui révélât. Pour l'instant, elle allait discuter en amie avec Deepak Patel et Spiegelman afin qu'ils pussent se faire une idée plus claire de ce qui s'était passé durant cette nuit. Après, elle irait coucher chez Deepak Patel, en tout bien tout honneur, cette fois-ci. Elle était bouleversée et suspecte, il était gentleman et suspicieux, rien ne se passerait entre eux ce soir-là.

« Bon, les amis, Agapito et moi allons incessamment procéder à l'ouverture du corps du balèze. Vous avez son nom ? Le corps a été livré sans identité.
-Il n'avait pas de papiers. La brigade scientifique a transféré les relevés faits sur place à l'identification judiciaire. Ils nous contacteront dès qu'ils auront quelque chose.
-Et Agni leur a dit ce qu'elle savait de lui. En fait, pas grand-chose.
-Pourquoi n'allez-vous pas tous vous reposer. Il est déjà tard et vous avez beaucoup travaillé pour un dimanche. Une bonne nuit de sommeil fera du bien à Agni. Elle va chez qui ?
-Je vais m'en occuper, hein, Agni ? »

Les légistes en avaient encore pour deux heures. Comme ils s'étaient remis ensemble, ils avaient prévu un souper tardif et amoureux après l'ouverture du balèze. Spiegelman souhaitait, quant à lui, persévérer dans le dialogue des corps qu'il avait entamé avec Schoenmaker. Tout était nouveau pour lui et il devait s'y consacrer totalement. Comme Wojcik était à Canberra, il ne restait plus que Deepak Patel pour accueillir la belle Minoenne en déroute. Pas de cul, juste du sentiment et de l'amitié ce soir ! Enfin, il tenterait de respecter cette feuille de route, mais l'Indien n'était pas de bois. Le sâdhu, lui-même, parfois, déviait du chemin sacré qu'il s'était tracé. On verrait.

Chapitre sept.
Lundi 25 juin 2001.

Le laboratoire de la brigade scientifique avait travaillé d'arrache-pied, nuit et jour, week-ends compris. Les deux affaires étaient d'importance. D'un côté un richissime chef d'entreprise du bâtiment, fils d'un influent et concurrent quoique déclinant chef d'entreprise du bâtiment, d'un autre côté un balèze anonyme trouvé mort dans l'appartement d'une cadre de la Police du Victoria. Deepak Patel avait mis la pression sur tout le monde. Il voulait tout comprendre. Et rapidement. Comme d'habitude. Les docteurs Trish Mac Thomas et Agapito Sansoni avaient terminé tard l'autopsie du balèze. Ils avaient envoyé les échantillons au laboratoire à mesure qu'ils les constituaient au fur de leurs découvertes, de leur questionnement. Le joli petit coursier de l'autre fois avait fait des aller-retours, sans protester, en affichant un sourire béat à chaque fois qu'il était entré dans la morgue et qu'il avait vu l'imposante silhouette de la légiste à l'ouvrage. Avant le dernier trajet, elle lui avait offert un verre de vodka des massacres, le breuvage qu'elle préparait dans le plus grand secret et qu'elle conservait dans l'ancien réfrigérateur à organes qu'elle avait réformé à cette usage. Il en avait rosi d'aise, elle avait souri sous le regard réprobateur du docteur Agapito Sansoni qui refermait le corps du balèze. Le joli coursier avait disparu dans les brumes humides de Melbourne, les deux légistes étaient rentrés chez Trish Mac Thomas pour une bonne bouteille de merlot, des nouilles sautées réchauffées au micro-onde, quelques fantaisies libidineuses et une courte nuit de sommeil. Ce matin, elle était déjà à pied d'œuvre. Elle avait déposé Agapito Sansoni à la morgue et avait filé au laboratoire de la Brigade Scientifique à cause de plusieurs faits étonnants sur le rapport envoyé ce matin par mail.

« Nous devons continuer nos analyses. Il s'agissait de premiers constats. »

Lors de l'ouverture du corps, ils avaient constaté que l'état du périchondre de la cloison nasale du balèze et la perforation du cartilage de son septum démontrait une sérieuse addiction à la cocaïne.

« Tout comme votre autre patient.
-C'est pourquoi nous vous avons demandé d'analyser les résidus de cocaïne trouvés ici et là sur le corps de la victime, en plus de l'analyse toxicologique.
-Donc, comme mes collègues l'ont marqué sur le rapport rédigé cette nuit, la cocaïne consommée par votre deuxième victime est exactement de la même origine que celle de votre première victime.
-D'accord, il s'agit d'un hasard ou d'un arrivage en masse d'un nouveau mélange sur le marché.
-Un nouveau mélange, non, pas vraiment, il a été répertorié. Il s'agit de la cocaïne du gang des Yougos. Le même coupage. Non, Trish, et c'est pour cela que j'ai préféré refaire les analyses des collègues et attendre ton arrivée. Regarde… »

La docteure Mac Thomas regarda longuement les documents que lui avait tendus le docteur Swan, le directeur de la Scientifique. Elle leva des yeux incrédules vers son collègue.

« Cela voudrait dire soit que les deux affaires sont liées et que les deux victimes ont été assassinées par la même personne, soit que circule sur le marché une cocaïne empoisonnée au curare synthétique.
-Je ne suis que directeur de ce laboratoire. Il faut laisser cela aux collègues de la police criminelle.
-Oui, mais avoue que… Tu trouverais une autre solution, toi ?
-Je te le dis et le redis, nous ne sommes que des scientifiques. »

Quel rabat-joie ! Trish Mac Thomas quitta le laboratoire de la scientifique en haussant les épaules. Loin du regard goguenard de Swan, elle téléphona immédiatement à Deepak Patel.

« Du curare ? Comme dans les romans d'aventure ? Ca existe vraiment ?
-Pas celui des lianes de la forêt vierge, non, du curare de synthèse. C'est sérieux, Deepak.

-Mais alors, de quoi est mort Axel Hebron ? D'empoisonnement ou des trois coups dans le cœur ?
-L'autopsie a été claire, ce sont les trois coups qui ont tué Axel Hebron. L'analyse toxicologique nous dit que s'il n'avait pas été assassiné avant, il serait mort empoisonné après. »

La situation s'obscurcissait. Les deux actes, les trois coups portés au cœur d'Axel Hebron et son empoisonnement, avaient-ils été perpétrés par le même meurtrier ? Les deux empoisonnements, celui d'Axel Hebron et celui du balèze encore inconnu, étaient-ils liés ? Pourquoi le balèze encore inconnu et junky avait-il échoué dans le lit d'une officière de police haut-gradée ? D'autres junkies allaient-ils être victimes de la cocaïne empoisonnée au curare de synthèse ?

« Quel merdier ! »

Deepak Patel raccrocha pour appeler Spiegelman.

« Tu réponds à ton portable, maintenant, divine surprise ! Quel changement !
-Si vous continuez tous à m'emmerder avec mon portable, je le balance aux chiottes.
-Tout doux, mon beau ! Je t'ai envoyé Agni, elle est arrivée à la Police Station ?
-Pas encore.
-Écoute, Trish vient de m'appeler, elle sort du laboratoire de la Scientifique.
-Du nouveau ?
-Laisse-moi parler. »

Deepak Patel tenta de faire suivre à Spiegelman les méandres tortueux de sa réflexion en même temps qu'il tentait de lui livrer les informations que Trish Mac Thomas lui avait confiées.

« Sans vouloir te commander, Deepak, il faudrait que tu ailles voir ton ami Juric. Et l'avertir de cette affaire de curare dans sa cocaïne.
-Qu'est-ce que tu insinues ? Que Juric serait mon ami ?

-C'est une antiphrase. De l'ironie. Du sarcasme. Mais avoue tout de même que tu as un accès direct à sa compagnie.
-Jure Juric et moi, ça date de la Vieille et je ne fais que mon devoir. Il faut connaître son ennemi, le côtoyer de près si on veut pouvoir l'abattre. Un jour…
-Ne te justifie pas Deepak, je plaisantais.
-Je t'ai déjà dit que tu ne savais pas plaisanter. Je vais essayer de lui parler ce matin. Je lui montrerai les copies des rapports. Je verrai sa réaction. Mais il n'y a aucune raison pour laquelle il aurait empoisonné lui-même son propre produit.
-Une embrouille entre gang ?
-Nos sources nous disent qu'ils sont en processus de pacification. Ils se sont partagé les dernières dépouilles de la Vieille.
-Sauf son trésor.
-J'y ai pensé mais ces gars-là, sont des pragmatiques, des bosseurs. Les chimères et eux… En tous les cas, il faut arrêter de mettre les gangs à toutes les sauces. Regarde, la dernière fois, les Salvadoriens n'avaient rien à faire avec l'affaire Zecco. Il faut laisser l'antigang faire son boulot et ne pas fantasmer sur…
-Oui mais l'affaire Zecco est directement liée à l'ancien gang de la Vieille, alors laisse-moi fantasmer… »

Spiegelman entendit son grand patron soupirer au téléphone.

« Carl, il faut à tout prix comprendre comment Agni s'est retrouvée avec ce mec dans son lit.
-L'identification judiciaire a avancé ? Nous savons de qui il s'agit ?
- कुछ भी नहीं
-Pardon ?
-Non, rien du tout. Ce gars n'apparaît nulle part. »

Spiegelman sortit prendre l'air dans Treasury Gardens, il devait faire le point. Il ne comprenait plus grand chose à ces deux morts. L'air vif de l'hiver le rendit morose à mesure que l'humidité s'infiltrait dans toutes les fibres de ses habits. Cette mélancolie abima ses pensées qui quittèrent la réflexion posée du détectives pour se perdre dans les tortueuses inflexions du poète de seconde zone. Trop occupé à gamberger, Spiegelman ne vit pas la massive femme du Peuple des Origines d'Ici affalée sur un banc, cuvant on ne savait quel alcool frelaté. Trop ivre pour bouger la tête, la vilaine contrefaçon de Mama Yarra dans le monde des vivants ne reconnut pas l'homme qu'elle avait déjà croisé une nuit dans un parc et à qui elle avait fait un magnifique doigt d'honneur qu'elle avait pointé haut dans les cieux. Était-ce la même ? Trop pris dans les tournis de sa cervelle fiévreuse, il ne sentait pas qu'il était suivi par une longue femme blonde aux lunettes noires, aux cheveux recouverts d'un foulard de soie beige, à la démarche lente mais assurée. Il rebroussa chemin, la croisa sans la voir. Il passa à nouveau devant la forme assoupie aux ronflements de sonneur. Il aurait pu croiser son destin sans s'en apercevoir.

« Allo, c'est moi. Il faut qu'on se voie au plus vite… Oui… Au plus vite, ça veut dire tout de suite… Comment ? Pourquoi tu changes le protocole ? »

Étonnante cette suspicion soudaine. Que fallait-il en attendre ? Allait-il se diriger dans un piège ? Jure Juric était un homme d'honneur malgré tout. Le seul moyen qu'il avait de conserver sa position, c'était d'être juste et de maintenir sa probité, même devant son pire ennemi, même dans les cas les plus improbables, comme celui de la soudaine requête du patron de la Police du Victoria. D'ailleurs Deepak Patel et lui étaient-ils vraiment des ennemis jurés ?

« Oui, bien évidemment, mais il faut être pragmatique. »

Si la cocaïne au curare de synthèse faisait partie d'un lot, elle devait à tout prix être retirée de la circulation, quelle qu'en pût être la manière. Seul Jure Juric pouvait organiser cela. Il fallait de la même façon savoir d'où elle venait et dans quel but elle avait été mélangée au poison. Là aussi, Jure Juric était l'homme de la situation et seul Deepak Patel pouvait lui demander de l'aide.

« Non, je ne lui demanderai pas de l'aide. J'échangerai sa collaboration contre un renseignement de taille. C'est tout de même sa cocaïne qui a été trafiquée et il ne souhaite pas perdre ses clients. Quelle réputation il aurait s'il ne faisait pas tout pour régler ce problème. C'est du donnant, donnant. Du gagnant, gagnant. »

Une limousine était venue le prendre au coin de Commercial et St Kilda Roads, là où les caméras de signalisation n'avaient toujours pas été réparées. Trois gaillards aux mines patibulaires encadraient Deepak Patel qui n'en menait pas large. Même de dos, le chauffeur n'avait pas l'air plus guilleret que ses trois collègues. La vitre de séparation d'avec le chauffeur fut relevée, l'habitacle fut plongé dans le noir. Un des gaillards alluma le plafonnier et l'on roula pendant quarante-cinq minutes. Deepak Patel n'avait pas de pigeon voyageur dans le ventre, il ne pourrait jamais savoir où cette rencontre eut lieu. Un dernier ralentissement, un arrêt. Un des gaillards appela sur une sorte de talkie-walkie amélioré, sans doute une des dernières trouvailles technologiques qui leur permettaient de communiquer sans être pistés, ni écoutés par la flicaille. Normal, Jure Juric s'était approprié le monopole de la Vieille sur le trafic des nouvelles technologies.

« Nous sommes arrivés. »

Un des gaillards mit un sac de coton noir sur le tête de Deepak Patel, comme dans les mauvais films produits jadis par Antonia Zecco. Ils marchèrent quelques minutes, prirent un ascenseur, puis marchèrent encore, puis un second ascenseur, puis il fit bien chaud. On lui enleva le sac. Dans cette immense salle, il ne distingua que Jure Juric, assis à une table ronde de poker, éclairée d'en haut comme toutes les tables de poker. Il n'y avait qu'une autre chaise. On la lui indiqua. Il s'assit sous le regard pesant de Jure Juric qui congédia d'un mouvement de tête les trois gaillards. Ils n'étaient plus que tous les deux dans cette immense salle très bien chauffée. Ils s'observèrent longuement, sans qu'aucun ne bougea un muscle de son visage. Aucune expression ne transparaissait. Jure Juric sourit imperceptiblement et posa son regard sur le sabot de cartes devant lui.

« Tu sais, moi, les cartes…

-Toujours aussi chiant, l'Indien ! Tu ne changeras donc jamais ?
-Ce que je préfère dans les cartes, c'est le whisky qui va avec. Tu sors ton single malt, le Yougo ou il faut que j'aille m'en acheter ? »

Jure Juric se leva vers un bar dans la pénombre.

« Oban ?
-Oban.
-Sec ?
-C'est quoi, cette question ? »

Il revint avec une bouteille d'Oban et deux verres, le sourire en coin.

« Une petite partie ?
-Tu sais, moi, les cartes…
-Tu l'as déjà dit.
-Distribue alors, si tu insistes.
-Je ne peux pas tout faire, servir les verres, distribuer les cartes. »

Deepak Patel s'exécuta. Texas Holden. Il but d'un trait le verre d'Oban que lui avait tendu Jure Juric qui éclata de rire.

« C'était pour la soif. Maintenant sers-moi pour l'alcool. »

C'était aussi une technique pour mettre en confiance le Yougo. Il montrait ainsi qu'il mettait à bas toutes ses défenses, qu'il s'estimait en terrain de totale confiance. Jure Juric en fit de même.

« Maintenant, on va boire un peu plus lentement, puisque nous devrons parler de ce qui t'amène, l'Indien. Trois cartes.
-Trois cartes ?
-Pas de commentaire !
-C'est juste pour être certain que je t'ai bien entendu. Je deviens sourd. L'âge. »

Jure Juric le contempla longuement.

« Tu n'as pas l'air si décati. »

Ils jouaient lentement, comme deux adversaires qui se connaissaient et qui voulaient prendre le temps du plaisir. Les jetons placés devant chacun ne correspondaient à aucune mise de départ. Jure Juric ne jouait jamais pour de l'argent, juste pour la technique, la réflexion. Le fric, il se le faisait autrement et à une tout autre échelle. Brelan de dames. Pour Deepak Patel.

« Nous avons retrouvé deux nez troués sur deux scènes différentes. Deux clients à toi.
-C'est pour ça que tu as voulu me voir ? Ou pour mon joli petit cul ? »

Jure Juric était, lui aussi, de la jaquette. Après la police, la mode avait touché le milieu. Deepak Patel refoula une pensée dépréciative et excluante. Jure Juric avait fait beaucoup pour l'acceptation de l'homosexualité au sein du milieu et le dernier à avoir appelé sa petite entreprise 'le gang des tapettes avait fini une balle entre les deux yeux. Jure Juric faisait même des dons à des associations de défense des malades du sida, de lutte contre la maladie et de protection des jeunes homosexuels. Il avait un prête-nom pour cela, sinon les associations n'accepteraient certainement pas ce genre de fonds.

« Tout de même, c'est de l'argent taché de sang, l'argent de la misère des hommes et des femmes perdus. Il cherche sa rédemption ? Il devrait commencer par se repentir et… »

Le voilà qui pensait comme un chrétien.

« Non, je ne mange pas de ce pain-là.
-Tu y viendras, comme tout le monde.
-…
-Alors qu'est-ce qui était si important ?
-Les deux morts avaient consommé ta cocaïne, nous l'avons analysée.

-Et ? C'est mon business. Une cocaïne de qualité. Vous avez fiché sa composition. Si c'est une overdose, ça n'est pas mon problème. Non ?
-Non, mais…
-Mais ?
-Jure, ta cocaïne avait été coupée, méchamment coupée.
-Coupée ?
-Oui avec du curare de synthèse. Ca a tué un des nez troué et l'autre a été assassiné avant de mourir empoisonné. »

Jure Juric posa ses cartes, médusé.

« Du curare de synthèse.
-Oui, mon ami ! C'est nouveau sur le continent. Ce poison n'a jamais été utilisé pour tuer quelqu'un, enfin nous n'avons pas trace d'autre empoisonnement de ce type dans nos registres. J'ai consulté Interpol et j'ai eu l'historique des empoisonnements au curare de synthèse. Pas d'occurrence en Australie. Et c'est aussi la première fois, au monde cette fois-ci, qu'on l'a retrouvé mélangé à de la cocaïne.
-Tu veux dire que j'empoisonne volontairement mes clients ? »

Jure Juric lança un regard noir à Deepak Patel.

« Non, justement, c'est pour cela que je suis venu te voir en urgence. »

Deepak Patel gagna avec une paire de dames.

« J'arrête de jouer. Dis-moi ce qui s'est passé. Je ne comprends rien à ton histoire, l'Indien. J'imagine que tu n'es pas venu te fourrer dans mes pattes pour m'accuser d'avoir empoisonné deux mecs.
-Non, justement pas. Il y a trois possibilités, soit les deux gars ont été ciblés et empoisonnés par leur points faibles, leur addiction à la cocaïne -c'était de gros consommateurs, le nez pourri par ta merde.
-Pas d'insulte, l'Indien ! Je distribue un produit récréatif de qualité. Je ne suis pas responsable s'ils en consomment trop. On n'accuse

pas les éleveurs de vin de la Yarra Valley des cirrhoses des buveurs du Victoria. Alors, fous-moi la paix.
-C'est drôle comme vous, les Yougos, vous êtes susceptibles.
-Ta deuxième explication ?
-Soit ta cocaïne a été empoisonnée pour te nuire, quelqu'un de ton gang, d'un autre gang. Et il faudrait s'attendre à d'autres morts, beaucoup d'autres morts.
-Des morts dans la haute, parce que je ne la vends qu'aux CSP++. Très cher. Première qualité. Pure. Forte.
-Ca va, ne m'en fais pas la retape, je ne suis pas preneur. Là, ça serait la piste d'un complot, contre toi ou contre l'establishment, ou les deux.
-Et la troisième possibilité ?
-Quelque chose entre les deux. Ou quelque chose d'autre.
-Whisky ? »

Perdu dans ses pensées, inquiet, Deepak Patel répondit d'un oui de la tête machinal alors qu'il avait décidé le contraire, la tourbe lui montait au cerveau.

« Qu'est-ce que je dois faire ? »

Long silence.

« Tu pourrais revoir tes stocks, faire des analyses. Rappeler les doses qui sont déjà parties chez tes revendeurs. Toi et moi devons savoir si l'empoisonnement a été réalisé sur une grande échelle ou si uniquement sur les doses destinées à ces deux mecs.
-Il peut y avoir aussi d'autres cibles, sans que ce soit à grande échelle.
-Oui, c'est ma troisième possibilité. »

Regards intenses. Ils devaient se faire totalement confiance à partir de ce moment.

« Deepak ? Tu me permets que je t'appelle Deepak, l'Indien ?
-Fais donc. En tous les cas pour le temps de notre enquête commune, Jure. »

Sourire en coin du Jure en question.

« J'ai besoin de tous les renseignements sur tes deux macchabées. Je verrai avec mes gars s'ils les connaissent, s'ils peuvent trouver une relation entre eux.
-Ce sont les pièces d'une enquête. Tu devras faire attention avec elles. Je ne veux pas que notre collaboration s'ébruite. On risquerait alors le vice de forme, l'annulation de poursuites…
-Arrête ton bavardage, l'Indien ! Je dois aussi avoir accès à toutes les informations sur l'avancée de ton enquête.
-…
-Et pas d'embrouille avec moi, je t'ai offert mon whisky.
-Nous avons déjà bu ensemble et tu restes mon ennemi. »

Indescriptible sourire du Yougo.

« Tant que je reste ton meilleur ennemi, ça me va. »

Regards appuyés, moment machiste à souhait.

« D'accord, Jure.
-Tu distribues ? »

Il fallait à tout prix que le Yougo montrât qu'il était le maître du temps. Dans l'urgence, il s'arrêtait toujours avant d'agir. Pour réfléchir, pour prendre un moment, sans raison parfois. Juste pour dire que rien, ni personne ne pouvait l'infléchir, qu'il restait le patron. Deepak Patel le connaissait trop bien pour refuser cette dernière partie. Après cela, ils se mettraient en branle. Le policier lui dirait tout ce dont il se souvenait et organiserait la transmission du reste des informations. Le Yougo donnerait des ordres à la moitié de Melbourne pour vérifier la qualité de la cocaïne en distribution et en stock.

« On te raccompagne chez toi et tu auras de mes nouvelles très vite. J'ai déjà fait arrêter la distribution. Je dois agir vite pour ne pas perdre des parts de marché. J'ai les Grecs au cul. J'ai alerté mes laboratoires, ils vont bientôt lancer les analyses des échantillons que mes gars sont occupés à prélever. J'ai mis d'autres gars sur notre grossiste. Il doit arriver d'ici une demi-heure, je n'aimerais pas qu'il te voie ici. »

Jure Juric lui mit lui-même le sac de coton noir sur la tête après l'avoir serré très fort dans ses bras.

« Content de t'avoir revu, Deepak.
-Je compte sur toi, Jure. »

Le parcours du combattant pour retrouver la limousine et retour à la case départ !

« Tu es allé le voir ? Déjà ? Sans protection, rien ?
-Qu'est-ce que tu crois ? »

Deepak Patel se pavanait un peu devant Spiegelman.

« Tu aurais pu me demander de t'accompagner, je suis un peu Croate, comme lui, je peux le comprendre un peu mieux que toi.
-Et aussi un peu pédé, comme lui. »

Deepak Patel ne prononça certainement pas ces paroles.

« Tu y as pensé !
-A quoi ?
-Tu y as pensé trop fort, Deepak !
-De quoi tu parles ?
-De rien, laisse.
-Elle est où ?
-Qui ça ?
-Agni, qui d'autre ?
-Nous n'avons rien pu en tirer de plus. Nous l'avons renvoyée chez toi.
-Vous auriez pu me prévenir !
-Tu rigoles ?
-Non !

-Tu avais disparu en laissant ton portable dans ton bureau. Ta secrétaire en a eu assez de l'entendre sonner et elle a…
-Tu sais où j'étais, je ne pouvais pas le prendre.
-Tu aurais pu nous prévenir.
-Je te l'avais dit. Et c'est toi qui m'as demandé de…
-Donc elle est chez toi maintenant. Elle doit dormir. Trish lui a donné des calmants et un peu de vodka des massacres.
-C'est bon, ça, les médicaments avec l'alcool ?
-Trish a dit que tout dépendait de l'équilibre.
-Si Trish l'a dit. Et qui l'a raccompagnée ? Quelqu'un de sûr ?
-L'Agent Schoenmaker.
-Si l'Agent Schoenmaker l'a raccompagnée… Tout est en ordre alors !
-Tout va bien, Deepak ?
-Oui, pourquoi ?
-Tu as l'air bizarre.
-Je viens de passer quelques heures avec le mec le plus louche et le plus dangereux du pays. J'ai dû lui lécher le cul et vendre mon âme. J'ai trop bu d'un tord-boyaux qu'il m'a fait passer pour du single malt, rien que pour m'humilier. Si le parquet ou le ministre ou la presse l'apprend, je me fais crucifier sur place, mais tout va bien !
-Étonnant la référence dans ta bouche !
-Quelle référence ?
-La crucifixion ! Depuis quelques temps, on dirait que tu vires Chrétien. Ces temps complexes nous changent tous…
-Idiot !
-A ton service !
-J'ai soif !
-Tu n'as pas assez bu ?
-J'ai soif !
-Nous arrivons !
-Si elle essaye de nous refiler des médocs avec sa vodka, il faut refuser !
-Il t'a fait aussi bouffer du clown, le Yougo ? »

Ils venaient d'entrer dans la morgue. L'odeur du café, la gigantesque légiste penchée au-dessus d'un cadavre, le petit collègue et amant papillonnant autour, tout était là, le décor était planté, les personnages en action, il fallait cesser de se quereller, la scène était trop belle, la compagnie trop agréable, l'objectif précis : l'enquête était bien sur ses rails.

« Vous voilà ! Et Jan ?
-Jan ?
-L'Agent Schoenmaker, idiot !
-C'est le jour où je me fais insulter ? Vous êtes encore occupés ?
-Non, nous avions terminé. Nous préparions la fermeture du corps. Nous pouvons le remettre au frigo et sortir les verres. Vous m'avez l'air abattu. Mamy Trish a toujours ce qu'il vous faut quand vous êtes dans cet état. Agapito ?
-Oui, mon kookaburra !
-Tu ranges le corps de notre bel inconnu ? Je prépare le salon. Tu ne m'as pas dit, il est où Jan ? »

Elle se dirigea vers l'ancien réfrigérateur aux organes pour y prendre la vodka des massacres.

« Il est parti accompagner Agni chez elle.
-Il repasse ici après ?
-Non.
-Pourquoi pas ?
-Parce que la voiture le déposera chez lui après.
-Chez lui ?
-Chez lui. »

Elle regardait du coin de l'œil Spiegelman qui se sentait mal à l'aise face à son insistance.

« Tu reviens après ?
-Non, il est tard. Je vais demander à la voiture de me déposer chez moi après.
-Chez toi ?
-Oui, tu m'as dit que ma journée était terminée après…
-Mais chez toi…
-Je suis fatigué, Carl, il faut que je dorme.
-Il se passe quelque chose ?

-Non, je suis fatigué, c'est tout. A demain ?
-…
-A demain ?
-C'est ça… »

L'Agent Schoenmaker avait raccroché et Spiegelman n'avait pas eu le temps d'accuser le coup puisque Deepak Patel venait d'entrer dans la place et qu'il avait des questions à poser à ce patron qui disparaissait ainsi sans prévenir. Et les questions appuyées de Trish Mac Thomas le gênaient et le renvoyait surtout à sa situation de pauvre petit vieux abandonné par son jeune amoureux. Elle tirait abondamment sur son joint en souriant. La journée avait été éreintante, elle avait besoin de cela : du tabac mélangé à un peu de marijuana, de la vodka améliorée à sa sauce et un groupe d'amis.

« Pendant que notre hôtesse fume ses cigarettes qui la font rire, nous pourrions faire le point sur la situation. »

Deepak Patel était léger ce soir. N'était la complexité des deux affaires, il se sentait le maître de la situation. Il avait rencontré longuement le Yougo et il en était ressorti sur ses deux pieds avec tous ses membres et tous ses organes. On ne lui avait pas éclaté les genoux au 345 magnum.

« Si j'avais voulu, j'aurais pu accepter ses avances.
-Ses avances ?
-Tu ne comprends jamais les allusions de Deepak, mon kookaburra, finis ton bédo.
-Pas drôle, Deepak. Je te résume la situation. Nos deux médecins ici présents m'ont confirmé que nos deux victimes avaient les mêmes caractéristiques en termes de cocaïne. Nez pourri et inhalation d'une belle dose de cocaïne au curare de synthèse peu de temps avant la mort. Pour Axel Hebron, comme nous le savons tous ici, le poison n'a pas eu le temps d'agir puisqu'il a été assassiné avant.
-Mais ça veut dire qu'on l'a forcé à prendre du poison avant de le tuer autrement ?
-Non, on ne l'a pas forcé. Il n'y aucune trace laissé sur les deux corps suggérant qu'on ait pu immobiliser les victimes pour leur faire

inhaler de force la cocaïne empoisonnée. Et même, je me demande comment on pourrait vraiment faire inhaler de force quoi que ce soit à qui que ce soit.
-Donc, si je peux résumer ce que nous savons déjà à propos d'Axel Hebron… Arrêtez-moi si je me trompe… Axel Hebron se trouve sur le perron de l'Alliance Française, au petit matin. Avant l'ouverture. On lui aura donné rendez-vous… Son meurtrier ? Axel Hebron se prend une dose de cocaïne. Pour se calmer ? On a retrouvé sur le perron l'endroit où il a pu se faire son rail ?
-Oui, il y a quelques traces sur le…
-Mais il n'a pas le temps de ressentir les effets de la cocaïne ou du poison puisqu'il est assassiné à ce moment-là.
-Merci, Deepak.
-De quoi ?
-De m'avoir coupé en plein…
-Désolé, j'essaye de suivre le cours de ma pensée. Il a eu le temps de ranger son matériel à cocaïne avant de se faire tuer ?
-…
-Carl ? Je te pose une question !
-Je te laissais suivre le cours de ta pensée.
-Tu es lourd.
-Oui.
-Oui quoi ?
-Oui, il a eu le temps de ranger son matériel.
-Pour ce qui concerne le balèze sans nom de chez Agni… Il meurt alors qu'il essaye de se relever du lit parce qu'il a compris qu'Agni fouillait dans ses poches… Mais il a dû prendre sa dope peu de temps avant alors… Je ne comprends pas…
-Ça y est ?
-Quoi encore ?
-Je peux interrompre monsieur dans sa logorrhée ?
-Arrête, Carl, tu devrais te remettre à l'alcool. Tu verrais, ça calme.
-Ce que nos amis ici ainsi que nos collègues de la scientifique ont pu nous révéler, c'est que notre gaillard a pris son shot de cocaïne peu de temps avant qu'Agni se réveille. Il se recouche juste après l'inhalation pour profiter du…
-Il se serait recouché après avoir sniffé de la cocaïne ?

-Il voulait peut-être se prendre son flash tranquillement… J'ai vu ça chez… Bref… En tous les cas, si on recoupe le témoignage d'Agni avec les informations de nos spécialistes, c'est ce qui s'est passé. Il entre dans son trip, il en est un peu sorti par Agni qui fouille dans ses poches. Il crie quelque chose, elle répond 'police !' et il s'écroule, raide mort. Le curare a fait son effet peu de temps après la cocaïne.
-Bon, il est tard. Nous aurons rapidement des nouvelles de notre ami pour ce qui concerne l'empoisonnement de la cocaïne…
-De ton ami, nous n'avons pas le même genre de fréquentation.
-Non, toi tu fréquentais juste la Vieille !
-Comme tu le disais, il est tard, nous devrions songer à rentrer !
-Non, non, non ! Nous ne sommes pas bien dans ma morgue ? Encore une petite vodka des massacres ? Et Carl, qu'est-ce que tu penses de ma limonade maison ? Je la fais avec des citrons amalfis de la vallée de la Murray.
-Quand as-tu le temps de faire tout ça ? »

La discussion s'était éteinte doucement, comme cette assemblée d'amis et leurs joints. On décida de rentrer chez soi. On se promit de ne pas conduire. Une voiture de patrouille déposerait chacun là où il devrait aller. Il était tard, la ville s'était endormie sous le crachin battant et glacé. Spiegelman entra seul dans son appartement humide et froid. Il laissait souvent les fenêtres ouvertes quand il partait. Il alluma la lampe du living et sursauta. Comme dans les mauvais films produits par Antonia Zecco, une élégante femme blonde aux jambes sans fin se tenait dans un de ces Chesterfield qu'on ne trouvait plus que dans les roman policiers de terminal d'aéroport. Elle avait un verre de whisky dans la main et, visiblement, elle l'attendait.

« J'ai failli attendre, Carl !
-Vous êtes entrée comment ?
-Vous laissez toujours vos fenêtres ouvertes. Vous n'êtes pas très prudent, Carl !
-…
-Non ! Je serais vous, je poserais l'artillerie sur le buffet et j'éviterais d'appeler la cavalerie avant de m'avoir écoutée. Whisky ?
-…

-Oui, je sais, vous ne buvez plus d'alcool. Vous devriez renoncer à ce renoncement. Vous en aurez besoin ! »

Chapitre huit.
Mardi 26 juin 2001.

« Vous êtes seul ?
-J'ai mis à pied la Chief Superintendent Kortsidaki jusqu'à ce que nous ayons plus d'éclaircissement sur le meurtre au centre duquel elle semble se trouver, mais vous le savez déjà, Monsieur le Juge.
-Spiegelman ?
-Il ne répond pas à son portable, comme d'habitude. Il n'est pas à son bureau. J'ai envoyé quelqu'un le chercher chez lui.
-Et le reste ?
-Le reste ? Vous n'êtes pas content de me voir ?
-Si, si, bien au contraire, le conseil d'administration sera honoré de voir l'intérêt que porte la Police du Victoria à cette affaire. Vous comprendrez que je ne suis pas ici en tant que juge mais bien en tant que trésorier de l'association. Mais le troisième de votre trio de choc n'est pas là non plus ?
-Décidément, vous devenez insultant, Mike ! Wojcik est à Canberra, sur une affaire fédérale. Ça vous va ? »

Le juge Mike Moffat avait accueilli à sa manière si peu diplomatique Deepak Patel qui, lui était déjà arrivé contrarié. Cela promettait pour la suite. Le Directeur Général de la Police du Victoria et le trésorier de l'Alliance Française de Melbourne avaient dû entrer par la porte donnant sur le car park à l'arrière du bâtiment puisque l'entrée principale sur le perron de laquelle Axel Hebron avait été assassiné et le hall principal avaient été condamnés puisque considérés comme scène de crime. La grande table de réunion avait été dressée dans la ball room de l'ancien bordel, transformée en salle culturelle polyvalente. Les messieurs aux longues figures autour de la longue table saluèrent sans se lever Deepak Patel lorsque Mike Moffat le leur présenta. Cela manquait de femmes.

« Fabienne Ursus est en vacances aux Fidjis depuis un mois déjà. Et Elena Koutoufides doit nous rejoindre, elle est très occupée, elle plaide cet après-midi.
-Elena Koutoufides ?
-Oui, vous la connaissez.

-Bien sûr. C'est elle qui assure la défense d'Antonia Zecco, non ?
-Oui. Le monde est petit, non ?
-Hélas, oui. Bon, Juge Moffat, oh pardon Trésorier Moffat, vous me présentez cet aréopage de messieurs sérieux et cette institution non moins sérieuse. Je sais que mes agents ont déjà interrogé chacun d'eux, que chacun d'eux leur a donné un alibi pour le moment de l'assassinat d'Axel Hebron et que chaque alibi a été plus ou moins confirmé.
-Plus ou moins ? »

Deepak Patel venait de s'immiscer dans leur conversation.

« Monsieur Hebron, je vous remercie d'être venu en ces moments cruels.
-Personne n'ignorait la guerre qui m'opposait à mon fils.
-C'est pour cela que tout le monde, et moi le premier, a été surpris par l'expression très… visible… de votre douleur dont vous ne semblez pas vous être totalement remis. »

Dave Hebron, présent ici en tant que président de l'association, leva ses yeux rougis et bouffis par le chagrin, vers Deepak Patel qui le fixa gravement. Le combat allait être livré à fleurets mouchetés. Le trésorier Moffat ne sachant que faire, ni que dire, toussota. Heureusement, la bruyante intrusion d'Elena Koutoufides créa la diversion.

« Directeur Patel, quelle joie de vous revoir. Mais dans quelle triste circonstance ! Mon cher Dave, John et moi te présentons nos plus sincères condoléances. »

John, c'était son mari, une pâle silhouette qui suivait de loin son ascension méthodique dans le monde judiciaire. Elle était un peu tâcheronne mais toujours efficace.

« Je ne fais pas les présentations, à ce que je vois.
-Pas la peine, en effet, mon cher David,
-Je voudrais tout de même préciser qu'Elena est notre secrétaire, un poste important au sein du conseil d'administration.

-D'ailleurs Monsieur le Président, faut-il que je prenne les minutes de cette réunion ?
-Maître Koutoufides, il ne s'agit pas d'une réunion de conseil d'administration, mais d'une rencontre informelle dans le cadre de l'enquête sur l'homicide d'Axel Hebron sur les marches et le perron de cette institution. Rien de ce qui sera dit ici ne donnera lieu à une quelconque prise de notes pouvant être produites devant un tribunal. Suis-je clair ? Il s'agit, pour nous, enfin pour moi pour l'instant, de comprendre la nature exacte de cette institution et par là-même de comprendre pourquoi elle est devenue une scène de crime. Une réunion d'information, dirons-nous. Ai-je été clair ? Pardonnez-moi, mon téléphone sonne, j'attends des nouvelles du Chief Superintendent Spiegelman. »

Deepak Patel sortit dans le car park pour répondre au téléphone.

« Je vous écoute, Agent Schoenmaker !
-Bonjour Monsieur le Directeur Général ! Je suis chez le Chief Superintendent…
-Vous êtes rentré comment ?
-Euh… J'avais les clés.
-Déjà ?
-Déjà ?
-Laissez tomber ! J'en conclus qu'il n'est pas chez lui.
-Non. Il semblerait qu'il n'ait pas dormi ici. Le lit n'est pas défait.
-Il a peut-être refait son lit en se levant.
-Ça n'est pas son habitude. C'est Carmen qui le fait…
-Carmen ?
-Sa femme de ménage et elle ne vient que l'après-midi. »

Deepak Patel sentait l'angoisse dans la voix brisée du jeune agent.

« Il y a aussi un verre de whisky vide à côté d'une bouteille entamée.
-Il a recommencé à boire ?
-Non. Et il y a un reste de trace de rouge à lèvre sur le verre.
-Un reste de trace ? Je ne comprends pas.
-Comme si la femme qui avait bu dans ce verre avait effacé ses traces, mais pas en totalité.

-Ça ne sent pas bon, ce que vous me dites là. Si quelqu'un efface ses traces… Restez sur place, je vous envoie une équipe scientifique et… Et j'essaye de vous trouver quelqu'un. Je vais sortir la Chief Superintendent de son placard, je n'ai personne d'autre. Vous avez mis des gants pour fouiner ?
-Bien sûr. Et… Monsieur le Directeur Général…
-Oui…
-Si la scientifique trouve mes empreintes un peu partout dans l'appartement du Chief Superintendent…
-Je suis au courant, Agent Schoenmaker…
-Ah oui ?
-Vous me croyez aveugle ? Je suis policier, comme vous… Mais un peu mieux que vous… Commencez à inspecter les lieux, le renfort devrait arriver…
-Bien, Monsieur le Directeur Général.
-Et, Agent Schoenmaker…
-Oui ?
-Bon courage. »

Il raccrocha rapidement, ce petit lui faisait de la peine. A ce moment-là, il avait l'impression de devoir tout faire dans sa boutique. En haut, depuis les fenêtres de la ball room, les membres du conseil d'administration de cette bizarre institution l'épiaient en essayant de rester discrets. Il tournait en rond tout en téléphonant au dispatch de la brigade scientifique pour envoyer des gars chez Spiegelman, à Agni Kortsidaki chez lui pour la persuader de sortir du lit et de rejoindre Schoenmaker au même endroit, à Trish Mac Thomas pour la tenir informée, à Spiegelman sur son portable, à son bureau, sans succès, à la Police Station de City of Melbourne pour essayer de voir si quelqu'un avait de ses nouvelles et pour envoyer deux voitures et six agents chez lui, à Wojcik à Canberra au cas où, à la terre entière, on ne savait jamais... Il allait entrer dans l'Alliance Française par la petite porte de derrière lorsque son téléphone portable sonna, le Ministre. Inquiet, très inquiet, il admonesta Deepak Patel qui ne broncha pas, se contentant de nombreux 'oui Monsieur le Ministre'. Cela n'était pas à son habitude, mais il n'avait pas le temps, ni le cœur pour des mises au point plus précises que ces termes de soumission feinte aux volontés politiques. Il fallait savoir parfois remettre son égo dans sa culotte et repartir au combat.

« A nous, Messieurs, Madame. Vous m'excuserez, je risque de recevoir d'autre coups de téléphone. L'officier de police en charge de cette enquête a disparu.
-Disparu ?
-Et qui est-ce ?
-Le Chief Superintendent Spiegelman. Vous l'avez tous déjà rencontré, au moins lors de votre interrogatoire préliminaire individuel. Mais revenons à l'Alliance Française de Melbourne. Je ne comprends pas, vous me dites qu'il s'agit d'une association australienne sans but lucratif, mais il semblerait qu'il y ait des implications diplomatiques puisque j'ai sur le dos mon ministre de tutelle qui reçoit en permanence et en alternance des coups de fil du Consul de France et des Affaires Étrangères à Canberra. Pour une simple association ? Vous êtes qui, en fait ?
-Président, vous voulez répondre ou je le fais.
-Je peux répondre, Mike, ne t'inquiète pas. Il s'agit d'une association locale qui promeut la langue et la culture françaises dans le Victoria, plus précisément dans le Greater Melbourne.
-Il n'y avait pas un concours de français dans toutes les écoles ? »

Un vieux souvenir vint empourprer les joues de Deepak Patel. C'était une image, son teint d'Indien et son contrôle sur lui-même interdisaient à son visage de s'empourprer. Il se souvint donc soudainement de l'écolier qu'il avait été, qui ânonnait une poésie française devant un jury qui débarquait pendant deux jours dans son école et qui passait tout le monde sur le grill. Ces pauvres jurés subissaient alors durant d'interminables heures les baragouins et autres borborygmes de bambins melbourniens forcés par leurs professeurs, leurs parents et la tradition séculaire de tenter de réciter sans comprendre des vers emberlificotés où un oiseau tenait un fromage dans son bec, où un renard regardait des raisins verts, où une cigale chantait.

« Le concours Berthe Mouchette ! Il s'agit de notre concours annuel. Depuis presqu'un siècle, les enfants des écoles du Victoria préparent une poésie en français…
-Nous nous égarons, Président Hebron… Donc vous n'avez aucun rapport avec le gouvernement français.
-Nous sommes reconnus par la France.
-Par qui ?
-L'Ambassade de France qui nous autorise à porter ce nom.
-En quoi une ambassade étrangère pourrait autoriser une association australienne à prendre un nom ou un autre ? Vous êtes bien confus… »

Deepak Patel ne comprenait pas très bien le statut de cette institution. Ce qu'ils lui avaient bien fait entendre, c'était qu'autour de cette table était rassemblée une bande de personnages qui se croyaient puissants et qui se faisaient mousser. A la fin de cette réunion infructueuse, Elena Koutoufides aborda le Directeur Général de la Police du Victoria.

« Il ne faut pas que vous vous mépreniez à notre sujet. L'Alliance Française n'est pas un hochet, un jouet, ni un club pour nous. Nous nous dévouons vraiment pour cette institution et ses objectifs. Depuis que j'en suis la secrétaire, je n'ai presque plus de temps libre. Et pour tout ce petit monde-là, c'est presque la même chose. Quand il est devenu président, Dave a abandonné ses fonctions au Rotary. Je peux vous montrer mon agenda.
-Mais ses objectifs ?
-J'adore la culture française, la langue française, la philosophie des Lumières. Je suis juriste, élevée par Montesquieu et Montaigne au biberon.
-Vous avez des origines françaises ?
-Personne ici. Sauf le vice-président qui est Mauricien francophone d'origine. J'ai pris des cours de français ici, quand j'étais jeune et ça a été une révélation pour moi. »

Dubitatif ? Pire ! Incrédule ! Quelqu'un pouvait défendre une culture totalement étrangère à soi, comme ça, pour la beauté du geste et de la langue.

« Et la culture grecque ? La langue grecque ? Vos origines ?
-Ça n'a rien à voir. Ce sont mes origines. Mes origines, ce n'est pas la Grèce de maintenant, ni la Grèce antique. Mes origines, c'est un petit village très pauvre qu'ont fui mes ancêtres, il y a très longtemps. Mes origines, c'est un peu de folklore et d'huile d'olive, rien de plus. Et puis mon nom de famille. Tandis que la France, c'est mon surplus de culture, mon pré carré, mon supplément d'âme. »

Soit cette femme en parlait très bien, soit elle en faisait un peu trop, en tous les cas, elle subjuguait Deepak Patel et l'avait totalement retourné. En quelques mots, il avait compris ce que représentait réellement cette honorable institution. Le président Hebron vint se planter fièrement sur ses deux ergots face au policier en pleine méditation. Et s'il y avait quelque chose qu'il détestait avant toute autre chose, c'était bien que l'on vînt détourner le flot puissant de sa pensée. Puissant ? Pas tant que cela, mais tout de même…

« Qu'est-ce qu'elle vous a dit ? Hein ?
-Vous parlez à qui, Monsieur Hebron ?
-A vous Monsieur Patel, y a-t-il quelqu'un d'autre en face de moi ? Ah non ! C'est vous ! »

Deepak Patel se demanda s'il allait administrer son coup favori de kalaripayattu en pleine face du marchand de sommeil à grande ampleur et à la petite semaine ou s'il devait simplement conserver son regard foudroyant et l'impassibilité de son sombre visage.

« Vous savez, Monsieur Patel, que je connais très bien votre ministre de tutelle.
-Vous avez de la chance, ils passent tellement souvent rapidement sur leur siège éjectable en ce moment que je n'ai jamais la chance d'apprendre à les connaître. Tout ce que je sais, c'est qu'il est un élu du peuple et que ce sont les élus du peuple qui font les lois et que je suis payé pour les faire appliquer et respecter. Le deal démocratique est que chacun s'occupe de ses affaires. »

Deepak Patel était un artiste dans la manière de noyer une discussion dans un marigot de réflexions sans grand intérêt.

« Vous ne comprenez pas la complexité de la situation. Le Premier du Victoria s'en inquiète. Le DFAT, à Canberra, suit l'affaire de près.
-Que les affaires étrangères du gouvernement fédéral dansent d'un pied sur l'autre ne m'intéresse absolument pas. J'enquête sur deux crimes affreux. Le président français, la reine d'Australie pourraient essayer de s'y intéresser que cela ne me ferait pas lever un sourcil. Vous êtes le père de la victime ?
-Vous le savez très bien !
-On m'a dit que vous l'aviez pleuré amèrement, votre fils disparu.
-Ça ne vous regarde pas !
-Tout me regarde et je regarde tout, Monsieur le Président. Tenez-le-vous pour dit. Retournez donc à vos lamentations bibliques et à vos jérémiades nécessaires parce qu'il faut prendre le temps du deuil, Monsieur le Président. »

Dave Hebron allait le quitter quand Deepak Patel le rattrapa par le bras, ce qu'il ne goûta guère.

« Avant de partir, que pourriez-vous me dire d'Elena Koutoufides ?
-Une femme merveilleuse. Une brillante avocate. Elle pourrait faire une excellente femme politique. Nous en manquons, en Australie, dans le Victoria, de femmes de cette trempe et de cette intelligence…
-Mais ?
-Quoi, mais ?
-Vous alliez dire 'mais'. Parce qu'il y a un 'mais', n'est-ce pas ?
-Oui, vous avez raison. Le problème d'Elena Koutoufides, c'est…
-C'est ?
-C'est délicat à dire.
-Mais allez-y, vous avez l'habitude des problèmes délicats. Vous êtes l'homme de la situation. »

Flatter ne coûtait rien et mettait souvent de l'huile dans les rouages. Ce compliment cueillit le chef d'entreprise à froid.

« Son principal handicap, à Elena Koutoufides, c'est son mari. D'une famille grecque de petits serruriers du bâtiment. Elle était tombée amoureuse. Quand il était jeune, il était beau, c'est ce qu'elle dit toujours. Mais à la longue… Ils ne sont pas du même univers…
-Vous avez une relation avec elle ?
-Moi, non !
-Pas vous, mais alors qui ?
-Je ne sais pas ! Personne !
-Allons, allons ! Vous avez dit 'moi, non'. Ça veut dire, 'pas moi, mais quelqu'un d'autre'.
-Je ne m'occupe pas des problèmes de fesses de mes amis. Enfin s'ils existent.
-Vos amis ?
-Non, leurs problèmes. »

Le téléphone portable de Deepak Patel siffla la fin des hostilités. Pour le moment.

« Si vous me permettez, j'ai un appel important. »

Deepak Patel le planta là et descendit sur le car park à l'arrière de l'Alliance Française de Melbourne. Tous les membres du conseil d'administration se tenaient derrière les fenêtres de la salle polyvalente à l'observer. Même s'ils ne pouvaient absolument pas l'entendre, Deepak Patel préféra continuer cette conversation dans la venelle le long du bâtiment.

« C'est moi !
-Putain, mais tu étais où ?
-Je t'expliquerai. Tu pourrais m'envoyer un voiture ? »

Deepak Patel ne perdit pas de temps en explications inutiles et ordonna à l'Agent Schoenmaker d'aller chercher Spiegelman et de le ramener à la Direction Générale. Le Directeur Général de la Police du Victoria aurait le temps de quitter cette assemblée nauséabonde et de les rejoindre dans son bureau. Il retourna dans le car park et vit venir vers lui un bel homme, grand, jeune, élégant, d'origine indienne sans aucun doute.

« Monsieur Patel, je suis Gabriel Loiseau, le vice-président de l'Alliance. »

Non, il n'était pas indien comme lui, mais mauricien. Il avait été trahi par son anglais trop britannique avec quelques saveurs créoles francophones.

« Vous aviez quelque chose à me dire ?
-Le président Hebron semble un peu bourru, arrogant au premier contact, mais…
-Je n'ai besoin de personne pour me constituer un avis sur quelqu'un.
-Ne vous méprenez pas, je n'ai pas envie de…
-Venons au fait, pourquoi voulez-vous me parler ? »

Le reste du conseil d'administration était là-haut, à les épier. Le vice-président Loiseau ne se cachait pas pour parler au policier, soit il voulait que tout le monde sût qu'il lui faisait des confidences afin de mettre la pression sur le reste du groupe, soit il n'avait simplement rien à cacher.

« Une partie du conseil d'administration était contre le président Hebron, vous allez le découvrir.
-Était ? Cela veut dire que c'est terminé ?
-Non, que c'est la trêve. A cause de... l'accident.
-De l'assassinat de son fils, vous voulez dire.
-Oui.
-Et cette coterie est dirigée par…
-Plusieurs membres du conseil à l'intérieur et piloté par Paris et Canberra à l'extérieur.
-Rien que cela, vous rigolez ?
-Pardon ?
-Piloté par Paris et Canberra, vous ne faites pas un peu trop mousser l'importance de votre association ?

-L'Ambassade de France à Canberra et l'Alliance Française de Paris voudraient se débarrasser du président Hebron, mais c'est délicat, il a une belle majorité à l'assemblée générale des membres de l'association.
-A nouveau, que viennent faire les Français dans cette histoire ?
-Justement, ils injectent un peu d'argent dans l'association et ils sont garants du nom, de la qualité des cours, de la validité des examens. Sans l'appui de l'ambassade et de l'Alliance Française de Paris, nous ne sommes rien.
-Mais si Hebron a la majorité des membres avec lui, il n'y a rien à faire ! Et pourquoi les Français voudraient-ils sa peau… Enfin, je me comprends.
-C'est délicat…
-Allez-y ! Lâchez-vous !
-L'Alliance Française de Paris n'aime pas lorsque ses petites sœurs dans le monde sont le jouet d'un clan ou d'une personne. D'un gang ou d'une mafia, j'exagère à peine. Tout cela est parti d'une idée humaniste de partage de savoirs et de cultures. Et le projet n'était pas d'en faire le hochet ou la couverture culturelle d'un…
-Vous en parlez bien, vous aussi.
-Merci. Pourquoi, moi aussi ?
-Non, rien.
-J'ai vu que vous aviez parlé avec Elena Koutoufides. Il faut se méfier d'elle, c'est Kaa personnifié.
-Promis, je ne la regarderai pas dans les yeux. Poursuivez !
-Le président Hebron mène l'Alliance comme ses entreprises. Abruptement, sans concertation. Deux directeurs français ont été démissionnés par lui. Renvoyés en France.
-Des directeurs français.
-Oui, le ministère français des affaires étrangères envoie et paye une personne à plein temps, une sorte de diplomate culturel, qui prend en charge la direction exécutive de l'association.
-Quel sac de nœuds ! Et il est où, le directeur actuel, pourquoi je ne l'ai pas encore rencontré ?
-Il est retourné en France.
-Viré par Hebron ?
-Non, celui-là est solide. Il est juste en vacances.
-C'est vrai, c'est l'été là-bas. Et vous ?

-Moi ?
-Dans cette histoire, vous vous situez où ? Dans le clan des mutins ou celui des affidés à Hebron ? Ni l'un, ni l'autre, je parie !
-Vous avez deviné juste. J'essaye de favoriser une transition souple. »

Pas si con que cela, le Directeur Général de la Police du Victoria ! Il avait cerné le vice-président.

« C'est bien pour cela que je suis Directeur Général.
-Je n'en doute pas !
-Et alors, en bon outsider, vous vous voyez déjà à la présidence de cette institution. Mais vos petites querelles, elles ne servent qu'à vous faire peur, à vous exciter le pistil pour savoir qui continuera à boire le champagne de l'ambassadeur, je me trompe ?
-Vous êtes un peu sévère !
-Vous croyez qu'elles auraient pu pousser quelqu'un à tuer le fils Hebron ?
-Qui ?
-Quoi pas qui ! Vos petites querelles !
-C'est justement pour cela que je suis venu vous parler.
-Le préambule était bien long. Allez-y enfin ! Je suis à votre écoute.
-Le président Hebron est un sale type, je vous l'accorde.
-Je n'ai rien dit de la sorte.
-Je le dis. Il a été si abject avec son fils que celui-ci avait décidé de tout mettre en œuvre pour torpiller les entreprises de son père. Il y était presque parvenu.
-Je sais, avec son entreprise concurrente Ephraim. Vous ne me dites là que des choses que je connais déjà.
-Oui, mais il faut savoir qu'à la longue, cette rivalité s'était émoussée. Le fils avait fait des démarches secrètes pour se rapprocher du père.
-Vous plaisantez ?
-Non, absolument pas. Axel Hebron avait proposé à son père de fusionner leurs deux entreprises et de cesser les combats.
-Mais l'offre agressive de rachat ?
-Une magouille pour faire grimper l'intérêt et profiter au maximum de la fusion.

-Vous êtes spécialiste dans le domaine ?
-Non, philosophe. Professeur de philosophie à Monash University. J'essaye de vous expliquer cela avec mes mots.
-Et pourquoi êtes-vous dans la confidence ? Il s'agit d'un délit d'initié.
-Non, je ne joue pas à ce jeu. Je n'ai pas de biens à investir. Dave m'en a parlé la veille du décès d'Axel. Ils s'étaient déjà retrouvés plusieurs fois pour des dîners loin des yeux et des oreilles des curieux.
-Pourquoi ce brusque revirement ?
-Le cancer…
-Je vous écoute…
-Je ne devrais pas…
-Axel Hebron a été assassiné. Et deux fois plutôt qu'une. Ça devrait apaiser vos scrupules. »

Le téléphone portable de Deepak Patel sonna.

« Agni, tout va bien ?
-Tu parles de qui ? De moi ou de lui ?
-Il est où ?
-Dans ton bureau.
-Et toi ?
-Moi aussi.
-Et vous allez bien tous les deux ?
-Tu es où ?
-Chez les pseudo-Français. J'arrive.
-Dépêche-toi !
-Pourquoi ?
-Tu fais chier, dépêche-toi ! »

Deepak Patel remonta dans la salle polyvalente pour prendre congé de ses notables à la triste figure.

« Vous devez rester disponibles à tout moment et signaler à la Constable Mc Guinness si vous comptez quitter le Victoria. Elle seule est habilitée à vous y autoriser ou pas. Des questions ?

-Je veux que vous me restituiez le corps de mon fils. Dans notre religion…
-Je vous téléphone à ce sujet dès que je suis de retour à mon bureau.
-Parce que vous ne pouvez pas prendre de décision seul ? Vous êtes le Directeur Général ! »

Deepak Patel ne répondit pas et quitta la salle polyvalente pour se diriger vers l'entrée principale et vérifier que la scène du crime était toujours sous scellées. Il allait se baisser parce qu'il avait cru voir un détail intéressant lorsque…

« N'allez pas contaminer la scène de crime !
-Désolé, Directeur Patel… Je voudrais juste m'entretenir avec vous.
-Quel est votre rôle dans cette pantomime ?
-Je vous demande pardon ?
-Vous faites partie du conseil d'administration.
-En effet.
-Quel est votre… rôle, grade, fonction, je ne sais pas comment vous dites, dans ce conseil d'administration ?
-Oh juste un membre. J'aide. Je suis architecte et je donne des conseils en cas de besoin. Je m'appelle Jack Milliner.
-Vous vouliez me parler.
-C'est à propos de Gabriel Loiseau.
-Oui ?
-C'est un intrigant. Sa femme et lui travaillent à Monash University. Ils veulent s'approprier l'Alliance pour l'inféoder à Monash. Depuis plus de cent ans, depuis sa création, l'Alliance a toujours eu un partenariat fructueux avec Melbourne University.
-Je vais vous dire quelque chose, Monsieur Taylor…
-Milliner.
-Oh pardon, Monsieur Milliner, vous me soulez tous avec vos petites confidences. Si vous avez quelque chose à dire, mettez-le par écrit et faites-le parvenir à la Constable Mc Guinness, c'est elle qui sera votre point de contact. Par mail ou par courrier. D'accord ?
-D'accord !
-Dites-moi une dernière chose.
-Bien évidemment.
-Vous roulez pour qui, vous ?

-Pour l'Alliance, Monsieur. »

Deepak Patel quitta la scène de crime sans même saluer son interlocuteur et en allongeant le pas. Il voulait rejoindre le car park et sa voiture au plus vite. Il souhaitait s'exfiltrer de ce panier de crabe, de la baie, de St Kilda. L'atmosphère y était surchargée d'iode et de rancœur et commençait à le peser. Avant d'avoir pu atteindre son véhicule, il fut rattrapé par le juge Moffat sur le car park.

« Qu'est-ce que vous me voulez ?
-Qu'en pensez-vous ?
-Un nœud vipère. Un père avide de pouvoir. Un président sans scrupule. Une bande de Machiavel aux petits pieds. Et je m'étonne, Mike…
-Oui ?
-Qu'est-ce que vous foutez là-dedans ?
-C'est un magnifique projet, croyez-moi ! Et qui dure depuis plus de cent ans. Et qui a su se réinventer en permanence. Nous fêtons nos cent-onze ans cette année.
-Et vous êtes dans quel clan, vous ? Vous pouvez me parler sincèrement !
-Sincèrement ?
-Oui.
-Je pense que chacun est dans son propre clan. Personne n'est l'allié de quiconque. Cette Alliance, ce conseil d'administration, c'est comme un microcosme. Ça reflète notre société… »

Deepak Patel n'attendit pas la fin du prêche du trésorier Moffat. Il entra brusquement dans sa voiture et l'agent qui lui servait de chauffeur démarra en trombe, avec sirène et gyrophare.

« Vite, vite Agent Windsor ! »

Bercé par la sirène et la conduite brusque et sportive de l'Agent Windsor, Deepak Patel s'endormit. Affalé sur la banquette arrière, il se mit à gamberger malgré lui dans un cauchemar peuplé de Felicia Bear, de Spiegelman, d'Agni Kortsidaki et de son balèze au nez troué. Il se réveilla en sursaut avec cette impression intime que la

Police du Victoria n'avait pas besoin de voyous à pourchasser, ses propres officiers et agents suffisant à l'occuper h24.

« Où étais-tu passé ? Tu n'es pas malade de disparaître comme cela sans informer personne ?
-Bonjour à toi aussi, je vais bien, merci.
-Ne joue pas au con avec moi, tu étais où ? »

A peine le Directeur Général de la Police du Victoria était-il parti dans le bruit et la fureur, que les discussions byzantines reprirent dans la salle polyvalente. Comment dire à demi-mot que l'on souhaitait que le président démissionnât ? Comment le faire alors qu'il pleurait son fils ? Comment profiter justement de cette situation tout en ayant l'air de ne pas y toucher ? Quels gants mettre pour remuer cette merde tant qu'elle était chaude ? A qui confier cette tâche ? A qui s'allier ? Qui compromettre ? Qui écarter ? Tout le monde parlait pour ne rien dire. Tout le monde suggérait, personne n'affirmait. Chacun ne comprenait que ce qu'il souhaitait comprendre. Finalement, il avait raison, le juge, ce conseil d'administration n'était qu'un ramassis de gens normaux, pathétiques pris séparément, dangereux en groupes.

Chapitre neuf.
Mercredi 27 juin 2001.

Le Yougo avait recontacté dans la nuit Deepak Patel. Il avait fait le point avec tout son personnel. Personne n'avait rien trouvé à redire pour l'instant, du coup, il était devenu suspicieux. Et si tout cela n'avait été orchestré que pour pister tous les intermédiaires du réseau de vente de la cocaïne ?

« Si tu as trahi ma confiance, l'Indien, je te tue en dernier.
-Jure, écoute-moi, tu dois…
-En dernier parce que j'aurai pris toute ta famille ici et en Inde et, l'un après l'autre, je les aurai tués. Tu crèveras de chagrin !
-Ne sois pas ridicule et calme-toi ! Je n'ai mis personne pour suivre tes gars. Quand je le ferai, ce sera à la loyale. Tu ne seras pas prévenu, crois-moi !
-…
-C'est plutôt une bonne nouvelle pour toi, non ? Nous n'avons pas eu d'autres décès au curare et tu n'as pas trouvé de cocaïne empoisonnée dans tes stocks.
-J'ai perdu presque deux jours d'activité avec tes conneries.
-Pour en vérifier la qualité, ça arrive dans tout commerce. Imagine si tu avais dû rappeler toutes tes doses ?
-Dis l'Indien, qu'est-ce qu'il foutait Spiegelman avant-hier soir ? Qu'est-ce que tu magouilles encore ?
-Honnêtement ?
-Pour une fois, oui !
-Je ne sais pas ce qu'il manigançait. Il n'a rien voulu me dire, juste qu'il était sur un coup et que je devais lui faire confiance.
-Et tu lui fais confiance ?
-J'ai d'autre choix ?
-Tu es naïf, l'Indien.
-Tu vois, tu peux me faire confiance.
-Faire confiance à un naïf ? C'est presque comme le trahir.
-Ah cette philosophie balkanique, ça me manquait. Tu devrais écrire, Jure…
-…
-Spiegelman ?

-Oui ?
-Qu'est-ce que tu sais de ce qu'il a fait dans la nuit d'avant-hier à hier ?
-...
-Je ne t'oblige pas... »

Après de nombreuses hésitations et contre la promesse d'une prochaine visite du policier dans un des antres du Yougo pour une partie de Texas Holden, le chef mafieux lui dit tout ce qu'on lui avait rapporté de la virée nocturne de Spiegelman en compagnie de Felicia Bear.

« Cette garce n'a toujours pas quitté le territoire national. Son passeport n'a beepé à aucun des aéroports du pays... Comment l'as-tu su ?
-Nous la surveillons de près.
-Pourquoi ?
-...
-Tu peux me le dire, Jure. Je suis naïf, tu as confiance et toute ta philosophie du partage du whisky... D'ailleurs, c'est moi qui l'apporterai lors de notre prochaine partie de cartes.
-Ce soir.
-Déjà ?
-Si tu veux savoir ce que je sais, tu devras te déplacer.
-Et si j'avais un rendez-vous ce soir ? Un empêchement ?
-Et bien, j'attendrai pour te le dire que tu sois libre.
-Tes sbires viennent me prendre à 19h00 au même endroit ?
-Non, tu prendras un taxi jusqu'à l'hippodrome de Flemington. Nous t'y prendrons à 19h30. »

Qu'est-ce qu'ils avaient ces deux-là à jouer le secret et le suspens ? Ils s'étaient donné le mot ? Il avait laissé quarante-huit heures à Spiegelman pour lui dévoiler son secret et voilà que le Yougo, sur ce même sujet, voulait lui confier la cachotterie de Spiegelman mais qu'il y mettait des conditions. L'insistance que Jure Juric mettait à vouloir le voir à nouveau, après si peu de temps, troubla le policier. Il jouait gros à prendre langue régulièrement avec l'ennemi numéro un du Victoria, alors qu'il en était le premier policier. Ils appréciaient visiblement leur compagnie respective. Dans une prison, les affinités électives entre un ou une garde et un prisonnier ou une prisonnière étaient prohibées et sévèrement punies. Qu'en était-il alors de ce qui risquait d'arriver entre le beau Yougo et le ténébreux Indien ? S'ils se plaisaient à deviser ensemble, à jouer l'un contre l'autre, n'iraient-ils pas un jour jusqu'à s'associer sur un projet ? Et même, les premières informations que le policier avait confiées au chef mafieux concernant les deux morts et la cocaïne empoisonnée, ensuite les révélations qu'il allait faire sur Spiegelman, tout cela sentait la collusion à plein nez. Heureusement que Deepak Patel était le patron de la police et par cela de la police des polices, il aurait filé directement au trou sinon. Mais il était sur tous fronts et ne pouvait passer son temps à avoir des scrupules. Agni Kortsidaki était restée dans son bureau lorsqu'il était sorti dans la rue pour recevoir l'appel de Jure Juric.

« Tu te sens comment ?
-Mieux maintenant que j'ai été lavée de tout soupçon.
-J'espère juste que tu essayeras de choisir tes mecs d'une nuit avec plus de circonspection à l'avenir.
-...
-Carl ne t'a rien dit de sa virée de la nuit du 25 au 26 ?
-Non, tu m'as dit qu'il était avec Felicia Bear. Pourquoi elle n'a pas disparu du territoire ? Ce n'était pas le deal avec les Fédéraux ? »

Deepak Patel soupira.

« Il est où ?
-Spiegelman ?
-Qui d'autre hante nos rêves et nos conversations ?
-Dans la salle de toutes les réflexions à regarder les vidéos de surveillance des alentours de l'Alliance Française. Il n'y en a pas beaucoup et surtout pas à proximité, alors il a élargi le secteur. J'ai envoyé des agents de la Police Station de City of Port Phillip pour questionner les prostitué(e)s et les drogués du coin, mais l'heure de notre crime, c'est l'heure où les putes rentrent et où les junky s'écroulent. Surtout en hiver. Avec cette bruine permanente, il n'y a personne dans les rues de St Kilda à six heures du matin. Et puis la

rangée d'abricotiers bloque la vue sur l'entrée du bâtiment. Le meurtrier ou la meurtrière a pu agir tranquillement. En plus si le curare a commencé à faire effet… »

Le curare avait un premier effet relaxant et un second anesthésiant avant de devenir létal.

« La victime a dû se sentir groggy. »

Dans ce cas-là, l'assassin aurait tout aussi bien pu être une femme.

« Une femme sportive. Il faut de ma force pour enfoncer un couteau dans une cage thoracique.
-Une précision sur l'arme du crime ?
-Pas encore, les coups ont été portés avec une grande violence et un sorte de mouvement de rotation une fois l'arme plantée dans la poitrine. »

Comme si l'assassin avait voulu s'assurer que le cœur serait détruit, anéanti. Ce mouvement de rotation, répété trois fois, à trois endroits différents quoique proches, avait empêché la Brigade Scientifique de faire des relevés d'empreintes de la lame puisqu'elle avait comme raclé les côtes après les avoir touchées. La docteure Trish Mac Thomas, avec son passé de légiste des champs de batailles les plus violentes, avait l'expérience de l'analyse des plaies les plus abominables. Elle avait développé une technique particulière et empirique de moulage. Elle seule pourrait déchiffrer la béance du cœur de la victime. En tous les cas, la violence des coups, l'endroit où ils avaient été portés et les mouvements circulaires qui les avaient accompagnés avait provoqué une hémorragie qui avait vidé le corps de son sang en quelques instants. Le meurtrier avait dû être éclaboussé. Il avait dû aller se changer quelque part. Dans sa voiture garée sur le car park ?

« La victime devait connaître son meurtrier, non ?
-Ou l'avoir reconnu dans les vapeurs de cocaïne et de curare.
-Trish m'a dit que l'hématome à l'arrière de la tête n'était pas très marqué, comme s'il était tombé doucement.

-Ou qu'il était déjà un peu assis ou affalé lorsqu'il a été poignardé. Pris par le début de l'empoisonnement.
-Ou de la cocaïne.
-Non, la cocaïne l'aurait boosté.
-…
-Enfin, à ce que je sais des effets de… C'est ce que j'ai appris sur les… Arrête de me regarder comme ça, Agni !
-…
-Tu es conne !
-Tu n'as décidément pas le sens de l'humour.
-Et toi, tu es sensée être encore sous le choc.
-J'ai la couenne dure. »

Le téléphone de Deepak Patel sonna.

« Le Ministre. »

Il s'isola. Agni Kortsidaki en profita pour retourner dans la salle de toutes réflexions. Spiegelman nota à peine sa présence. Quel drôle de bonhomme ! Personne ne pouvait jamais saisir tout à fait comment il fonctionnait. A la fin de leur relation, Sheila Stapleton avait cessé de le comprendre pour le laisser tomber comme une vieille bouse dans sa campagne du bush. Il habitait et travaillait alors dans le district de Daylesford. L'image de Sheila Stapleton dans cette suite du Windsor Hotel le hantait, sa tête explosée par une balle tirée à bout touchant, son sang mêlé aux morceaux de cervelle sur le tapis d'orient. La raison du suicide de celle qui resterait jusqu'à présent la femme de sa vie, l'emportait souvent dans des torrents d'inquiétude et de tourments. Il détruisait ceux qui l'aimaient, il avait peur pour le petit Schoenmaker, si frais. Sa beauté imberbe. Son corps sculpté. Le téléphone sonna dans la salle de toutes les réflexions qui le cueillit en pleine érotisation de ses pensées. C'était Deepak Patel. Pourquoi l'appelait-il au téléphone alors qu'il était dans les murs de la Police Station ?

« Ne pose pas de question, rejoins-moi dans la salle d'interrogatoire numéro 1.
-Tu veux m'interroger ?

-J'ai à te parler seul à seul. »

Deepak Patel avait la mine sombre de Pratardanah, Lord Shiva, la Suprême Destruction.

« Qu'est-ce que j'ai encore fait ?
-Tu as éteint le système d'enregistrement ?
-Oui et j'ai éteint les micros.
-Les stores !
-Tu ne peux pas…
-…
-Non, tu ne peux pas. Je vais le faire.
-Carl, assieds-toi ! J'ai eu le ministre, nous avons parlé de toi.
-Aïe !
-Je ne rigole pas, Carl. Ta disparition et le fait que tu ne veuilles rien me dire…
-Tu m'as donné quarante-huit heures.
-Non.
-Non ?
-Non ! Tu m'as demandé quarante-huit heures et je ne t'ai rien dit.
-Je croyais que tu avais accepté.
-Non.
-Ah bon.
-…
-Et alors ?
-Soit tu me dis maintenant ce qui s'est passé pendant tout le temps de ta disparition et tu acceptes ensuite d'en rédiger un rapport détaillé…
-…
-…
-Soit ?
-Soit je te mets en garde à vue. »

Spiegelman ne prit pas longtemps pour réfléchir. Il se baissa et retira les lacets de ses chaussures et les tendit à Deepak Patel.

« Tu peux les garder, ça n'est plus dans la procédure depuis longtemps.

-Ah bon ? J'aimais bien le geste…
-Comment tu peux…
-Je peux quoi ?
-Le moment est grave, Carl ! Très grave ! C'est de l'insubordination, c'est de l'entrave à une enquête ! Parfois j'ai l'impression que tu ne réalises pas qui je suis !
-Mon ami.
-Connerie ! Si j'étais ton ami, tu me dirais ce que tu as fait pendant tout ce temps, bordel !
-Et si j'avais été le tien, tu m'aurais laissé les quarante-huit heures que je t'avais demandées.
-Mais tu es inconscient, Carl ! Inconscient ! Comment est-ce que tu as pu parvenir à ce niveau de responsabilités avec cet état d'esprit !
-C'est toi qui m'as nommé !
-Alors obéis-moi !
-Je t'obéis, je vais en garde à vue.
-Agent Bolingbroke, amenez-le en cellule ! Au sous-sol, la plus au fond, je ne veux plus l'entendre. Tu me soules, Spiegelman ! »

Spiegelman, résigné, emboîta le pas de l'Agent Bolingbroke à qui Deepak Patel avait confié les lacets du prisonnier.

« Alors ?
-Alors ? Je l'ai mis au trou, ça lui fera du bien ! Il me fait chier, Spiegelman !
-Au trou ? En garde à vue ?
-En quelque sorte.
-C'est légal, ça ?
-Et tu crois que c'est légal, tout ce qu'il fait ? Je passe mon temps avec Moffat à remettre dans les clous ses conneries. J'en ai assez ! Quel âge il a ?
-Dix-neuf ans de plus que moi.
-Ca ne m'aide pas !
-Doucement, je calcule ! Cinquante-six ans.
-Je vais le foutre à la retraite.
-Il a assez cotisé ?
-Je m'en fous. Je n'en peux plus de lui.
-…

-Qu'est-ce qu'on a ? »

Pas grand-chose de nouveau. Après avoir fait congeler le corps d'Axel Hebron, la docteure Trish Mac Thomas était parvenue à faire un moulage de la plaie. Elle avait auparavant constitué une petite installation qu'elle avait glissée dans le trou béant afin qu'il ne s'affaissât pas durant le processus de dégradation des chairs et ensuite de congélation. Du moulage, elle avait ainsi pu reconstituer la plaie en silicone et ainsi rendre le corps aux sombres individus qui constituaient sa famille et qui s'apprêtaient à organiser de magnifiques funérailles. Celui qui avait passé une bonne partie de sa jeune vie d'adulte à conchier sa famille, à en détruire le pouvoir et la nuisance, allait être célébré par les siens et enterré dans le carré qui leur était réservé dans le secteur juif du Melbourne General Cemetery. La grande mascarade d'un long deuil très ritualisé allait commencer pour saluer le départ d'un non-croyant, d'un presque goy à force de ne plus rien respecter, jours et actes sacrés, personnes proches, propriété d'autrui.

« Il manque des informations ! »

Deepak Patel regardait avec perplexité le grand tableau blanc de la salle de toutes les réflexions.

« Je sais, Carl a arrêté de le remplir. C'est normalement lui qui le remplit. Avec ces bouts de ficelle, son organisation. Personne n'ose le toucher, il gueule sinon.
-Il est au trou, maintenant, Agni. Et s'il en sort, c'est pour une mise à pied.
-Tu es sûr de ça ?
-Non, mais c'est moi le chef.
-Et tu as le droit ?
-Je suis le chef, tu n'as pas compris ? Trouve-moi quelqu'un pour compléter ce tableau.
-Mais toi, Deepak…
-Quoi, moi ?
-Tu n'as pas toute la police à faire tourner ? Tu es quand même notre grand patron, à nous tous, pas uniquement à ceux de la Police Station

de City of Melbourne. D'ailleurs, moi je me demande ce que je fais là puisque je suis la boss de celle de City of Port Phillip.
-Tu es ici parce que le crime a eu lieu à St Kilda, sur ton territoire, parce que c'est une affaire de la plus haute importance et que, comme c'est plus près de mes bureaux, j'ai décidé de placer la cellule de crise ici et non chez toi et, enfin, parce que je suis le chef et je fais ce que je veux. Insubordination ? Il y a de la place au gnouf.
-Ça va, Deepak ?
-…
-Tu vas mieux ?
-Oui, ça m'a fait du bien. Ce qui me ferait du bien aussi, c'est de voir ce tableau recouvert de photos, de faits, de fils afin d'avoir un meilleur aperçu de l'affaire.
-Je vais m'y coller avec Schoenmaker quand il sera de retour.
-Dis-lui avec douceur, pour Carl. Je n'ai pas envie qu'il parte en sucette, lui aussi. »

Mama Yarra, toujours aussi belle et grasse et noire ! Enfin noire et de toutes les couleurs de la terre du désert dont elle s'était enduit le corps. Elle resplendissait, pierre vivante de ce désert flamboyant au soleil de l'été éternel. Spiegelman pensa que, depuis longtemps maintenant, ils ne les voyaient plus, tous ses amis du Peuple des Origines d'Ici ainsi que le bon docteur Mills, au creux d'une nuit sans lune et éclaboussée d'étoiles, autour d'un immense feu de branches d'eucalyptus, mais en pleine journée, en plein midi incandescent. Était-ce là la marque qu'il grandissait dans leur estime ? Comme elle sentait bon, Mama Yarra ! Elle l'écrasait contre ses seins plantureux et il pouvait humer à loisir le musc de sa peau, le pétrichor de la terre sèche, le petit lait acidulé de sa sueur et une odeur bien plus intime qui se glissait aussi et qui aurait pu l'enflammer si elle ne s'était pas détachée de lui pour permettre à ses amis de le saluer. Le bon docteur Mills le serra rapidement dans ses bras mais chaleureusement, qui lui transmit sa joie sereine. Jimmy, timide, se laissa à peine toucher quand sa femme, la femme avec son enfant dans les bras, lui sourit de loin, tendrement, après avoir levé une main craintive. Chep Spiegelman était nu. Et tout à coup si jeune. Imberbe. Il avait 17 ans. Ses amis commencèrent à le frictionner vigoureusement avec de la terre de toutes les nuances de ce désert de rouges et d'ocres. Jimmy lui en frotta les cheveux, doucement, comme tout ce qu'il faisait depuis qu'il était en paix, ici.

« Alors, Chep ? Qu'est-ce que tu fais là ? Ils t'ont emprisonné ?
-Oui…
-Oh, arrête de pleurer, tu te sortiras de là. Tu te sors toujours des ennuis des hommes. »

Mama Yarra partit de son rire en cascades de quand elle était toute petite et toute jeune dans les montagnes, vers Warburton.

« Il faut penser plus à nous, plus souvent, Chep, beaucoup plus. Nous n'existons plus si tu ne penses plus à nous ! »

Elle le regarda avec insistance.

« Dis, Mama Yarra !
-Oui, mon petit Chep ?
-C'est pour bientôt, mon initiation ?
-Pour bientôt, oui. Il faut toutefois être patient !
-Je ne le suis pas assez ? »

Elle frappa dans ses mains, elle fit claquer la longue colonne d'eau de sa chevelure contre son dos et se mit à scander son Rêve Premier.

« Il y avait très longtemps, et c'était ici, et c'était aux premiers jours de ce pays. Sur cette terre, sur ce continent. Notre terre, notre continent. Sur les bords d'une mer, des Esprits Premiers vivaient alors. Heureux. Des Esprits Premiers heureux… »

Spiegelman se réveilla d'un coup de son rêve de Rêve Premier. Il regarda autour de lui, il avait chaud, il était bien. Mama Yarra n'était plus à côté de lui mais il sentait encore son odeur de terre d'ocre mélangée à sa délicieuse sueur, sucrée et poivrée. Silvester Fork, le shrink de la Police du Victoria pour les affaires criminelles, son nouvel ami était dans la cellule, à le contempler.

« Des rêves tranquilles et profonds. Vous dormiez comme un sonneur.
-Bonjour.
-Vous voilà au trou. Vous ne laisserez pas de m'étonner. Vous frôlez la mort un jour, vous disparaissez un autre jour, vous guérissez, vous sombrez à nouveau. Vous êtes un homme plein de ressource.
-Vous me réveillez pour me rappeler ma vie ? C'est Patel qui vous envoie ?
-Oui. Mais quand il m'a dit pourquoi il voulait que je vous voie, je n'ai pas trop accepté.
-Pas trop accepté, quel drôle de formulation. Pourtant, vous êtes ici, devant moi. Pourquoi ?
-Parce qu'il m'a aussi dit qu'il trouvait étonnant que deux fois de suite, dans deux affaires différentes mais successives, on avait trouvé des cadavres qu'on ne pouvait identifier. La femme sans tête devant le Luna Park pour l'affaire Zecco et maintenant, celui que vous appelez le balèze du lit d'Agni. Ces éléments semblent étonnants parce qu'ils se suivent. Mais surtout aussi parce que notre foi chevillée au corps dans les technologies de la gestion de données pourrait nous faire penser que nous sommes omniscients et que l'absence de réponse devient alors une énigme inextricable. Toutefois, c'est très simple, tant que les différentes autorités n'auront pas partagé et croisé leurs fichiers, nous aurons de longues cohortes de corps sans noms dans les limbes de nos laboratoires.
-Vous êtes venu pour me raconter des fadaises sur des fichiers informatiques que nous ne croisons pas ?
-Oui. Puisque vous êtes enfermé pour une durée indéterminée, je suis venu vous soumettre quelques-unes de mes réflexions qui pourraient vous aiguiller dans votre questionnement général sur ces affaires. Partant du fait que vous n'avez pas trouvé le nom du balèze en cherchant dans les fichiers qui sont à votre disposition, il faudrait essayer de lister tous les autres fichiers non croisés, non partagés, non…
-Oui, j'ai compris, merci.
-Ma deuxième réflexion est plus générale et concerne l'imagerie populaire véhiculée à travers ces deux derniers siècles et qui concerne le personnage du bushranger. Ces bandits de grand chemin sont devenus si mythiques qu'on en oublie les crimes atroces qu'ils

ont commis et le danger qu'ils ont fait courir aux colonies australes au début et à notre jeune démocratie ensuite. Je ne parle pas uniquement du personnage de Ned Kelly, ni seulement de l'œuvre de Sidney Nolan. Tout cet imaginaire a conduit au fait qu'on voit les bandits partout et nulle part à la fois. Jamais au bon endroit. Sur les murs d'un musée, sur un timbre, dans des livres qui nous font frissonner de peur et de plaisir, mais jamais là où ils devraient être : en prison. Pardon d'en parler devant vous ici… Les Romains avait l'*abolitio nominis*, le bannissement mémoriel. Certains historiens l'appellent aussi la *damnatio memoriae*. On supprimait les statues du banni, son nom était effacé de toute trace, il était même interdit de le prononcer, ce nom, d'y faire référence. Nous, ici, c'est le contraire. C'est vrai, nous sommes aux antipodes. Alors, en bien ou en mal, nous voyons les bandits de grand chemin partout. Et leurs dignes héritiers aussi : les gangs. Nous voyons la main invisible des gangs dans chacun des forfaits commis. A croire que le vilain de base, le méchant moyen n'existent plus… »

Spiegelman était perplexe. Presqu'à chaque fois que le shrink dévidait son tombereau de pensées connectées, le policier sentait sa bouche s'ouvrir lentement, la bave couler à la commissure de ses lèvres et une masse l'assommer d'un coup. Peut-être allait-il rejoindre Mama Yarra dans son Rêve Premier et l'écouter finir l'histoire de la naissance de la rivière qui porte son doux nom.

« Qu'est-ce que vous en pensez ? »

Ce salopard de shrink ne le laissait même pas s'endormir.

« Allo, Deepak ?
-Anton ! Tout va bien à Canberra ?
-Je suis très occupé. Je pourrais parler à Carl ?
-Ici, c'est le chaos.
-Comme d'habitude.
-Il suffit que tu partes pour que tout aille de travers.
-Tout n'allait pas très droit non plus quand j'étais à Melbourne.
-Et tu ne peux toujours rien dire de ta mission chez les Fédéraux ? J'ai entendu que cela avait rapport avec les gangs qui opèrent…

-Deepak ?
-Oui ?
-Tu fais semblant ?
-Semblant ?
-Je t'ai demandé de parler à Carl.
-Alors pourquoi tu me téléphones ? A moi ?
-Parce que tu l'as mis au trou et que c'est illégal et qu'il faut passer par toi si je veux lui parler et que ça, ça n'est pas légal non plus et que, si tu continues, tu risques de violer plusieurs lois fédérales.
-Eh là ! Tu n'es pas dans une série américaine, mais dans la vraie vie ! Spiegelman est en garde à vue pour une affaire victorienne, tu es un fédéral maintenant, il faudra t'y habituer.
-…
-Tu es encore là ?
-…
-Wojcik ?
-Deepak, j'ai un besoin urgent de faire le point avec Carl.
-Le point sur quoi, bordel ? Tu ne vas pas commencer à me faire des cachoteries, toi aussi !
-Deepak, tu ne veux pas que je te contourne ou que je te force la main…
-Me contourner ? Mais il n'y a que le Ministre au-dessus de moi.
-Deepak…
-Vous me faites tous chier !
-Je t'ai connu plus calme, plus… sâdhu.
-Si tu savais le dixième de ce qu'il pense de toi, de vous tous, le sâdhu !
-Bon, j'attends.
-Je vais lui donner un de nos portables cryptés.
-Dis-lui de me rappeler au numéro que je t'envoie par SMS. Qu'il fasse vite.
-C'est une ligne brouillée ?
-Oui.
-La confiance règne !
-Non ! »

Le shrink était toujours avec Spiegelman. Au début, il lui avait parlé de derrière les barreaux, maintenant, on lui avait ouvert la cage et il avait pu y entrer et s'approcher du fauve assommé pour lui emplir la cervelle de ses idées, éructées en une logorrhée sans fin.

« Il s'agit du syndrome du roi David. »

Il était intéressant, le shrink, Spiegelman n'en disconvenait pas, seulement il était… Comment dire ?

« Soulant ! C'est ça, simplement ça, tu es soulant, tu me soules, tu nous soules tous. »

C'était ce que Spiegelman pensait, c'était ce qu'il aurait rêvé lui dire s'il avait seulement trouvé une interruption dans cette colique verbale. A croire que Silvester Fork ne respirait pas, ou qu'il avait des branchies pour pouvoir parler sans avoir à respirer par la bouche. Spiegelman sourit, il pensa à cet animal qui n'avait qu'un seul orifice pour respirer, manger et… Non, dans ce cas, ça ne marchait pas…

« D'ailleurs, je me suis toujours demandé pourquoi Freud était allé chercher chez les Grecs anciens toutes ses mythologies pour illustrer les grands thèmes de ses réflexions. Pourquoi n'a-t-il pas puisé dans la Bible ? L'Ancien Testament regorge d'histoires toutes aussi exemplaires et cruelles que celles de nos aînés hellènes ! Je vous pose la question ! Enfin je te la pose à toi.
-Euh justement, si tu me permets…
-Mais j'ai la réponse, ne t'inquiète pas !
-Oh, tu sais, je ne m'inquiète plus en ce qui te concerne…
-Freud était pourtant juif, il aurait pu aller vers ce qui fonde notre culture commune, notre religion commune, mais non, il recherche des exemples fondamentaux dans une culture dont nous nous sommes fondamentalement détachés. Pourtant, les tabous, les interdits sont tout autant listés dans les différents livres de la Bible, appuyés de récits et de paraboles qu'il aurait pu utiliser. Pourquoi, je répète pourquoi ? J'appelle cela le complexe du juif laïque.
-Tu as des noms pour tout.
-Merci.
-Ce n'était pas forcément un compliment. »

Il ne l'écoutait déjà plus. Il était reparti au combat et avait élargi sa réflexion sur les négations de nos fondements culturo-religieux que les sociétés modernes avaient opérées depuis le début de la deuxième révolution industrielle, faisant écho ainsi à la Renaissance.

« Mais à la Renaissance, l'église catholique était trop puissante et la réforme protestante trop prégnante pour que les croyants, les penseurs s'emparent trop avant de ces références aux univers disparus et païens des Grecs et des Romains. Dès la fin du XIXème siècle, on voit se dessiner les prémices de l'agonie du judéo-christianisme, le retour aux idoles, devenu évident aujourd'hui. Idoles anciennes, les Grecs et les Romains en question, et modernes, Marx, Lénine, Staline, Hitler, Freud, la pop musique, l'art contemporain, à toi de choisir… Emporté, noyé dans cette vague ou à l'origine de celle-ci, Freud se devait d'ignorer la Bible et d'aller chercher ailleurs. De plus, philosophe à la petite semaine, sans fondement théologique, Freud aurait risqué de se prendre des avoinées par les yeshivas ou les théologiens de tout poil, s'il s'était attaqué à la Torah ou aux autres écrits sacrés. Il a préféré aller taper dans les racines mortes. »

Spiegelman avait beau faire des bruits avec la bouche, se lever, se rasseoir, s'étendre sur son banc, faire mine de dormir, se racler la gorge, renifler, ouvrir grand la bouche et inspirer comme s'il allait commencer à parler, rouler des yeux d'ahuri, faire des grimaces, le shrink ne le calculait pas. Il fut sauvé par le gong ! Un agent arriva avec un téléphone portable un peu plus gros que normal et un papier dans la main. Il les lui donna à travers les barreaux, en lui expliquant qu'il allait le transférer dans une salle d'interrogatoire puisque la ligne cryptée ne passait pas au sous-sol.

« Belle invention, celle qui ne fonctionne pas partout… »

Spiegelman suivit l'agent docilement. Quand il se retourna, il vit que le shrink s'était assis sur le banc à l'intérieur de la cellule ouverte et qu'il semblait attendre son retour.

« Oh merde… »

Spiegelman n'eut pas grand-chose à lui dire, il n'avait pas plus de nouvelles que la veille et Wojcik fut bref. Quelques minutes plus tard, le prisonnier retourna à reculons dans sa cellule. Wojcik avait été assuré, s'il était nécessaire, que les Fédéraux suivaient son affaire avec Felicia Bear de près et l'encourageaient à poursuivre son entreprise en collaboration étroite avec Wojcik.

« Tu m'expliqueras un jour en quoi cette petite affaire intéresse tant les Fédéraux au point de te demander de les rejoindre.
-Un jour oui, je t'expliquerai. Mais la chose importante à savoir, c'est que j'ai eu le feu vert.
-Le feu vert pour quoi ?
-Informer Deepak de tout ça.
-Merci !
-Tu pourras sortir de ton trou. Mais il faut que tu y retournes pour qu'il te libère lui-même. Je lui dirai l'essentiel et tu lui raconteras ta journée d'absence.
-Pourquoi vous avez attendu si longtemps pour tout lui dire ?
-Deepak a certaines relations, disons particulières, avec certains chefs de certains gangs. Nous avons dû avoir l'autorisation de plusieurs agences. Il a un pédigrée, Deepak, il fallait que nous nous assurions qu'il était toujours clean, pour nous couvrir. Tout va bien, j'ai eu le feu vert, comme tu le sais maintenant. »

Le cachot n'était pas suffisant, il lui fallait à présent supporter à nouveau les éructations savantes du shrink le plus déjanté de Melbourne, voire de l'Océanie toute entière.

« Ah, vous voilà. Je ne reviendrai pas sur mes propos liminaires, mais vous en avez saisi les contours. »

Il avait eu tout le temps de préparer cette phrase ciselée, Spiegelman craignait le pire pour le reste de la conversation, enfin du monologue.

« Je vous parlais du syndrome du roi David. Le roi David eut une très importante descendance. Il eut sept fils nés à Hébron et neuf à Jérusalem. Comme vous le savez, Salomon issu de Bethsabée fut son héritier.
-Je connais très bien le Livre.
-Mais il n'entre pas dans l'histoire qui nous intéresse.
-Qui vous intéresse, moi…
-Pour la faire courte et comme votre connaissance des écritures semble immense…
-N'exagérez pas maintenant… »

Le shrink ignorait-il volontairement les rapides tentatives de prise de parole de Spiegelman ou n'était-ce qu'une tactique pour l'empêcher de prendre la main sur le récit ?

« Absalon est le fils de David et de Maaca, fille du roi de Geschur, et Hébron est la capitale du Peuple Élu. Comme cela a existé et comme cela se reproduira éternellement, le fils prend les armes, lève des armées et se dresse contre son père. C'est Richard Cœur de Lion contre Henry II Plantagenêt, c'est Jahangir contre Akbar, c'est… Absalon contre David. Absalon était alors l'héritier de David.
-Oh la la, pas de diversion, s'il te plaît.
-Les royaumes d'Israël et de Juda rejoignent le fils félon qui bat les troupes du père à maintes reprises et le force à se retirer de l'autre côté du Jourdain. Éphraïm ! L'affrontement décisif ! Avant de l'engager, David exhorte ses hommes d'épargner son fils Absalon et de le traiter avec égards. C'est la terrible et sanglante bataille de la forêt d'Éphraïm où les troupes de l'héritier de David sont massacrées. Ce dernier s'enfuyait lorsque sa très longue chevelure se prit dans les branches d'un arbre, un chêne dit-on. »

Spiegelman se mit à penser à la chevelure de Mama Yarra. Les délices des pensées parasites qui permettaient d'échapper à l'ennui. Mama Yarra et ses immenses seins contre lesquels il se réfugiait lorsqu'elle l'invitait dans un de ses Rêves Premiers et qu'il redevenait adolescent. Bientôt il serait initié et il pourrait les rejoindre, s'échapper auprès d'eux dès qu'il le voudrait, il suffirait alors qu'il s'assoupît pour que les chemins des Rêves Premiers s'ouvrissent à lui.

« Joab, le commandant des troupes de David, le rejoint et n'entend pas épargner l'ennemi de son maître. Il ordonne que l'on tue Absalon, immobilisé par la chevelure. Personne ne s'avance, tout le monde craint l'ire du souverain. Furieux, le général transperce à trois reprises le corps magnifique du guerrier vaincu. »

Avec son récit poétique et grandiloquent, le shrink était parvenu à reprendre l'attention de Spiegelman. Spiegelman adorait les belles histoires.

« A trois reprises, à coup de flèches, dans le cœur de l'héritier du trône. Quand le messager l'annonça au roi David…
-Alors le roi fut tout bouleversé, il monta dans le donjon de la porte et se mit à pleurer ; et, tout en marchant, il disait : 'Mon fils Absalon ! mon fils, mon fils Absalon ! Que ne suis-je mort à ta place, Absalon, mon fils, ô mon fils ! Deuxième livre de Samuel, 19.1. Je connais mes classiques !
-Alors justement, c'est là où nous trouvons la clé de l'énigme. Le deuil extrême, le père qui enterre le fils, Hérodote lui-même en parlait ! Les parents ne doivent pas enterrer leur progéniture, c'est contre la loi de la nature ! Le syndrome du roi David envahit chaque mère, chaque père qui perd un enfant. A la souffrance normale de la perte d'un être foncièrement cher, s'ajoute cette colère fondamentale contre la rupture de l'ordre des choses. Et, pour finir ma démonstration, je rappellerai que le roi David a exigé que ses troupes traitent son fils avec égards et ne le tuent pas. Le syndrome du roi David empêche le parent de tuer l'enfant. La reine Elizabeth considérait Mary Stuart comme la fille qu'elle n'aurait jamais.
-Oh merde, il repart !
-C'est pour cela qu'Elizabeth a attendu des années, jusqu'au dernier moment, jusqu'à l'extrême trahison qui pourrait l'anéantir, poussée par son entourage qui la menaçait même, pour se décider à faire exécuter sa cousine, sa fille de cœur. Et elle a pleuré, la reine Elizabeth, les chaudes larmes du roi David.
-Bravo ! Émouvant ! Quel talent ! »

Le shrink se retourna vers Deepak Patel qui était arrivé discrètement et avait assisté à la fin de sa prestation.

« Donc Dave Hebron est innocent et c'est son bras droit qu'il faut arrêter ?
-Oui, parce que, là, il s'agit d'un autre phénomène que je vous avais expliqué il y a quelques jours, le syndrome d'Henry Plantagenêt.
-Je me souviens bien, mais, en l'occurrence, votre démonstration nous a mis dans la merde et bien profond. Parce que l'idée d'un adjoint qui surinterprèterait les désirs de son patron et les mettrait en œuvre malgré lui… excusez-moi, mais ça n'a pas marché du tout ! »

Le shrink était aussi très colérique. Il jeta un air noir au Directeur Général de la Police du Victoria et voulut sortir. Sans succès puisqu'il était enfermé avec le prisonnier. Son geôlier le regarda goguenard.

« Vous voulez sortir professeur docteur Fork ? »

La fureur n'avait point aboli son goût pour la flatterie qui l'empêcha de discerner la pointe d'ironie qu'avait distillée Deepak Patel dans sa question.

« S'il vous plaît, monsieur le Directeur Général ! »

Sa réponse trahissait une belle dose de sarcasme qui s'appuyait sur le titre de son interlocuteur. En fait, il avait bien décrypté les propos de son interlocuteur. L'ambiance s'acidifiait rapidement.

« S'il te plaît, Deepak, libère-le ! »

Le professeur docteur Fork virait chagrin et lança un regard particulièrement haineux vers le prisonnier qui se recula vers le mur du fond de sa cellule. Le shrink pouvait cogner fort et Spiegelman se sentait plutôt caduc depuis que les affaires et les morts pleuvaient sur lui comme une flash flood dans le Simpson Desert en été. Il fit signe à Deepak Patel qui obtempéra. Le shrink fila en tempêtant. L'orage disparaissait mais on l'entendit encore longtemps tonner de loin.

« Carl, j'ai eu Wojcik au téléphone. Il m'a dit que tu avais beaucoup de choses à me raconter. »

Ils arrivèrent dans la morgue où la docteure Trish Mac Thomas leur sauta littéralement dessus avec des histoires de carreau. Deepak Patel usa de toute sa diplomatie pour extirper de la morgue un thermos de son excellent café sans toutefois expliquer la raison du mystère qui entourait la réunion qui allait se tenir dans le bureau du Directeur Général de la Police du Victoria où chacun s'installa confortablement dans son fauteuil, Spiegelman put alors commencer son récit.

Chapitre dix.
Lundi 25 juin 2001.

Il resta un long moment à observer la longue femme blonde qui se trouvait dans son appartement, assise dans son fauteuil et qui s'était visiblement introduite de manière illicite chez lui.

« Tu ne t'assieds pas ? Fais comme chez toi ! »

Il ne sourit pas. Il hocha juste de la tête pour signifier qu'il avait entendu. Il était las, il voulait se coucher mais, à son habitude, il ne souhaitait pas entamer la discussion. A son habitude, il préférait laisser ses interlocuteurs s'enliser dans son silence, alors qu'ils s'attendaient à des 'Qu'est-ce que vous faites ici ?' Rien que le regard d'acier et de haine d'un Spiegelman froid et fermé qui n'éprouvait aucun intérêt, ni aucune curiosité vis-à-vis de ceux qui tentaient de s'imposer à lui. L'homme était au naturel peu engageant, alors, lorsqu'on avait forcé sa porte et son espace intime, on devait s'attendre à de sourdes représailles, des réparties glaciales, suivis de scuds inattendus. Felicia Bear s'était préparée à la chaleur relative de son accueil. Elle avait pisté Spiegelman depuis si longtemps qu'elle le connaissait parfaitement. Enfin, le croyait-elle ! Elle s'étrangla dans son single malt lorsqu'il lui adressa la parole.

« Je te croyais partie avec Bébé.
-Bébé et moi ne sommes pas en affaire.
-Il est bel homme pourtant.
-Pas mon style.
-Raciste ?
-Je préfère les vieux beaux. »

Spiegelman ne sourit pas non plus à cette mauvaise saillie qui s'était prise un temps pour un compliment.

« Nous allons faire vite, j'ai sommeil. Pourquoi es-tu ici exactement ?

-Tu as sommeil, tu as sommeil ! Tant pis pour toi parce que tu n'es pas le maître des horloges ! Pas cette fois-ci ! Et la nuit va être longue !
-Je peux te foutre à la porte quand je veux, toi et tes horloges, alors dis-moi ce que tu fous ici. »

Elle s'était, bien entendu, attendue à ce que Spiegelman fût coriace. Elle avait prévu une manœuvre lente et à vue. Elle devait susciter, dans un premier temps, sa curiosité, puis l'aiguiser, avant de ferrer la bête. Elle prit son sac d'un geste large qui propagea une belle odeur de jasmin mogra dans l'atmosphère.

« Du mogra ! Toujours aussi distinguée !
-Ton nez est toujours aussi délicat.
-Un véritable chien de chasse ! Le mélange avec la verveine et la bergamote est osé, mais il fonctionne. La prochaine fois essaye d'y faire ajouter une note de terre... »

Spiegelman cessa d'un coup ses variations olfactives, ses yeux s'étaient tournés vers l'imposante liasse de billets qu'elle venait de poser sur la table basse.

« Tu cherches à me corrompre ?
-45.000 dollars. »

Le dollar australien n'avait pas la tenue de son équivalent américain. Il faisait plutôt touriste en vacances et surfeur à la plage, quand le billet vert avait son côté Wall Street Journal, putes et cocaïne, Al Capone et tête de cheval sanglante dans un lit, derrick dégueulant de pétrole et t-shirt blanc maculé de noir sur pectoraux saillants. Chacun son style, mais le fric, c'était du fric et Felicia Bear ne le savait que trop.

« Il en faut bien plus pour me corrompre.
-Le reste suit. Mais il s'agit de beaucoup, beaucoup plus.
-Explique-toi. »

Elle pensait qu'elle avait commencé à exciter sa curiosité. Il avait changé de stratégie. La liasse de cash prouvait bien qu'elle ne bluffait pas et le policier devait savoir ce que cette femme au passé trouble et, apparemment, au présent pas très clair non plus, avait en tête. Et surtout pourquoi elle voulait s'adresser à lui... Une érotomane ! Mais oui, c'était cela ! Elle était persuadée qu'il était amoureux d'elle et elle faisait tout pour être en sa présence. Dans certaines formes d'érotomanie extrême, les malades, en proie à une sorte de nécessité d'escalade, provoquaient des situations au-delà du fantasque, risquant leur vie et celle de leur cible. La seule manière pour la proie de réagir était tout d'abord de confronter le malade, puis de le contourner. Il fallait le prendre entre quatre yeux et lui dire son fait, sans détour, ni euphémisme. Il fallait ensuite tout faire pour l'éviter jusqu'au moment où il se faisait soigner. Il était terriblement difficile pour une cible d'échapper à un malade érotomane puisqu'il était généralement extrêmement bien renseigné et qu'il avait pour unique objet de suivre sa proie jusqu'au bout du monde, jusqu'à la fin des temps. Quand l'évitement n'était plus possible, il fallait retourner à la case départ et redire au malade son fait, plus violemment. Spiegelman décida qu'il était temps d'agir et d'enclencher la première phase du processus, la confrontation. Finalement, les longs soliloques du Shrink lui servaient à quelque chose, puisque presqu'inconsciemment, il ingurgitait par flots entiers les réflexions analytiques et typologiques sur des cas psychologiques cliniques. Et maintenant, il réfléchissait comme le shrink en question qui parlait par phrases sans fin et truffées d'adjectifs et d'adverbes abscons. Il devait impérativement revenir sur son sujet d'étude, se recentrer sur Felicia Bear, ou quels que pussent être ses noms passés et présents.

« Tu vas bien ? Tu as l'air perdu.
-...
-Tu me regardes étrangement. J'ai une tache sur le visage ?
-Felicia... C'est comme ça que je dois t'appeler, non ?
-Si tu veux, oui. Ça n'a pas d'importance.
-...
-Tu avais une question à me poser ?

-Oui… Qu'est-ce que tu fais ici ? Pourquoi n'es-tu pas partie ? Le deal était pourtant clair…
-Pas trop, non. Si je ne suis pas partie, c'est pour ça. »

Elle montra la liasse de billets sur la table et sortit une enveloppe de son sac. Grande, en papier kraft, remplie de documents. Il hésita entre, d'un côté, un silence encourageant quoique circonspect qui ferait toutefois transparaître un manque d'enthousiasme qui pourrait la vexer et la faire changer d'avis et, d'un autre côté, une question qui trahirait une trop grande curiosité qui donnerait un net avantage à la détentrice du secret. Il prit un temps pour élaborer sa stratégie et observer la fille des faux époux Bear. Avec ses 45.000 dollars sur la table, son enveloppe de papier kraft en main, elle ressemblait plus à une mafieuse en pleine négociation avec un policier à corrompre qu'à une amoureuse transie et délirante. Spiegelman subissait trop l'influence du shrink. La longue femme blonde le dévisageait, l'air stupéfait. Elle soupira et, en deux mouvements rapides, elle rangea l'argent et l'enveloppe dans son sac. Elle se leva, se retourna pour prendre son verre et le finir en une grosse gorgée qui manqua l'étouffer. Elle se servait toujours des verres généreux qu'elle buvait toujours rapidement. Elle se dirigea vers la porte. Spiegelman l'attrapa par le bras au passage.

« Tu vas où, comme ça ?
-Tu ne veux pas m'écouter, dommage ! Lâche-moi ! Tu me fais mal ! »

Il la lâcha d'un coup et se mit à hurler.

« Qu'est-ce que je t'ai encore fait ? En quoi peux-tu dire que je ne t'écoutais pas ? Pourquoi es-tu toujours dans mes pattes, sur mon chemin ? Qui es-tu ? Hein ? »

Abasourdie par la salve de questions jetées en pleine face, elle était restée sans voix, ni mouvement. Spiegelman lui saisit à nouveau le bras, l'emmena sans ménagement jusqu'au fauteuil d'où elle l'avait accueilli et l'y poussa brusquement. Drôle de bonne-femme qui se laissait tout à coup faire, comme une poupée de chiffon.

« Tu es un drôle de bonhomme, Carl ! Je peux t'appeler Carl ?
-Non ! »

Une fois qu'elle était assise, qu'elle s'était ressaisie et recoiffée, il lui intima, d'une voix blanche, l'ordre de s'expliquer. Il adorait ses explosions de colère qui déstabilisait à chaque fois ses interlocuteurs. Pour que ses objurgations portassent plus haut et plus fort, il prenait toujours bien soin que son discours fût légèrement incohérent. La colère impressionnait plus lorsqu'elle était mêlée de quelques accents de folie. Et comme il était très grand et sec, mais puissant, sa voix de stentor avait encore plus d'effet. Il était passé maître es colères et le mentor d'Agni Kortsidaki dans ce domaine. Toutefois, si les colères de la belle Minoenne pouvaient être homériques, les siennes se devaient d'être et de rester mosaïques. Il rit un long moment et en lui-même de sa bonne blague, sous les yeux ahuris de Felicia Bear.

« Bon ! Raconte maintenant ! »

Il s'était approché de la table basse, elle avait reculé et s'était carrée dans son fauteuil. Il lui avait souri et lui avait versé un verre de single malt avant de l'inviter à raconter son histoire. Elle hésita.

« Et toi, tu ne bois rien ? Et tu vas rester debout comme ça ? Prends quelque chose et assieds-toi ! Je ne commencerai pas avant. »

Il s'éclipsa dans la cuisine pour se servir un verre d'eau pétillante. Lorsqu'il revint dans le salon, elle s'était détendue et avait replacé ses arguments sur la table basse, les 45.000 dollars et l'enveloppe de papier kraft.

« Felicia… Tu permets que je t'appelle Felicia ?
-Non…
-…
-Je plaisantais. Nous sommes partis sur un mauvais pied, je le reconnais. On recommence tout ?

-Oui, mais à partir du moment où tu racontes tout. Vas-y… Felicia ! »

Elle voulut lui refaire l'historique des gangs de Melbourne, de l'arrivée de la Vieille, de sa mainmise sur Melbourne et le Victoria, de…

« Il s'agit donc de la Vieille…
-Oui…
-Ne me dis pas que…
-Si !
-Mais il n'existe pas, son trésor !
-Carl !
-Felicia ?
-Écoute-moi jusqu'au bout et après tu diras ce que tu voudras. »

Il grimaça, acquiesça et s'assit dans le fauteuil en face d'elle, de l'autre côté de la table basse. Il bailla, il était épuisé.

« Vas-y, mais fais vite ! Je suis épuisé.
-Alors ne m'interromps plus ! »

D'un geste lent de la main, il l'invita à poursuivre. Il était vraiment resté un très bel homme. Elle l'avait toujours beaucoup apprécié, mais elle savait pertinemment qu'elle n'avait aucune chance, surtout depuis qu'il avait entrepris de virer sa cuti.

« Quel gâchis !
-Felicia ? Tu peux commencer s'il te plaît ?
-Pardon ! Des pensées parasites… »

Elle se redressa dans son fauteuil et planta ses yeux dans ceux de Spiegelman qui rougit et détourna le regard.

« Tout cela était dans le coffre que la Vieille avait ouvert pour moi à la Bank of Australia.
-45.000 dollars, ce n'est pas mal mais comme héritage d'une personne de son envergure, ça laisse à désirer.

-Tu avais dit que tu ne m'interromprais pas.
-Désolé.
-Avec les 45.000 dollars, il y avait un petit mot où elle avait écrit qu'il fallait regarder dans l'enveloppe pour tout comprendre et surtout qu'il fallait que je te contacte pour te demander de l'aide.
-Pourquoi moi et pas Bébé ?
-Laisse-moi parler, Carl, vraiment ! Dans l'enveloppe, il y a une lettre plus longue où elle explique que Bébé a eu son dû et qu'il aurait sans doute déjà disparu quand je lirais cette lettre.
-Toujours aussi perspicace, la Vieille, même à travers la mort.
-Lis toi-même ! Ça te fera taire. »

Elle lui tendit la lettre et il se mit immédiatement à la lire, avidement, nerveusement. En silence. Un miracle. La Vieille produisait encore des effets, même 'à travers la mort'. Dans cette longue missive per mortem, elle expliquait que Wojcik n'était plus digne de confiance après ce qu'il lui avait fait.

« Qu'est-ce qu'il lui a fait de si grave ? C'est tout de même elle qui a fait assassiner la sœur de Wojcik, c'est lui qui devrait…
-Je ne sais pas, ça n'a pas d'importance, continue à lire ! »

Spiegelman, lui, était resté son meilleur ennemi, digne, droit, fiable. Presque prévisible. Il hocha la tête, vexé : prévisible ! Et c'était la raison pour laquelle la Vieille avait souhaité confier à eux deux et à eux seuls le soin d'aller récupérer sa cagnotte, le trésor de guerre qu'elle avait caché et bien caché et qu'elle s'était réservé pour les cas de coups durs. Toutefois, sa carrière ayant été ce qu'elle avait été, elle n'avait jamais dû toucher à son magot.

« Elle était tout de même incroyable, la Vieille ! »

Il en était presqu'à tresser des lauriers pour la statue chryséléphantine de la Vieille.

« Poursuis Carl, je ne comprends pas tous mots que tu utilises. Christine quoi ? »

Il obtempéra en soupirant. La suite était une liste exhaustive du contenu dudit trésor de guerre.

« Ah oui… Ah oui quand même… »

Felicia Bear leva un sourcil désapprobateur. Il devait lire la suite, la plus importante partie de la lettre. Il la lut un première fois, regarda, incrédule la longue femme blonde qui souleva à nouveau son sourcil qu'elle avait décidément bien mobile, mais comme pour signifier cette fois-ci qu'il avait bien compris ce qu'il venait de lire. Il n'en crut rien et relut les dernières lignes de la lettre.

« Ah non ! Non, non ! Déjà quand j'étais môme, je n'aimais pas ça ! Alors ce n'est pas à 56 ans que je vais m'y mettre ! »

Spiegelman s'était endormi immédiatement, à peine la voiture s'était-elle engagée sur la Eastern Freeway. Il retournait sur les terres de son enfance. Un peu plus au nord. Qu'est-ce que la Vieille était allée foutre à planquer son magot dans cet endroit paumé ? Le chauffeur conduisait de manière souple et la voiture filait à vive allure et avec fluidité à travers l'Est du Greater Melbourne. Spiegelman ronflait doucement, le sourire et la bave aux lèvres, sous le regard attendri de la longue femme blonde. Tout se prêtait à l'incursion de Mama Yarra dans les songes de Spiegelman. Elle l'inviterait dans ses Rêves Premiers sous la forme de Chep, Spiegelman adolescent nu et émerveillé. Depuis la triste affaire de la femme, son enfant dans les bras, Mama Yarra l'invitait souvent à rêver dans les Rêves Premiers du Peuple des Origines d'Ici. Elle l'aimait beaucoup, son Chep et il adorait se blottir contre sa gigantesque poitrine qui sentait bon la terre et le sur de la sueur. Une sueur sucrée et aigrelette. Mama Yarra était l'Esprit de la Rivière qui traversait Melbourne pour se jeter dans la Baie de Port Phillip qui s'ouvrait sur le vaste Océan Austral. Mais tous ces noms n'étaient pas les noms des origines des Esprits de la baie ou de l'océan. Seule Mama Yarra avait pu conserver le sien par au-delà de l'enracinement des cultures invasives. Que faisait-elle ? Où était-elle ? Spiegelman était endormi prêt à bondir en Chep curieux. Était-elle dans son Rêve Premier écrasé de soleil, assise tout en haut de son promontoire à contempler les petits points que formaient les buissons ou les autres Esprits, les lignes des végétations qui suivaient en surface les flux souterrains. Était-elle dans son Rêve Premier de nuit d'encre transpercée d'un immense feu d'eucalyptus autour duquel les Esprits chantaient et contaient le monde sous un ciel seulement éclairé de la Croix du Sud ? Là, au fond de son petit sommeil de blanc, il ne voyait rien de tout cela. Il ne voyait que le vide. Sans porte. Sans le plus petit accès. Que se passait-il ? Mama Yarra ?

« Mama Yarra ?
-Oui ?
-…
-Un cauchemar, Carl ? »

La voiture ! Il était dans la voiture qui glissait vers le Nord-Est, les montagnes. Mama Yarra l'avait abandonné. Pourtant, il lui avait obéi en tout point pour être l'être pur, innocent et respectueux des autres, celui qui pourrait, comme ce bon docteur Mills, être initié dans un Rêve Premier et devenir le frère de toutes ces Femmes, de tous ces Hommes Premiers du Peuple des Origines d'Ici.

« Pourquoi tu m'as abandonné, Mama Yarra ?
-Décidément, tu as le rêve agité, Carl ! »

L'écart était étonnant entre le calme et l'apparente sérénité du vieux policier en plein sommeil et tout sourire, et ses cris dans la nuit. Il ne bougeait pas. Il appelait juste quelqu'un, très fort, quelqu'un qui était loin. Qui ? Un nom qui ressemblait à celui de la rivière. Elle hésitait à le réveiller pour le délivrer de son cauchemar ou à le laisser dormir et se débrouiller seul avec son inconscient. La conduite si souple d'Omar la plongea doucement dans une voluptueuse léthargie.

Mardi 26 juin 2001.

« Madame ? Madame ? Nous sommes arrivés.
-Merci Omar. »

Était-ce la spécificité d'un shrink que de se tromper presqu'à chaque fois ? Si c'était le cas, alors Spiegelman en était un et dépassait bientôt son maître en divagations psychologiques. Elle n'était pas plus érotomane qu'il était moine catholique, cette belle femme aux jambes si longues assise à côté de lui. Ni même un tout petit peu amoureuse de lui. C'était lui qui était égocentrique et qui ne parvenait à voir le monde qu'à travers sa petite personne de vieux beau pathétique. Spiegelman n'était jamais tendre avec lui-même lorsqu'il se réveillait d'un mauvais somme. Il pleuvait, neigeait presque, et le soleil avait du mal à percer. Il sortit de la voiture sans un mot pour sa compagne de voyage. La petite pluie glacée se mêlait au brouillard verglaçant qui remontait et dégageait une merveilleuse odeur de terre très humide et de végétation légèrement moisie. L'odeur de son enfance dans ce bush détrempé. Il respira l'air de sa jeunesse à grandes bouffées en se dégourdissant les jambes. Mama Yarra n'était pas venue le cueillir dans son sommeil, il en était triste mais l'oublia très vite en contemplant le paysage sauvage. Il ne venait pas de cette région exactement, mais d'un trou plus au sud, plus désolé et plus sec. Toutefois, son compagnon d'adolescence John Massie et lui avaient souvent fait du stop pour se rendre dans cette région et y planter la tente, faire du feu, manger de la mauvaise viande cuite sur de la mauvaise braise parce que le terrain était toujours gorgé d'eau, boire beaucoup trop de bière, s'embrasser sur la bouche avec la langue, puisqu'il n'y avait jamais de fille libre dans leur trou, et s'endormir dans une tente humide, dans des sacs de couchage humides sur un sol glacé. Après, leur peau dégageait l'odeur de l'air si typique de la région, en plus de la fumée d'eucalyptus brûlé humide. Il sentait bon, John ! Le musc, la mousse de sous-bois, le cuir, le tabac froid et les grains de fenouil qu'il croquait pour se désinfecter la bouche avant d'embrasser. Mais ils n'étaient qu'amis, meilleurs amis, rien de plus. Comme les pères cachaient leurs filles dans le Gippsland, à cette époque et que les deux garçons avaient le corps de leur jeunesse, ils se retrouvaient pour en faire rejaillir ensemble les exultations. Attention ! Pas de touche-pipi honteux et rapide. Ils s'appréciaient et se respectaient trop pour cela. Ils y mettaient les formes, ils prenaient le temps et s'isolaient pour cela du reste du monde. Au plus profond de la forêt humide, ils laissaient s'exprimer leurs corps en en éloignant le plus possible leurs sentiments et leurs réflexions. Les deux garçons ne pensaient pas alors, ils se laissaient guider par leurs pulsions et leurs manques.

« Tu es prêt ?
-…
-Carl ?
-Oui, oui. Omar nous accompagne ?
-Oui, jusqu'aux chutes. Après, on verra.
-Nous sommes bien d'accord que nous ne sommes qu'en repérage, que nous ne tenterons rien aujourd'hui.
-Sauf s'il est à portée de main.
-S'il avait été à portée de main, il ne serait déjà plus là.
-Pas con.
-Et nous devons faire attention à ne pas laisser de traces ou de nous faire remarquer. Ça pourrait donner le signal d'une ruée vers l'or.
-Tant que nous ne pourrons pas surfer dans les airs, nous laisserons des traces. »

Ils se turent un instant. Felicia Bear avait une carte en main. Pisteuse née, elle avait déjà repéré le sentier et avait commencé à l'emprunter.

« Bon, vous bougez ? »

Spiegelman ne savait pas ce que Felicia Bear avait dit à Omar, mais il ne semblait pas dans son élément. Il paraissait craindre tout dans cet environnement de bush des montagnes. Il regardait de toute part et avançait lentement. Qu'un chauffeur et garde du corps pût paraître ainsi apeuré n'était pas pour rassurer Spiegelman, pourtant habitué à ce genre d'espace de désert vert et désolé. Spiegelman s'était vêtu et botté pour la circonstance. Déguisé en videur de boîte de nuit, Omar n'en menait pas large. La longue femme blonde avait su rester élégante dans son long manteau cintré en tissu de camouflage et sa petite capeline kaki. Elle semblait se fondre dans la forêt primaire et ne pas sentir les branches la fouetter à son passage. L'appât du gain la rendait plus belle encore et sa démarche voluptueuse à travers les eucalyptus lui donnait l'apparence d'un esprit celtique, d'une fée de lieux si lointains, une apparence si déplacée. Un bruit tétanisa Omar. La Mélusine australe ne l'avait pas entendu et avait continué son chemin. Derrière eux, une masse noire les avait suivis et observés. Elle avait couru se cacher derrière une souche et avait disparu. Omar voulu se jeter à sa poursuite. Spiegelman l'arrêta net.

« Dans le bush, il faut rester sur les chemins. Si tu les quittes, tu te perds. Si tu te perds, tu es mort. »

Il voulut sortir son arme.

« Omar, tu es fou ? Pourquoi pas une fanfare tant que tu y es ? Nous sommes ici incognitos, tu ne te le rappelles pas ? »

Felicia Bear avait pris un soin méticuleux à trouver le bon endroit pour garer la voiture. Omar l'avait soigneusement camouflée. Ça n'était pas pour tout gâcher avec un coup de feu dans la forêt qui retentirait jusqu'aux rangers en charge de ce territoire protégé. De plus, Spiegelman avait cru reconnaître l'ombre massive de Mama Yarra. Il ne fallait pas tirer sur les ombres ou les Esprits, même s'ils ne craignaient rien de la peur des hommes blancs. Felicia Bear s'était arrêtée. Devant elle, une trouée. On commençait à entendre le bruit de chutes d'eau. Spiegelman pouvait déjà sentir l'odeur spécifique d'une cascade dans une végétation primaire. Des fragrances minérales venaient briser celles des mousses et des décompositions organiques diverses. Un froid sec mais piqueté de gouttelettes d'eau presque gelée qui vous frappait le visage et les mains remplaçait une ambiance trop fraîche mais à l'atmosphère étouffante et statique. De l'eau dégouttait du chapeau de Felicia Bear qui avait le visage rougi par la morsure de l'air vif de la cascade.

« Omar, vous restez ici pour assurer nos arrières. Carl ?
-Juste un repérage, d'accord ? »

Elle acquiesça. Découvrir le magot aujourd'hui ruinerait tous les plans de Spiegelman. Toutefois, il ne lui fallait pas être trop insistant à ce sujet, elle ne devait se douter de rien, même si elle était intelligente et ne s'attendait pas à ce que Spiegelman la suivît sans arrière-pensée, ni plan en plusieurs bandes. L'homme était retors, la femme ne l'était pas moins. On singeait le fleuret moucheté. Les couteaux étaient fourbis mais encore dissimulés.

« Tu n'as pas peur de te mouiller ?
-Tout ce que je porte est imperméable. N'oublie pas que je viens de cette région. Ici, seuls les cons sont mouillés.
-Je vais tâcher de rester bien sèche, alors. »

Felicia Bear n'avait pas pris les feuillets sur lesquels la Vieille avait décrit l'endroit où se trouvait le magot. Elle les avait tous mémorisés avant de tous les détruire. Une stratégie étonnante puisqu'elle ne laissait à son adversaire que la torture comme moyen d'obtenir les détails de la cachette de la vieille. La longue femme blonde ne craignait rien, ni personne. Dans tous les romans d'aventure, dans tous les mauvais films produits par Antonia Zecco, il y avait une sorte de grotte derrière une chute d'eau. On s'y réfugiait, on s'y cachait, on y dissimulait un trésor. Sans surprise, le magot de la Vieille se trouvait derrière le voile moussu de la cascade. Un chemin très étroit à flanc de montagne menait à la caverne au trésor. Très étroit et glissant. Spiegelman avait deux pieds gauches, le vertige et la trouille de tomber dans cette eau glacée. Il faillit crever de nombreuses fois. Felicia Bear le devançait et ne pouvait rien voir. Omar avait disparu dans la végétation. Il était seul, abandonné, au milieu de rien. Le vrombissement de l'eau était assourdissant. Spiegelman était gelé. Il maudissait tout et tout le monde. Il ne pouvait pas faire demi-tour, le chemin était trop étroit. Il ne voulait plus continuer. Felicia Bear était arrivée sur la plateforme d'entrée de la grotte et le contemplait à travers un léger rideau d'eau en perles. Il était magnifique, debout planté comme en apesanteur au milieu de ce paysage violent, froid et instable, au centre d'un excès de verts en camaïeu presque chamarré. Il était vraiment sexy, ce vieux. Elle sourit. Elle avait envie de lui. Dommage que le sentiment ne fût pas partagé et qu'il n'était sans doute pas d'humeur badine. La situation ne prêtait pas au déduit. Il approchait la délivrance. Elle lui tendit la main. Il l'accepta. Elle l'accueillit sur le pas de la grotte.

« Ça va ?

-...
-Bougon ?
-Non, je ne me souvenais pas que j'avais autant le vertige. »

Il avait maintenant les jambes qui commençaient à le lâcher, la tête qui tournait et la nausée qui lui retournait l'estomac. Il s'assit. Elle commença à explorer la grotte. Les feuillets de la Vieille parlaient d'une porte. Felicia Bear abandonna Spiegelman pour la rechercher. Elle était terriblement excitée par cette chasse au trésor d'un autre temps. L'exotisme extrême du lieu, le romantisme échevelé de la situation, tout contribuait à rendre la jeune femme euphorique. L'appât du gain aussi. La vie lui semblait magnifique tout à coup. Elle était bien loin aujourd'hui de sa vie de snipeuse tapie dans tous les recoins de Greater Melbourne à surveiller ses proies. Elle revint très vite. Elle avait trouvé. Elle ne tenait plus en place, elle voulait l'emmener avec elle pour lui montrer. Elle était là-bas cette porte. Il fallait qu'il l'accompagnât. Difficile, il était en train de rendre tripes et boyaux dans l'eau et le long de la roche en contrebas. Le brondissement des chutes d'eau couvrait les écœurants bruits de spasmes de Spiegelman, penché au maximum au-dessus du vide, la main plaquée contre la paroi glissante. Lorsque l'homme eut repris ses esprits, elle le guida vers le Saint Graal.

« Et elle ne fait pas mention d'une clé ? Elle ne l'a pas laissée quelque part ? »

Felicia Bear secoua la tête. Elle s'était soudain rembrunie.

« De toute façon, nous avions convenu que nous ne déménagerions pas le trésor aujourd'hui...
-Mais quand même, si près du but !
-Et cette clé, ça ne te dit rien du tout ? »

Elle avait commencé à pleurer de rage. A moins que ce ne fut l'effet de l'humidité glacée et ambiante qui provoquait cet excès de rougeur et de larmes dans ses yeux. En tous les cas, ils avaient repéré les lieux, ils savaient à quoi s'en tenir. Il ne restait plus qu'à trouver cette putain de clé et le tour était joué.

« Tu en as de drôle, toi ! Le contenu du coffre à la banque, c'était la seule chose que j'ai reçu de la Vieille.
-Bébé aura peut-être reçu une clé sans explication et toi l'explication sans la clé.
-Dans la lettre que tu as aussi lu, elle dit bien que Bébé a eu son dû et qu'il n'est pas concerné.
-Contacte-le tout de même, ça ne coûte rien.
-…
-Qu'est-ce qu'il y a ?
-C'est que…
-Vous n'êtes plus en bons termes ?
-C'est ça.
-Ah ces affaires d'héritage ! Ça vous brouille toujours avec la famille...
-…
-Cherche peut-être un peu autour, elle a peut-être caché la clé quelque part.
-C'est drôle qu'elle n'en ait jamais parlé. »

La grotte était petite et sans couloir secret, n'était celui qui menait sans doute vers ce trésor si mystérieux, derrière la porte. La porte était d'un bois très solide et noirci par le temps et l'atmosphère de la grotte. On la distinguait à peine des parois. L'endroit était beau, l'instant palpitant, allait-elle l'embrasser et le vrombissement de la cascade se transformer en musique symphonique ? Non, il venait de vomir et sentait la mort. Elle se ressaisit et retourna vérifier si la clé ne pouvait pas se trouver quelque-part, par acquis de conscience. Quand elle fut revenue de son inspection et de ses espoirs, ils décidèrent de lever le camp.

Chapitre onze.
Jeudi 28 juin 2001.

Spiegelman était propre et reluisait comme un penny neuf. Il avait même rasé sa barbe de quelques jours qu'il portait d'habitude, élégamment, parfois de manière trop ostentatoire, comme pour montrer l'homme révolté contre les conventions qu'il prétendait être.

« Moi je trouve que sa barbe, ça fait sale.
-Non, ça fait hype.
-Hype comme drogué ?
-Non, hype comme à la mode.
-Ça fait quand même sale.
-Il ne l'a plus aujourd'hui, alors pourquoi tu en parles ?
-Parce qu'un policier, qui plus est un officier de police, ne doit pas avoir l'air sale. »

Spiegelman était au centre des attentions. Il s'était bien remis de ses dernières péripéties. On ne parlait pas ici de son rapide séjour au trou, mais des attentats contre sa personne, perpétrés depuis fin janvier. Il était passé plusieurs fois par le Royal Melbourne Hospital qu'il connaissait désormais comme sa poche. Il ne boitait presque plus, il ne somnolait plus que rarement pendant les réunions, il n'était plus vouté comme un eucalyptus dans le vent, il avait à nouveau l'œil vif et le teint de rose. Ses mains continuaient tout de même à trembler, héritage d'un passé par trop arrosé, et il était victime de quelques petites pertes de mémoires temporaires, sans effet sur son travail, de moins en moins fréquentes. Elles n'avaient rien de comparable avec le gros trou noir qui l'avait englouti pendant quelques jours après le 26 janvier. On se rassurait comme on pouvait. Les commentaires bruissaient sur son passage mais on ne parvenait pas à comprendre s'il s'agissait d'admiration ou de simple commérage. Il rejoignit toute l'équipe dans le bar du fond de la morgue pour la séance café vietnamien débriefing gore.

« Le corps d'Axel Hebron a été rendu à la famille. Celui du balèze inconnu a été placé en congélation.
-Tu n'aurais pas pu le faire embaumer ?

-Tant que nous avons des chances de l'identifier, la congélation est le seul moyen de respecter les volontés du défunt ou de sa famille. Nous ne pouvons pas toucher à l'intégrité du corps au-delà des besoins impérieux de l'enquête.
-Oui mais la congélation…
-La moins pire des solutions… Nous sommes ici pour parler cuisine interne ? Non ! Reprenez du café, je vais chercher mes jouets. »

La docteure Trish Mac Thomas revint et déposa sur une des tables basses du bar du fond de la morgue toute une série de choses étranges. Chacune de ces choses était emballée dans un sac plastique de scellées différent. Tout le monde les regarda avec grand étonnement. Une fois qu'elle les eut savamment installées, elle s'en détourna pour aller au bar remplir un autre thermos de son excellent café dont l'arrivage jusqu'à l'institut médico-légale fut relativement chaotique. L'aventure de l'importation des grains depuis la plantation dans les montagnes jusqu'au moulin de la morgue apportait encore plus de valeur à ce divin nectar.

« Mais je vous en ai déjà parlé, je ne veux pas me répéter.
-Moi, je n'étais pas là. Racontez.

L'Agent Schoenmaker avait retrouvé son Spiegelman en grande forme, il rayonnait. Le reste de l'équipe feignait d'ignorer l'excitation du jeune homme. La docteure lui fit un non de la tête en s'asseyant. Tout le monde la fixait avec grande impatience.

« Vous avez devant vous l'empreinte en plâtre de la blessure mortelle d'Axel Hebron. En plein cœur. Le tueur a bien calé son coup. Il s'agit d'un plâtre spécial de ma composition qui… Oui, non, pas de détails. »

L'empreinte en plâtre passa de mains en mains.

« Vous pouvez la sortir des scellées, elle ne va pas vous tuer. »

On la sortit de son sac et elle repassa de mains en mains. Chacun essayant, sans succès, de comprendre ce qu'il fallait voir, ce qu'il fallait en déduire.

« Vous avez ici le positif en latex de la même blessure réalisé à partir de l'empreinte en plâtre. J'ai confectionné un latex assez dur et d'un gris particulier qui nous permet de bien discerner les reliefs et les contours. »

Le positif en latex circula lui aussi. On ne se regardait pas, on gardait les yeux un peu baissés, on restait silencieux puisqu'on ne savait pas ce qu'il fallait tirer de l'observation de cette pièce à conviction de médecine légale. La docteure Trish Mac Thomas jetait des regards complices et amusés à son collègue Sansoni. Ces deux-là s'amusaient comme des petits fous.

« Vous allez avoir maintenant dans les mains plusieurs types d'armes blanches, à vous de déterminer celle qui a pu causer ce genre de blessures. »

Elle sortit d'un carton en dessous la table basse un autre positif en latex, exactement similaire au premier. Deepak Patel et Agni Kortsidaki essayèrent les différentes armes dans leur positif. Spiegelman accomplit le même genre de test en compagnie de l'Agent Schoenmaker. Après avoir joué quelques minutes au Docteur Maboul ®, les quatre invités de la morgue renoncèrent et jetèrent des yeux noirs aux légistes hilares.

« Vous n'êtes pas très doués en médecine légale... »

Elle sortit une série de clichés et de graphiques et les disposa sur l'autre table basse.

« Un carreau d'arbalète ! »

Les Laurel et Hardy du bistouri commençaient vraiment à s'amuser aux dépens de leur public. Le docteur Agapito Sansoni brandissait l'arme blanche au-dessus de sa tête alors que sa collègue venait de la nommer. Presque sans réfléchir, les quatre autres personnes présentes applaudirent. A la morgue, il était habituel de se laisser un peu aller, de se relâcher. Lorsqu'il n'y avait que les membre de la bande, bien évidemment. La docteure Trish Mac Thomas prit le positif en latex des mains de Spiegelman et un carreau des mains d'Agni Kortsidaki. Elle mima lentement le mouvement de l'arme dans la blessure, s'arrêta une fois qu'elle s'y était fichée et montra le résultat à chacun de ses invités. Elle mima le deuxième, puis le troisième geste. De la même façon, lentement, dans le silence du public abasourdi. Quand elle eut fini, elle se redressa et tous l'applaudirent, même son collègue.

« Avec quelques amis de la scientifique, nous avons fait une reconstitution en trois dimensions grâce au logiciel 3DW…
-Pas trop de détail, Trish, nous te croyons.
-Les résultats se trouvent dans ses dossiers, sur ces copies d'écran et sur le fichier vidéo dans ce disque dur externe.
-Vous avez fait une reconstitution vidéo ? On peut la voir ? »

La docteure avait prévu ce type de réaction, elle se leva et plaça le meuble à roulette sur lequel elle avait son écran et son ordinateur et le plaça en face d'eux. Tout était sur roulettes dans cette morgue. Trish Mac Thomas aimait la fluidité et le changement. La séquence durait quelques minutes et on y voyait la reconstitution des trois coups à différentes vitesses, sous différents angles. Cette étude avait permis de définir le type exact d'arme mais aussi la force nécessaire pour aboutir à une telle blessure.

« Bravo, vraiment de l'excellent travail.
-Comme d'habitude, non ? »

On reprit du café pour fêter l'événement. On loucha sur l'ancien frigo à organes où trônait la vodka des massacres mais on y renonça, il était bien trop tôt pour cela et il fallait exploiter au plus vite les résultats que venaient de dévoiler avec force d'arguments et d'artifices les Pipo et Mario de ces lieux.

« Vous avez ici un carreau d'arbalète d'un format exactement comparable à celui utilisé par le meurtrier.
-Tu parles d'un meurtrier... Il ne peut pas s'agir d'une femme ?
-Je parle d'un homme puissant.
-Une femme puissante, non ?
-Tu as ici les calculs de force. Je te dis, un homme ayant des bras très puissants, un homme qui peut dégager la force suffisante pour, avec ce type d'armes, transpercer le derme et les chairs puis briser les os souples et résistants de la cage thoracique d'un homme jeune et en excellente santé.
-Mais un gros drogué.
-Cette remarque n'apporte rien à mon moulin.
-Au temps pour moi !
-Pour après ficher le carreau en plein cœur et le retirer d'un coup. Surtout qu'il s'était accroché aux os des côtes. N'oublions pas les quarts de tour que le meurtrier a fait faire au carreau à chaque fois.
-Arrête ou je gerbe.
-Et trois fois de suite en tout. Vous êtes convaincus maintenant que vous devez chercher en priorité un homme puissant ?
-Mais bien évidemment. Dès le moment où tu nous l'as dit, ma chère docteure. Bien avant ta démonstration. »

Spiegelman s'arrêta un temps pour réfléchir et reprit dubitativement.

« Quelques questions se posent à nous. Pourquoi une telle arme et pas un couteau, ou une arme de poing de ce type ? »

La docteure avait sa petite idée. Le meurtrier avait prévu d'utiliser une arbalète mais elle avait dû s'enrayer. Il s'était alors replié sur le carreau.

« Et le quart de tour ?
-J'imagine que l'homme est un manuel qui plante, fiche et tourne des éléments entre eux, l'un dans l'autre etc. La force de l'habitude qui… »

La fine équipe, excitée par les dernières révélations de la docteure Trish Mac Thomas ne l'écoutait déjà plus et était prête à s'égailler vers de nouvelles recherches. Une nouvelle question venait alors sur toutes les lèvres.

« Dans ce cas, pourquoi une arbalète ? »

Le corps d'Axel Hebron serait inhumé dans le secteur juif du Melbourne General Cemetery demain. Juste avant shabbat. Pour un shabbat intense de deuil. Un shabbat de recueillement. De questionnement. Malgré ses airs de millionnaire véreux, d'entrepreneur corrompu, de philanthrope maffieux, Dave Hebron était un homme pieux. Toutefois, sa générosité était mesurée. Son implication dans des œuvres culturelles ou caritatives affectée. Son temps social calculé. De nombreux membres de la communauté juive du Victoria le dépeignait comme un monstre froid. Ils poussaient même jusqu'à avouer que ses actes et son comportement provoquaient un sentiment de dégoût et pouvaient même susciter un rejet sur toute la communauté, tant il ressemblait à la caricature véhiculée par les antisémites depuis le Haut Moyen-Âge. Une théorie répandue voulait que les membres d'une communauté ostracisée ou stigmatisée fussent irréprochables et ne prêtassent le flanc à aucune critique qui pourrait nourrir cette marginalisation.

« Connerie ! Les juifs sont des êtres humains comme les autres. Pourquoi devraient-ils être plus ceci ou plus cela que les autres. Il y a des pourris parmi les hommes, il y a des pourris parmi les juifs. Et même parmi les juifs les plus croyants ! »

Deepak Patel recentra la réunion et reprit du café. Il commençait à avoir les mains qui tremblaient. La caféine en trop grande quantité. Le single malt de la veille. La docteure Trish Mac Thomas le remarqua lorsqu'il souleva sa tasse. Elle détourna le regard et son esprit commença à gamberger. Elle devait lui parler. Aujourd'hui même. Elle avait déjà fait son examen clinique externe. L'œil vitreux, la peau flasque, la voix chevrotante. Comme elle avait vécu et œuvré sous toutes les latitudes, elle pouvait déceler des lésions sous-cutanées sur tout type de peau, quelle qu'en fût la couleur. Même de loin, malgré son teint très mat, elle put constater la couperose parcourant les joues du patron. Il allait mal. Il allait très mal. Il avait reposé sa tasse sans y toucher, s'était raclé la gorge et avait poursuivi la réunion. Certains se lanceraient sur la piste du carreau d'arbalète. Qui avait pu s'en procurer ? Qui possédait déjà une arbalète ? La liste des clubs de tir à l'arc. La symbolique de l'arbalète.

« Que sais-je ? Tout, vous me trouvez tout ce carreau, cette arbalète et son arbaletier, on dit comme ça ?
-Arbalétrier. Je pourrais en faire le point sur les aspects bibliques de notre affaire.
-Biblique ?
-Biblique ! »

Le shrink s'était levé plein de morgue et fierté. Il savait ménager ses effets, cabot magnifique en son instant de gloire. Biblique, avait-il dit ! Il ouvrit la bouche, lança son doigt vers l'avant, plongea son regard dans celui, passionné, de Trish.

« Non, pas toi, ça va durer une plombe. Je résume : notre shrink pense que, pour des raisons bibliques qui lui sont propres et auxquelles lui seul croit, le coupable serait Yoav. Samuel Yoav, l'adjoint de Dave Hebron, le père de la victime.
-Et il faut le croire ?
-Comme d'habitude !
-Comme d'habitude ? Comme dans 'comme d'habitude, oui' ou dans 'comme d'habitude non' ?
-Il y a à boire et à manger dans sa théorie. Nous ne devons pas l'exclure.
-Je vous en prie, parlez de moi en ma présence ! Ça ne me dérange absolument pas.
-Ah, tu étais là ?
-Très amusant.
-En revanche, ce que tu vas trouver très drôle, c'est le nom de l'ombre de l'adjoint de Dave Hebron. Le nom de l'homme de main de l'homme de main.
-Tu deviens confus.
-Non, il faut juste suivre mes pensées et pas les tiennes, pour une fois.

-Carl, docteur ? C'est le moment de vous chamailler ?
-L'ombre de l'ombre de Dave Hebron s'appelle Salomon Izrael. J'ai vérifié, c'est son vrai nom.
-Et ?
-Laissez tombez, bande d'incultes !
-Explique !
-Non, vous êtes trop…
-Carl, modère ton langage !
-Je n'ai rien dit !
-Nous t'avons tous entendu penser. Continue sur ton Salomon Izrael, qu'on en finisse !
-Qui parlait d'un homme puissant ?
-…
-Qui ?
-Tout le monde ! Accouche ! »

Imitant puérilement le shrink dans ses poses et ses pauses, Spiegelman se leva lentement, sortit avec précaution une photographie d'un dossier et, tout en la dissimulant jusqu'au dernier moment, vint la fixer contre l'ancien frigo à organes, actuel sanctuaire de la vodka des massacres, cette boisson revigorante parfois, parfois soporative que la maîtresse des lieux confectionnait dans le secret de son laboratoire clandestin.

« Je vous présente Salomon Izrael ! »

Agni Kortsidaki salivait presque, elle qui ne jurait que par les grands costauds et aussi par Spiegelman. Elle regardait avec un grand intérêt peu professionnel la photographie en pied du nouvel impétrant dans la course au titre de suspect numéro 1.

« Vous qui vouliez un bras qui a pu avoir la force d'enfoncer ça dans le cœur de feu notre héritier, regardez-moi ça ! »

Il avait brandi le carreau d'arbalète et l'avait ensuite pointé vers le biceps de l'homme de la photo prise alors qu'il se tenait debout, en maillot de bain, sur la plage de St Kilda.

« D'où tu tiens une photo comme ça de lui ?
-Comment, comme ça ?
-Presqu'à poil.
-D'une série que possède la brigade des stupéfiants et alcools.
-Ils ont des photos de leurs suspects à poil ?
-Il faut croire.
-En tous les cas, c'est plus pratique pour les autopsies. »

Le docteur Agapito Sansoni parlait peu, mais toujours d'une voix douce et monocorde. On ne savait jamais quand il était sérieux et quand il plaisantait. On n'osa rire.

« Je blaguais ! »

On rit.

« Carl, tu ajoutes notre nouvel invité dans la guest list pour aujourd'hui. En première place, je veux assister à son interrogatoire. Il faut aller me le chercher maintenant, chez lui, où qu'il se trouve. »

Spiegelman sourit mais ne broncha pas. Deepak Patel lui avait à nouveau volé la direction de cette enquête. Il le laissait agir. Il se fatiguerait assez vite. Et le Chief Superintendent avait beaucoup à se faire pardonner par son grand patron. Ses escapades bucoliques et humides avec un témoin protégé, ses magouilles avec les Fédéraux et sa besace était pleines d'autres fautes aussi inavouables qu'impardonnables. Entrer dans une colère, toute saine fût-elle, était donc une option trop peu diplomatique pour le moment, même s'il se sentait d'humeur bagarreuse ce matin.

« Pour ce qui concerne cette Alliance Française, Carl, tu t'occupes aussi d'organiser les interrogatoires à la Police Station de chacun des membres du personnel et du conseil d'administration. Le coupable peut trainer dans ce milieu. Celui qui aurait armé le bras de notre nouvelle idole, Salomon Izraël !
-Et on ne cherche pas dans le milieu professionnel de la victime ? C'était quand même un marigot plein de…

-J'ai mis la financière dessus. Ils vont me transmettre tous les dossiers litigieux qui pourraient nous intéresser. Ils déblayeront le terrain. »

Si Spiegelman n'avait pas eu tant de scrupules et de raisons d'en avoir, il aurait rué dans les brancards, exigeant que la financière leur remît la totalité des dossiers où le père ou le fils étaient impliqués, arguant que ladite financière n'avait pas les capacités, ni l'intelligence de déterminer ce qui pourrait intéresser une enquête criminelle, vitupérant qu'il y avait là un conflit de compétence. Mais il remisa toutes ces remarques dans le coin de son cœur où son égo n'avait pas de place et obtempéra. Deepak Patel s'étonna de cette soudaine bonne grâce. Même feinte, elle était inattendue, Spiegelman semblait avoir recouvrer la forme et la totalité de ses sens. Tout le monde se leva et il profita de la confusion pour porter sa tasse à ses lèvres pour terminer son café. Mission réussie sans dégât collatéral. Il reposa sa tasse et croisa le regard de Trish qui lui fit un signe très discret de la tête. Ils se rejoignirent sur le parking réservé aux corbillards, à l'arrière de la morgue. Elle alluma un bédo.

« Ce n'est pas trop tôt ?
-Quoi ?
-Pour les reproches et le bédo ?
-Le bédo, c'est stratégique.
-Stratégique ? »

Elle avait même pollué les conversations professionnelles, voire amicales, cette technique d'interrogatoire qu'ils prisaient tous et qui consistait à répéter la fin de la phrase de l'interlocuteur pour l'inviter à poursuivre. Elle sourit à ce tic de langage.

« Stratégique, mon ami. Tu te confieras mieux à moi, si je te montre la mienne.
-La tienne ?
-D'addiction.
-D'addiction ?
-Deepak ?

-Oui ?
-Tu peux arrêter de répéter ce que je dis, c'est fatiguant à la longue. »

Tout le monde avait quitté les lieux, même Agapito Sansoni qui était retourné à la morgue dont il avait la pleine charge et qui se trouvait tout au nord du Greater Melbourne. Il avait été appelé en renfort auprès de sa bien-aimée, comme à chaque fois qu'une affaire d'importance exigeait que l'on ouvrît les corps avec le plus grand professionnalisme, non que Trish Mac Thomas n'eût pu le faire seule, mais une telle enquête exigeait que les constatations fussent corroborées par un collègue afin que le passage au tribunal ne laminât point les constations recueillies sur la dépouille. La Direction Générale avait fait appel à lui à chacune des affaires de la plus haute importance qui s'étaient succédé ces six derniers mois. Leur nombre et leur complexité avait fait qu'Agapito Sansoni avait passé plus de temps collé à sa mie que dans le froid et la solitude de sa morgue à lui. Le devoir l'appelait à présent et il devait rejoindre ses propres murs, ses propres cadavres, sa propre paperasserie. Seuls Deepak Patel et Trish Mac Thomas étaient restés à discuter dans le parking réservé aux corbillards, derrière la morgue. Elle avait fumé et était plus à l'écoute de l'insondable tristesse de l'ancien sâdhu. Quel événement ou qui avait pu le transporter si loin de sa sagesse habituelle et ancestrale ? Pourquoi en était-il arrivé là où il était : un homme normal, en pleine crise de la cinquantaine soignée à coup de single malt l'après-midi, de somnifères le soir et d'autre chose encore, le matin, qui lui permettrait faire illusion. De cet 'autre chose encore', elle ne voulait rien savoir. Elle ne l'abreuva pas de 'il faut se ressaisir', de 'ça ne te ressemble pas', de 'je t'ai connu plus combattant'. Elle ne lui fit ni les gros yeux, ni le coup de la bonne copine compatissante. Elle écouta. Longuement. Tranquillement. La cinquantaine n'était ni un cap, ni un chiffre, juste une excuse pour s'avouer temporairement vaincu. Et repartir ensuite vers de nouveaux pâturages, de nouvelles conquêtes ou un sommeil réparateur. Ou ne pas pouvoir repartir et s'éteindre plus ou moins volontairement. S'abandonner sur le bord de la route. Se laisser dégringoler de la colline, se laisser tomber de l'arbre, se laisser croupir à terre.

« Un dîner à la maison ? »

Deepak Patel pleurait. Il se lova contre Trish Mac Thomas qui l'enveloppa dans la chaleur de ses bras gras et doux. Il secoua la tête.

« C'est un oui ou un non ?
-Oui, merci Trish.
-Je demanderai à Agapito de nous faire ses spaghettis aux courgettes et à la ricotta. Une tuerie. En plus, j'ai fait venir du poivre à queue de Sumatra, tu verras, il se marie très bien à la cuisine italienne. »

Un deuxième balèze venait de s'inviter dans les enquêtes en cours. Mais celui-là était bien vivant et Agni Kortsidaki ne s'en approcherait pas de trop près. Juste la distance légale lors d'un interrogatoire. Salomon Izrael était né en Israël, de parents australiens d'origine juive lithuanienne qui, encore jeunes, avaient participé à une des premières vagues d'Aliyah, une fois la Loi du Retour proclamée. Il avait quarante ans et portait beau. Il s'était installé à Melbourne quinze ans auparavant. Le juge Moffat avait délivré un mandat pour que l'appartement du suspect fût perquisitionné pendant son interrogatoire. Salomon Izrael habitait une petite maison au fond du parc de la vaste villa de Dave Hebron à Toorak, le vivier des friqués. A une encablure de chez Antonia Zecco qui, elle, croupissait en prison dans l'attente de son jugement. A croire que tous ces mondains s'étaient soudainement donné le mot pour échouer dans les pages faits divers des journaux et magazines. Les échotiers les plus immondes arpentaient désormais les trottoirs si propres, les contre-allées si bien ordonnées, les rues si calmes de Toorak, cette suburb qui se révélait tout à coup à la face du monde comme pleine de mystères et de secrets inavouables ! On en salivait d'avance ! Vous aviez aimé l'affaire Zecco ? Vous alliez adorer l'affaire Hebron !

« Je vous répète que vous n'avez pas besoin d'un avocat puisque nous vous entendons dans le cadre de nos interrogatoires préliminaires d'information et que nous ne sommes pas dans une série policière américaine.

-Je connais mes droits. Si vous perquisitionnez ma maison, c'est parce que je suis suspect. J'ai le droit à un avocat.
-Techniquement pas. Mais nous ne sommes pas ici pour parler technique mais de vos relations avec la victime, Axel Hebron, le fils de votre patron.
-Je sais qui est Axel Hebron. Et il n'est pas le fils de mon patron.
-Comment ça, Axel Hebron n'est pas le fils de Dave Hebron ?
-Non, mon patron, c'est Samuel Yoav, pas Dave Hebron.
-Mais vous habitez dans une maison du domaine de Dave Hebron.
-Et alors ?
-Je repose ma question, alors ! Quels étaient vos relations avec la victime, Axel Hebron, le fils du propriétaire de la maison dans laquelle vous habitez ?
-Excellentes.
-Mais encore ?
-Monsieur Samuel m'avait demandé, il y a longtemps, d'approcher Monsieur Axel, de devenir son ami.
-Pour l'espionner ?
-Un peu, mais surtout pour essayer de préparer Monsieur Axel à l'éventualité d'un rapprochement.
-Entre les deux compagnies ?
-Non ! Je n'y comprends rien dans leur histoire de compagnies, de fric !
-Les rapprocher comment, alors ?
-Familialement. Monsieur Dave n'en pouvait plus que son fils le déteste. Il voulait qu'ils redeviennent une famille normale.
-Oh comme c'est mignon, comme c'est touchant, si je n'avais pas tout pissé, j'aurais bien versé ma petite larme ! Vous vous foutez de moi ? Le fils était près d'achever son père en lui bouffant la totalité de son entreprise et vous me parlez de réconciliation ?
-Un soir, Monsieur Axel a essayé de m'expliquer, mais je ne suis pas très fort dans ce domaine, je vous l'ai déjà dit, et puis, Monsieur Axel était un peu trop…
-Trop sous l'emprise de la cocaïne ?
-…
-Nous le savions, continuez.
-J'ai compris que cette affaire de rachat, c'était en fait pour rationaliser leurs affaires, qu'il allait tout remettre dans les mains de

son père. Rationaliser, je ne sais pas ce que ça veut dire vraiment. Mais, le père et le fils, ils n'avaient plus besoin de moi pour les rapprocher, vraiment. Monsieur Axel avait encore des secrets, mais c'était comme une surprise pour son père. Une surprise positive.
-Oui, mais son père ne savait peut-être pas qu'elle allait être positive, cette surprise…
-Non mais, ils étaient déjà redevenus très proches. Axel lui avait même dit qu'il avait arrêté la cocaïne. Mais personne ne devait le savoir à cause des marchés. C'est ce qu'ils disaient.
-Mais quand est-ce que Dave Hebron vous a-t-il demandé d'infiltrer l'entourage de son fils ?
-De devenir son ami ?
-Quatre ans, cinq ans. Je ne sais plus exactement. Vous avez fouillé mes comptes ?
-Évidemment.
-Remontez au premier virement mensuel de Monsieur Dave, ça vous dira exactement quand j'ai pris ce deuxième job.
-Et pendant ce temps-là, vous étiez payé par Samuel Yoav ?
-Oui.
-Comme quoi ?
-Son homme à tout faire.
-A tout faire ?
-Non, je sais ce que vous pensez, mais non ! Je n'ai pas tué Monsieur Axel et Monsieur Samuel ne voulait pas la mort de Monsieur Axel. Monsieur Samuel travaillait pour Monsieur Dave, il ne vivait que pour lui.
-Et c'était facile de combiner les deux ?
-Les deux quoi ?
-Les deux jobs. Si vous ne suivez pas votre propre histoire, nous n'arriverons à rien.
-Oui, c'était facile. Quand Monsieur Samuel était avec Monsieur Dave, je n'avais rien à faire. Alors je voyais Monsieur Axel quand il était libre.
-Vous étiez devenu son meilleur ami, comme promis à Dave Hebron.
-Oui. Je l'aimais bien, il m'aimait bien.
-Et il savait que vous travailliez pour l'adjoint de son père.
-…
-C'est un oui ou un non ?

-C'est un peu délicat…
-Ce qui est délicat pour l'instant, c'est votre situation de suspect numéro un dans une affaire de double meurtre.
-Ah, vous voyez que je suis suspect.
-Mais vous n'avez tout de même pas besoin d'avocat. Il s'agit d'un interrogatoire préliminaire. Alors ? Il le savait ou pas ?
-Je ne voudrais pas trahir un secret.
-Je vous rappelle que l'un des détenteurs du secret va être bientôt inhumé. Et mentir en période de deuil…
-Oui.
-Oui quoi ?
-Il le savait. Et du coup, je faisais la boîte aux lettres entre les deux.
-Et donc, vous êtes formel, la relation entre les deux n'était plus conflictuelle du tout.
-Oui, mais il fallait garder cela secret. Pour les marchés, c'était ce qu'ils disaient.
-Une dernière question, Monsieur Izrael. Nous n'avons pas trouvé, ni dans ses affaires, ni dans son téléphone, ni dans son ordinateur, nulle part, la trace d'une relation, d'une petite amie, d'une maîtresse, d'un recours à des prostituées. Il ne voyait personne ?
-…
-Si vous étiez son meilleur ami, comme vous le dites…
-C'est que…
-C'est que ? Il n'aimait pas les femmes ?
-Ce n'est pas ça… Ça ne marchait pas…
-Ça ne marchait pas avec les filles ?
-Non, en général. Il n'y arrivait pas…
-Il était impuissant ?
-Je ne sais pas, lui non plus ne le savait pas. Depuis assez longtemps, avant que je le connaisse, avec les filles, il n'y arrivait pas.
-Une surconsommation de stupéfiants n'aide pas à l'affaire. Et il avait essayé avec les garçons ?
-Non, plus rien ne l'intéressait. De ce côté-là.
-Alors il se réfugiait dans la cocaïne. C'est ça ?
-…
-Et il n'avait aucune activité sexuelle selon vous ?
-…
-Répondez verbalement, s'il vous plaît.

-Non.
-C'est dommage, c'était un bel homme, n'est-ce pas ?
-Très beau, oui. »

Le grand gaillard en pinçait pour son ami ? Non ! Ce n'était pas parce que Spiegelman était retourné à ses amours d'adolescence qu'il fallait qu'il vît des relations homosexuelles partout. Cette histoire avec l'Agent Schoenmaker ne lui biaisait-elle pas l'entendement du monde qui l'entourait ?

« Bien, alors, en d'autres termes et pour revenir au point précédent, le père et le fils se seraient réconciliés depuis déjà quelques semaines, mais cette réconciliation était gardée très secrète, 'à cause des marchés', selon vos dire.
-Ce n'est pas selon mes dire, c'est ce qu'ils m'ont raconté, chacun de leur côté. Il y a quelques semaines.
-Vous pouvez être plus précis ?
-Non. Désolé.
-Ce n'est pas grave, Monsieur Izrael, nous trouverons. Nous trouvons toujours. Merci.
-Je peux partir ?
-Vous restez sur Melbourne, n'est-ce pas ? »

Tout cela faisait sens et semblait éliminer d'un coup quatre personnes de la liste des suspects.

« Quatre ? Dave Hebron, Samuel Yoav et Salomon Izrael, ça fait trois.
-Et ton ami Mordechaï Gebirtig, Carl ? Si on élimine le patron, on élimine aussi l'ombre du patron, non ? En plus, il est tout petit, tout vieux, tout malingre.
-Pas si vite, Deepak ! On ne le connaît pas encore, le vieux bonhomme ! Il peut avoir un agenda différent et avoir un homme lige à lui. Mais tu as raison pour les trois autres. Enfin, si cette réconciliation n'est pas de l'enfumage. Il faut qu'on vérifie la plausibilité de cette belle histoire de famille qui aurait pu se terminer si bien, si elle ne s'était pas terminée si mal.
-Un peu lourde !

-Quoi ?
-Ta dernière phrase ! »

Le juge Moffat, trésorier de l'association Alliance Française de Melbourne, était en passe d'être dessaisi de l'affaire, ou plutôt éloigné d'elle, comme le parquet aimait à le souligner. En attendant, il la suivait de près, prêtant main forte à Deepak Patel qu'il sentait vaciller.

« Avec ce qu'il a eu à encaisser… »

Le juge Moffat ne pouvait pas encore être interrogé. Ni comme témoin, ni comme suspect.

« De toute façon, il nous a déjà tout dit de ce qu'il savait. »

L'avocate Elena Koutoufides fut la deuxième sur la guest list des interrogés du jour. Elle tenta de faire son numéro sur le fait qu'elle se défendrait elle-même, qu'en tant qu'avocate, elle avait un devoir et un droit au silence…

« Secret professionnel.
-Êtes-vous l'avocate de cette association appelée, Alliance Française ?
-Non, je donne juste quelques conseils, en tant que membre du conseil d'administration, bénévolement…
-Donc vous n'êtes pas tenue au secret professionnel dans ces domaines et les minutes des différentes réunions sont publiques.
-Tout à fait.
-Même question pour ce qui concerne Dave Hebron.
-Quoi, Dave Hebron.
-Êtes-vous son avocate ?
-Non, je m'occupe d'affaires criminelles, vous le savez très bien, Monsieur Spiegelman ! Est-ce que M. Hebron a commis un crime ? Non !
-Je serais vous, je ne préjugerai de rien. Donc vous n'êtes pas l'avocate de Dave Hebron. L'êtes-vous d'un des membres du conseil d'administration de cette association ?

-Non, à nouveau…
-Alors pourquoi m'avez-vous parlé de secret professionnel ? Un tic de langage, sans doute. Maître, parce que c'est à l'avocate que je parle, un avocat, c'est aussi, le cas échéant, un auxiliaire de justice important dans une enquête…
-Chief Superintendent, vous vous avancez sur un terrain méconnu et miné. Un avocat, auxiliaire de justice ? Où avez-vous lu cela ?
-Vous comprenez ce que je veux dire…
-Non.
-Bon, je ne vais pas y aller par quatre chemins : Maître, connaissez-vous quelqu'un qui puisse en vouloir à M. Axel Hebron, au point de le tuer de manière aussi horrible que rituelle. Je ne vous rappelle pas les conditions, ni le lieu du meurtre. En tant que secrétaire de l'Alliance Française sur les marches de laquelle vient de couler du sang, et pas n'importe quel sang, celui du fils de son président, en tant que membre si dévouée de son conseil d'administration, il serait normal que vous collaboriez à la résolution rapide de l'enquête. Un meurtre aussi sanglant, ça la fout mal, non ? Aidez-nous à traduire en justice celui qui a tué le fils de votre ami !
-Un peu décousue, la plaidoirie.
-Tant que vous avez saisi le sens profond ! Alors ? Des ennemis.
-Axel n'avait qu'un seul et véritable ami…
-Qui ?
-Lui-même. D'ailleurs, c'était aussi son pire ennemi.

Spiegelman tenta à nouveau la corde sensible : l'Alliance Française de Melbourne.

« Je vais vous appeler Madame Koutoufides et non plus Maître. Je voudrais comprendre ce que fait exactement cette association. Parce que, si le tueur a choisi d'assassiner quelqu'un sur le perron de son siège social, c'est sans doute que l'Alliance Française de Melbourne représente quelque chose d'important pour lui, que le crime est directement lié à cette association. Vous saisissez ? »

L'avocate resta un temps silencieuse. La sidération dans laquelle elle avait été plongée lorsqu'elle avait appris la mort d'Axel Hebron et ses circonstances, avait laissé place à un abattement qu'elle était parvenue à camoufler derrière sa superbe de ténor du barreau. Spiegelman venait de lui dessiller les yeux et une nouvelle sidération la cloua soudainement sur place. Elle s'était aveuglée, elle n'avait pas voulu voir la vérité en face : ce crime atroce avait eu lieu dans cette Alliance qu'elle considérait comme un havre de paix, un vénérable lieu de culture. Certes on se battait pour en prendre et en conserver le contrôle. D'accord le conseil d'administration était un repère de grands fauves, mais une fois que la nouvelle personne alpha avait dominé et détrôné la vieille bête précédente, tous se retrouvaient au point d'eau et coulaient des jours heureux, bercés par les bruissements de la langue française. Un peu idyllique, comme façon de voir, mais assez correcte pour ce qui concernait la ténor du barreau, toujours prête à s'émouvoir, à s'emporter pour la cause de sa chère Alliance Française.

« Maître ? Une idée ? Une piste ? Quelque chose ?
-Un verre d'eau. »

Spiegelman ne put rien en tirer de plus. Il appela son mari, John Koutoufides, qui cessa toute activité pour venir la chercher, pâle ombre d'elle-même, figure tragique qui traversa la Police Station comme dans un songe, appuyée sur l'épaule de son époux soudainement protecteur. Elle en faisait toujours trop, la Madone des Prétoires. C'était pour cela qu'on l'appréciait. Elle n'était jamais triste, elle était effondrée. Elle ne riait jamais, elle explosait littéralement d'un cri strident et saccadé qui secouait son corps de spasmes. Elle ne réfléchissait jamais, elle refaisait le monde et sa constellation. Elle était toujours extrême et entière. Elle avait le vibrato au bord des lèvres, la gorge prête à la vocifération, la glotte en surchauffe. Tout était toujours dans des tonalités et des couleurs éclatantes. Ce soir, elle laissait dans son sillage une odeur de roses et de cendres.

« Impressionnante ! »

Le jeune Schoenmaker était resté bouche bée au passage de la tragédienne. Il humait encore les effluves de son parfum longtemps après son départ. La béance de sa bouche était aussi due au fait qu'il venait de réaliser que le mari de la diva était bel homme. Grand et musculeux. Comme lui, un joueur de footy amateur. On ne remarquait jamais John Koutoufides dans l'ombre de l'extravagante ténor du barreau. L'homme dégageait tout de même une force brute, même si elle s'évanouissait en présence de son épouse. L'homme était d'une grande beauté qui ne pouvait, toutefois, se comparer à celle de sa femme.

« Musclé… Puissant… »

Seul un jeune homme porté sur la beauté masculine des hommes murs aurait pu le remarquer. Son visage s'empourpra violemment. Il lutta contre ces pensées érotiques qui l'envahissaient soudainement. La constatation de la force et la puissance de cet homme devait rester d'ordre purement professionnel.

« C'est pour l'enquête.
-Tu parles tout seul ? »

Le jeune agent se retourna. Son vieil amant le dévisagea.

« Qu'est-ce que tu as, tu es tout rouge !
-Je suis toujours tout rouge ! Je rougis pour un rien, tu le sais bien ! »

Chapitre douze.
Vendredi 29 juin 2001.

L'audition des témoins, l'interrogatoire des suspects -plus personne ne savait sur quel pied danser- s'était soldée par un retour à la case départ. Chacun avait un alibi en béton et plus personne n'avait de raison d'avoir assassiné Axel Hebron. Trop gros, trop petit, trop malingre, trop vieux, aucun n'avait la corpulence et la santé requise pour porter des coups de carreaux d'arbalète à travers le poitrail d'un jeune homme. Et la future victime semblait s'être réconciliée avec le monde entier. Rabbi Loew ! Melbourne irait voir Rabbi Loew, son cher rabbin à la synagogue d'East Melbourne. Fréquentaient-ils la synagogue, tous ces juifs de pacotilles et de caricatures ? Son grand-père disait tout le temps à Chep, le jeune Spiegelman, qu'être juif impliquait beaucoup de choses, tout d'abord d'être irréprochable parce que les juifs n'avaient pas de curé pour tout leur pardonner à chaque fois qu'ils s'étaient mal comportés et que seul l'Éternel jugerait le juif impie, scélérat ou sodomite. Et tout le monde connaissait la puissance de la colère de l'Éternel !

« Tu penses à quoi ?
-Je fais du thé, tu n'en voulais pas ?
-Si, mais la bouilloire siffle depuis un petit bout de temps. »

La veille, il avait fait du thé, ils avaient fait l'amour, ils s'étaient endormis. Ils se levèrent, il fit du café, ils se lavèrent et ils prirent ensemble leur petit-déjeuner. Étrange sentiment. Depuis combien de temps n'avait-il pas pris le petit-déjeuner de manière régulière avec la même personne ? Et le petit bonhomme qui était entré dans son lit semblait avoir aussi investi son appartement. Des affaires restaient d'un jour sur l'autre, qui trainaient ici et là. Ils s'essayent déjà à des diminutifs et à des mots intimes. Et une autre odeur trainait partout dans l'appartement. Partager sa vie, c'était aussi partager la trace la plus intime de soi, cette fragrance personnelle qui s'accrochait partout. L'odeur de crème de lait, mâtinée de terre et de cuir de l'Agent Schoenmaker avait déjà envahi son univers. Le vieux policier ne détestait pas lorsque le jeune agent se collait contre lui, le soir, un temps, juste avant les exploits gymniques qui excusaient leur présence sous le même toit. Spiegelman observait sa jeune recrue du coin de l'œil, amusé, inquiet parfois, souvent étonné, tout le temps heureux. C'était la première fois qu'il ressentait la même plénitude que lorsqu'adolescent, il était dans les forêts primaires et humides, seul avec John. Son odeur de terre, de sueur, de tabac, de cuir et de musc. Le parfum de sa jeunesse collée à John… Cette odeur…

« Quoi ?
-Quoi ?
-Carl, tu me regardes et tu as la bouche ouverte. Qu'est-ce que j'ai ?
-Rien, rien ! »

Il avait qu'il ressemblait à John jeune. C'était ça ! Spiegelman venait de le réaliser. Seulement maintenant, mais c'était une évidence. Et lui qui était flic, lui qui était le flic le plus qualifié, le plus récompensé du Victoria. Lui qui était, soi-disant, très perspicace. Lui qui, selon ses propres dires, était hypermnésique visuel. Lui, le grand Spiegelman, n'avait pas remarqué que l'Agent Jan P. Schoenmaker était la copie conforme de John jeune ? De James aussi, pour le coup, puisque John avait son jumeau méchant. Sa face damnée. Peut-être l'Agent Jan P. Schoenmaker était-il de la famille de John ! Ou sa réincarnation ?

« Reprends du café, mon vieux, ça vaudra mieux que de dire des conneries.
-Pardon ?
-Je me parlais.
-Il faut que je m'y fasse. »

Il lui fallait le lui dire. Impérativement. Il trempa sa biscotte complète et bio dans son café kenyan.

« Ton café est super bon ! Qu'est-ce que vous faites tous pour avoir du café aussi bon ?
-C'est Trish.
-Trish ?
-Notre dealeuse. »

Ils se sourirent. Spiegelman était terriblement gêné. Perplexe, plutôt. Heureux. En fait, comme n'importe qui, il avait certaines préférences, certaines attirances et, presqu'inconsciemment, Schoenmaker lui avait fait repenser à John et à leurs longues étreintes dans la mousse des sous-bois, autour d'un feu fumant d'eucalyptus humide et tout était remonté à la surface sans que cela fût clair dans son esprit. Il sentit les larmes lui monter aux yeux. Spiegelman était une pleureuse. Une chouineuse, comme disait toujours son père. Un être sensible, lui répétait son grand-père pour le consoler de ces assauts abrupts et si peu paternels. Schoenmaker s'inquiétait. Il savait le vieux policier renfermé et secret, en proie à de longs soliloques internes, mais généralement, il restait immobile, l'œil à moitié fermé, la respiration calme, mesurée. Ici, il dodelinait de la tête, comme pour acquiescer puis réfuter de trop nombreuses allégations qui passaient par sa vieille cervelle malade. Sa maladie le reprenait-elle ? Personne n'avait jamais rien dit à Schoenmaker de ce qu'il fallait faire dans un tel cas. Personne ne savait officiellement rien de leur relation, encore moins de leur vie commune, alors personne ne l'avait tenu informé. D'ailleurs depuis quelques jours, il se réveillait en marmonnant qu'une certaine Mama Yarra n'était toujours pas venue lui rendre visite. Juste au lever. Comme cela, sans explication. Puis il se réveillait pleinement et semblait avoir oublié cette remarque. Maintenant ce long moment d'agitation mentale.

« C'est toi qui me regardes bizarrement maintenant.
-Ça va, Carl ?
-Oui, je pensais juste à… Non, laisse… Je vais reprendre du café.
-Reste assis, j'y vais. Tu pensais à quoi ? A nous ? A l'enquête ?
-Oui, c'est ça, à l'enquête.
-Vu la tête que tu faisais, enfin les têtes que tu faisais, tu as dû trouver la clé des énigmes.
-Même pas… Fausse piste.
-Arrête de me regarder comme ça !
-Merci.
-Pourquoi ?
-Pour le café.
-De rien. Je vais me doucher. Profite-s-en pour changer tes yeux ! Ils me font peur. »

Mama Yarra, où était-elle ? Il espérait qu'il ne lui était rien arrivé. Même s'il savait pertinemment qu'il n'arrivait jamais rien aux Esprits. Peut-être disparaissaient-ils, si on cessait de se souvenir d'eux ? Bannis de la mémoire de tous, ils s'enfonçaient alors dans le sable brûlant et rouge d'un désert pour ne plus jamais ressurgir dans la tête de personne. Tant qu'ils restaient des Femmes et des Hommes du Peuple des Origines d'Ici et quelques-uns de leurs amis qui partageaient leurs Rêves Premiers, les Esprits étaient assurés de rester encore un peu immortels.

« Tu rêves encore ? La salle de bain est libre.
-Je ne rêvais pas, je pensais à notre enquête.
-Et tu pensais quoi exactement ?
-Que nous étions partis sur de mauvaises pistes.
-Quelles mauvaises pistes ?
-Les relations familiales de la victime.
-Tu penses que le père n'y est pour rien ?
-Aux dernières nouvelles, ils s'étaient réconciliés.
-Ce sont des conneries, tout ça !
-Pourquoi tu dis ça ?
-Tu ne trouves pas bizarre qu'ils aient caché cette histoire au public ? Qu'ils ne l'aient pas rendue officielle ?
-Leur histoire de marché, de bourse, ça tient la route !
-Ça pue l'uchronie, oui ! »

Le jeune Schoenmaker n'était pas seulement beau, il était aussi intelligent et cultivé. L'uchronie !

« C'est quand on réinvente une histoire, une réalité. C'est une histoire en 'et si'.
-Je sais, je ne suis pas idiot ! Mais que toi, tu connaisses…
-Si je comprends bien, tu me prends pour un idiot, alors…
-Non, non ! Mais tu tiens ça d'où ?
-Quoi ? Mon idiotie ?
-Non, ce mot, ce concept.
-De Philip K. Dick. Des auteurs du genre…
-Continue sur ton uchronie…

-Et bien tout le monde est d'accord pour raconter autre chose que la vérité. Quelqu'un invente cette histoire de réconciliation secrète et elle devient l'histoire officielle. Tu sais ce qui m'a fait penser à ça ?
-Je t'écoute. »

Était-ce la bluette que Spiegelman vivait et qui déformait son entendement ou ce garçon était-il réellement brillant ? Il le regardait avec des yeux pétillants d'admiration.

« Lorsqu'on interroge plusieurs témoins et que personne n'a l'intention de mentir, chacun raconte sa propre vérité. Chacun a son point de vue sur la victime, son rapport à sa disparition, son analyse consciente ou inconsciente de la situation …
-J'ai compris le principe, mais s'il te plaît, ne commence pas à parler comme un shrink, surtout pas le matin, au saut du lit.
-…
-Continue, s'il te plaît.
-Donc si on croise les témoignages, tous de bonne foi, on constatera un nombre important d'incohérences, de contradictions. »

Brillant ! Il était effectivement brillant.

« Ici, chaque personne interrogée nous sert exactement la même soupe. Étrange, non ?
-C'est une théorie qui se tient. Mais… »

Spiegelman avait de la peine à ne pas abonder dans le sens du jeune homme qui avait mis tant de fougue dans sa démonstration.

« Mais ?
-Ça reste une théorie.
-Tu pars comment d'habitude, toi, dans tes délires, Carl ? Tu pars aussi de théories ! Alors pourquoi pas moi ?
-Ne me bouffe pas tout cru, je…
-Et bien, je te propose de faire quelque chose !
-Vas-y !
-Une fois que tous les membres de la famille et les proches ont été entendus, je prends tous les procès-verbaux des interrogatoires et je

les compare. Il y a des programmes pour ça. Et tu verras qu'il y aura beaucoup trop de segments communs. Pour mettre en place un mensonge collectif, on communique une version officielle qui doit être valable pour tout le monde. Chacun l'apprend à sa façon, mais à chaque fois, on se tient à la version officielle, presque mot pour mot, histoire de bien faire, de ne pas raconter de conneries.
-Pour bien faire, on en fait trop.
-Tu m'as compris.
-C'est vrai que je ne la sentais pas, leur histoire. C'est sans doute pour ça.
-Sans aucun doute ! Tu es tout sale, vas te laver ! »

Spiegelmn se doucha, il s'habilla, ils s'embrassèrent et ils filèrent vers la Police Station de City of Melbourne.

« Je te dépose et je file à East-Melbourne.
-Tu crois que ton rabbin t'aidera sur ce coup ?
-C'est un homme droit.
-Mais il est astreint au secret, non ? Comme un curés, pour la confession…
-Tu es mignon ! »

L'Agent Schoenmaker avait été élevé comme un bon petit catholique flamand. Il n'avait aucune connaissance de la culture et de l'histoire juives. A peine quelques notions sur l'Ancien Testament, les passages obligés. Il découvrait un monde tout à fait différent, aux histoires beaucoup plus épiques et édifiantes que les prêchi-prêcha de Jésus. Chez les juifs, des guerres, des rois, des trahisons, des exils, des esclaves. Chez les chrétiens, des rassemblements de mécontents, des paraboles pour enfants impertinents, une naissance chez des sans-abris, un tour de magie lors d'une noce, une pêche miraculeuse et d'autres exploits de seconde zone.

« De seconde zone ? Tu y vas fort ! Tu ne devrais pas manquer de respect à ta religion !
-Sérieux ?
-Oui. »

L'Agent Schoenmaker éclata de rire. Spiegelman pouvait être parfois tellement ennuyeux et rétrograde !

« On laisse tomber. Parler religion au saut du lit, pas trop pour moi. Regarde la route et conduis ! »

Il aurait bien voulu le traiter de vieux con, mais il ne le connaissait pas depuis assez longtemps pour savoir comment il réagirait. Il soupira. Spiegelman l'observait du coin de l'œil. Il marchait sur des œufs avec ce môme. Il l'aimait vraiment bien. Un bon plan cul. Un corps très agréable à contempler et à toucher. De la conversation. Un rire qui fusait à la moindre joie, à la moindre surprise. Et cette énergie de la jeunesse qui boostait sa carcasse et son esprit de vieux con. Ce jeune homme souriant et rougissant aurait sincèrement pu le traiter de vieux con, c'était ce qu'il était et il le savait et il essayait de lutter contre ce fait inéluctable qui le ferait ressembler à son père s'il ne redressait pas la tête.

« Regarde devant toi !
-Je te regarde, je n'ai pas le droit ?
-Non, pas maintenant !
-Et pourquoi ?
-Parce que tu conduis, Monsieur le Chief Superintendent ! Et les deux mains au volant ! Je vais te verbaliser, si tu continues ! »

Le charme d'une conversation sirupeuse et banale de jeunes amoureux envasés dans le quotidien.

« Bonne journée.
-Toi aussi. Et bonne chance avec ton rabbin. »

Rabbi Loew n'eut pas grand-chose à révéler à Spiegelman qu'il ne savait déjà. Sinon peut-être que les Hebron s'étaient rapprochés depuis quelques mois…

« L'un de l'autre, c'est ça ?

-Oui et de notre synagogue. Laisse-moi finir mes phrase, Carl ! Toujours aussi bouillant, impatient ! Tu as une relation en ce moment ?
-Rabbi, je suis ici pour mon enquête.
-Ton enquête, ton enquête ! Je me moque de ton enquête, Carl ! Si tu viens ici, c'est pour moi. Et pour toi, aussi.
-Tu parles comme un psychanalyste.
-Très drôle, mon ami, très drôle ! Raconte-moi ! Tu as l'air en pleine forme, tu ne serais pas enfin tombé amoureux ?
-Amoureux, non.
-Mais ?
-Mais quoi ?
-Tu as quelqu'un ? Tu vois quelqu'un ?
-En quelque sorte. Voilà, tu es content ? Nous pouvons retourner à mon enquête ?
-Elle est juive ?
-Non.
-Je comprends, il n'y a pas beaucoup de juifs dans ton monde. C'est pour ça que tu viens ici si régulièrement. Et elle s'appelle comment ?
-Rabbi, tu n'es pas mon père !
-Je le sais ! Ton père, lui, ne se serait pas intéressé à toi. Et il ne serait jamais venu voir un rabbin. Alors, dis-moi tout !
-Rabbi, j'en ai déjà trop dit. Retournons à mon enquête. Les Hebron, dis-tu, s'étaient rapprochés de toi.
-Tu me dis son nom et je réponds à tes questions.
-Non !
-Carl ! Son nom !
-…
-…
-Jan.
-Jan ?
-Jan.
-Ils ne s'étaient pas rapprochés de moi, mais de la synagogue. Je n'étais pas un bon rabbin pour eux. Pas assez orthodoxe. Quelque chose devait être arrivé pour qu'ils changent à ce point de comportement. Ils parlaient même d'Aliyah. De restructurer tout ici et de… »

Le téléphone de Spiegelman sonna. Il s'excusa, s'éloigna et répondit.

« Carl, c'est terrible ! Je n'y suis pour rien ! Il n'y a pas eu d'effraction. C'est incroyable. Volatilisé !
-Trish, respire, calme-toi et dis-moi ! Qui s'est volatilisé ?
-Le corps congelé du balèze. J'ai appelé la scientifique pour qu'ils viennent relever les empreintes, mais ils ne semblent pas arriver.
-Qu'en dit Deepak ?
-Ses lignes sont toutes occupées en permanence.
-Agni est avec toi ?
-Oui, je suis dans la salle de toutes les réflexions avec elle et ton chéri.
-Trish, reste professionnelle, s'il te plaît.
-Nous avons fermé les portes de la morgue à clé et fait placer les scellées sur les frigidaires et les congélateurs. Qu'est-ce qu'on fait ?
-J'arrive. »

Le rabbin était plongé dans ses pensées. Spiegelman n'osait plus le regarder dans les yeux.

« Rabbi ?
-Tu es un homme moderne, Carl. Vis ta vie moderne et…
-Et ?
-Apprends-moi à quoi elle ressemble, cette vie moderne ! »

Deepak Patel était arrivé en même temps que Spiegelman. Agapito Sansoni était présent. Agni Kortsidaki et lui entouraient la docteure Mac Thomas qui était dans tous ses états. Tout le monde était à l'extérieur, à l'arrière de la Police Station de City of Melbourne, sur le parking réservé aux corbillards et aux véhicules des employés de la morgue. C'était à cet endroit-même où on avait tiré sur Spiegelman, lorsqu'il fumait une cigarette. Depuis le toit du building d'en face. C'était, il y avait seulement quelques semaines, une éternité. L'Agent Schoenmaker relevait les empreintes digitales sur les portes d'entrée. La scientifique tardait à arriver.

« Elle n'arrivera pas. »

Tout le monde dévisagea Deepak Patel.

« Vous pouvez laisser tomber vos instruments, Agent Schoenmaker. Ça n'est pas nécessaire. Il n'y aura pas d'enquête. »

Tout le monde ouvrit la bouche. Au même instant, Deepak Patel fit un son sec de la bouche qui les contraignit au silence.

« Enfin, si, il y aura une enquête, mais pas de celle dont nous pouvons nous charger. »

Spiegelman voulut demander des explications, Deepak Patel fit un autre bruit avec la langue contre les dents de devant et qui laissa son interlocuteur muet et la bouche ouverte.

« Pas de question. Il ne s'est rien passé. Nous n'avons eu qu'un seul mort, Axel Hebron. Le reste n'a pas existé.
-Le reste qui n'a pas existé est quand même mort chez moi.
-Après avoir couché avec toi, je sais. Mais ça, non plus, ça n'a pas existé.
-On peut savoir à quoi tu joues ?
-Non… Absolument pas. »

Il se dirigea vers sa voiture, en ouvrit la porte. Il conduisait aujourd'hui. Les autres s'étaient rassemblés autour de Spiegelman à lui demander conseil. Deepak Patel les héla avant de s'engouffrer dans son imposant véhicule.

« Vous pouvez rouvrir la morgue et faire sauter toutes les scellées. Rappelez-vous ! Il ne s'est rien passé. Et si j'en prends un à fouiner, même rien qu'un peu : code quatre ! »

Il claqua la porte et fit crisser les pneus de son imposant véhicule, comme dans les mauvais films produits par Antonia Zecco. Que venait-elle faire dans cette histoire, la Madone des Séries B ? Rien. Juste l'effluve d'un parfum qui traversait la scène.

« Code quatre ?

-Révocation immédiate pour faute grave ayant trait à la sécurité nationale.
-Il n'exagère pas ?
-Qui sait ?
-Toujours un peu... »

Agni Kortsidaki n'en revenait pas. Un mec était mort chez elle, dans son lit, quasiment dans ses bras et il ne s'était officiellement rien passé ! Spiegelman disparaissait plus d'une journée et personne ne savait pourquoi, ni où ! Wojcik avait demandé à Spiegelman et Deepak Patel de garder cela pour eux pour l'instant. Elle en ignorait donc tout. On lui avait demandé de rejoindre la Police Station de Melbourne pour une enquête délicate qui n'avançait pas d'un pouce et on ne l'informait pas. On n'organisait aucune réunion de débriefing. Elle ne savait pas ce qu'on attendait d'elle. Elle était fumasse.

« Bon puisqu'on peut rentrer dans ta boutique et toucher à tout, tu nous fais du café ? Comme ça, on pourrait faire le point sur l'enquête qui nous reste.
-Je ne peux pas, nous devons aller aux funérailles d'Axel Hebron.
-Qui ça 'nous' ?
-Schoenmaker et moi.
-Et moi ?
-Quoi toi ?
-J'ai l'autorisation de vous accompagner ?
-Bien sûr, Agni, pourquoi pas ?
-Parce qu'en ce moment, il n'y en a que pour Schoenmaker. Voilà pourquoi. »

Schoenmaker devint rouge comme une pivoine et resta planté devant la porte d'entrée de la morgue, tous ces instruments à la main. Spiegelman leva les yeux au ciel.

« Agent Schoenmaker, ouvrez donc cette porte, puisque vous portez des gants. Une fois que vous aurez nettoyé vos cochonneries, pour pourrez nous rejoindre à l'intérieur pour un café. »

Spiegelman avait changé d'avis.

« Donc tu restes pour un café.
-Et les funérailles d'Axel Hebron ?
-Nous arriverons à la fin. D'abord un bon café et un point sur l'enquête.
-…
-J'ai changé d'avis, j'ai le droit tout de même !
-…
-Je fais comme tu veux que je fasse et ça ne va toujours pas ! Tu es chiante, Agni !
-Calme-toi, mon beau. Et passe puisque ton chevalier servant te tient la porte !
-Il ne manquait plus que lui !
-Qui ça ?
-Regarde ! »

Silvester Fork venait de garer sur le parking de la morgue sa vieille Ford Falcon crème entièrement remise en état. Spiegelman avait la même, sensiblement de la même année, mais dans son jus et proche de la rupture d'anévrisme. La petite bande était au complet. Tout le monde avait la figure longue des tableaux du Greco. La docteure Trish Mac Thomas dont le domaine venait d'être violé, n'avait ni la force, ni l'heur de faire un café. Dans ces cas de force majeure, Spiegelman avait reçu sa bénédiction pour actionner le percolateur perfectionné qu'elle avait ramené d'Italie.

« N'oublie tout de même pas tes funérailles.
-Mes funérailles.
-Je veux dire…
-J'avais compris. »

Spiegelman essayait de donner le change, pourtant la situation était complexe. Son équipe ne savait toujours rien de sa virée bucolique et humide avec la fille des faux époux Bear et Deepak Patel leur cachait tout d'une disparition inquiétante d'un cadavre congelé retrouvé, avant surgélation, dans l'appartement d'une des membres de ladite équipe. Par-dessus tout cela et avant tout, il leur restait tout de même un cadavre sur les bras, qui était chargé comme un mulet d'exactement la même cocaïne empoisonnée au curare de synthèse, que le Génie du Froid kidnappé. Toutefois, la victime qui leur restait encore, n'avait pas eu le loisir, ni le temps de sentir l'emprise glacée du venin chimique puisqu'elle avait été assassinée juste avant de mourir, par l'intromission violente et par trois fois répétée de la flèche, appelée carreau, d'une arme archaïque appelée arbalète. Enfin, leur grand patron, le Directeur Général de la Police du Victoria, Deepak Patel, le mystérieux Deepak Patel, craint des politiques et ami infidèle des parrains des gangs, les avait informés que le Yougo lui avait donné une liste.

« Une liste ?
-De possibles suspects.
-Et sur quoi s'est basé notre nouvel et auguste auxiliaire de police pour élaborer une telle liste ?
-Deepak m'a dit qu'il me l'envoyait au plus vite. Je lui demanderai des précisions, même s'il n'a pas l'air enclin aux confidences en ce moment.
-Regardez-moi qui parle de confidences et de secrets ! »

Agni Kortsidaki venait d'exploser en vol. Heureusement que le café n'avait pas encore été servi et que Spiegelman était lent à cette tâche, sinon elle aurait renversé sa tasse sur ses voisins en se levant si brusquement. Elle se dirigea d'un pas rapide vers Spiegelman qui avait détaché son regard de la précieuse machine à café pour observer la belle Minoenne au comble de l'énervement fondre sur lui. Elle s'arrêta devant lui, lui fit une grimace et le gifla. Spiegelman ne bougea pas, abasourdi. Elle se dirigea vers la porte du fond qu'elle franchit et claqua derrière elle. Elle avait fait quelques étirements et respiré profondément pendant quelques minutes, avant de rentrer dans le bar du fond de la morgue comme si de rien n'était, tout sourire presque. La joue rouge, Spiegelman lui avait servi un café, elle le but d'un trait et en réclama un autre que son souffre-douleur du moment lui servit de bonne grâce. Il reprit la conversation au point où l'événement aussi fâcheux que libératoire l'avait laissée. Il omit de revenir sur le sujet des secrets. Entretemps, il avait téléphoné à Deepak Patel pour lui demander comment la liste avait été établie. Le patron avait insisté sur le fait qu'il s'agissait d'une première sélection et Spiegelman avait répliqué que ce premier tri avait été judicieux et il l'avait félicité pour sa nouvelle recrue.

« Les gars du Yougo ont fait la liste des clients qui avaient acheté dix doses et plus de cet arrivage de cocaïne. Ils ont écarté, dans un premier temps, les clients fidèles dont ils se portaient garants.
-Se porter garant ! Quelle drôle d'adjectif dans la bouche de ce genre de personnes… Quelle garantie, peut-on attendre de lui ?
-Je peux continuer ? Agni, tu te calmes… J'ai été gentil, mais il ne faut pas pousser le bouchon trop loin…
-…
-Bien… Trish ?
-Quoi ?
-Tu fais la tête de quand tu veux poser une question et que tu n'oses pas.
-Moi, ne pas oser ?
-Justement, c'est cette drôle de tête. Accouche !
-Je me demandais juste si c'était bien nécessaire de continuer à chercher la personne qui a empoisonné la cocaïne puisqu'on m'a volé mon cadavre congelé et que la victime qui nous reste n'a pas été formellement tuée par le poison de la cocaïne ?
-Et en plus, si Deepak ne veut rien nous dire sur la viande froide disparue, qui te dit qu'il ne nous donne pas une liste foireuse parce qu'il ne veut pas qu'on enquête sur la mort du balèze inconnu.
-Merci mesdames pour votre participation au débat. Pour toi, Trish, une réponse simple. L'empoisonnement est un crime, qu'il ait réussi ou pas. Donc que Deepak Patel, notre grand et mystérieux patron, le veuille ou non, nous devons continuer à explorer la piste de la cocaïne empoisonnée. Ensuite, pour toi, ma belle Minoenne, je suis persuadé que Deepak ne veut pas que nous découvrions l'identité du balèze, mais bien comment et par qui il a été tué. Il est possible que son meurtre n'ait rien à voir avec son identité, son métier ou la raison pour laquelle il doit nous rester inconnu. »

Le docteur Silvester Fork recommença avec son histoire biblique et métaphorique.

« Une métaphore ? Bien sûr que non ! Le meurtrier a voulu reproduire la mort d'Absalon par Joab. Il s'agit d'une inspiration, d'un message. Là où se situe la métaphore, c'est à l'Alliance Française. »

Spiegelman voulut se lever pour quitter la pièce, il n'était pas d'humeur à la badinerie psychologisante et biblique. L'Agent Schoenmaker l'en dissuada par une pression discrète sur le bras. Lisait-il dans ses pensées ? Le jeune agent lui avait déjà dit qu'il était un véritable livre ouvert et qu'il ne pouvait cacher ni ses sentiments, ni ses états d'âme, ni rien d'autre, et que c'était cette honnêteté intrinsèque qu'il admirait et adorait chez lui. Le jeune homme utilisait souvent des mots très recherchés. Intrinsèque…

« En effet, la forêt d'Éphraïm est le lieu de la victoire du Roi David où Joab assassina le chef des troupes ennemies, le propre fils et successeur du roi. Joab le fit contre les recommandations du Roi David, son maître. Il pense agir pour son bien, malgré lui.
-Tu penses que Samuel Yoav est l'assassin parce qu'il a un nom qui ressemble et qu'il est le bras droit de Dave Hebron ?
-…
-Réponds ! »

Le shrink avait acquiescé en silence, s'étant plongé soudainement dans une méditation sans fin.

« Et pourquoi pas ?
-Ce mec est dingue ! Il faudrait le piquer, il va bientôt se pisser dessus ! »

Trish Mac Thomas éclata de rire à la blague murmurée par son collègue et amant. Agapito Sansoni parlait peu et doucement. Son humour était toujours froid et semblait innocent, il faisait à chaque fois mouche sur sa gigantesque maîtresse. Le shrink, habitué à l'incessante incrédulité de son public qui se manifestait souvent par de la moquerie, voire du sarcasme, ne se laissa pas intimider et continua à dérouler le fil de sa pensée.

« Cet événement est important pour plusieurs raisons. Je veux dire, dans la Bible. D'abord, le syndrome du Roi David, le syndrome du fils qui meurt avant le père. Que les enfants meurent avant les parents, on ne le voit qu'en période de guerre ou de peste. En période maudite par l'Éternel. La tristesse intense du roi qui a perdu un fils qui ne sera jamais prodigue, se mêle à la pression et l'impression d'être victime du courroux de l'Éternel. Seule victime expiatoire pour un crime qu'il sait avoir commis à cause de la punition divine, mais qu'il n'a pas identifié, ou qu'il se refuse à identifier. Cet événement va aussi provoquer autre chose, la montée en puissance définitive du Roi David qui va régner sur un vaste territoire. Enfin, la mort du fils aîné et préféré du roi va ouvrir le chemin de sa succession. Après la tentative d'Adonias, c'est Salomon qui sera sacré du vivant de son père. »

L'assemblée fut prise d'un doux abandon. Le shrink racontait tellement bien ses fadaises.

« Fadaises ? Il s'agit tout de même de la Bible !
-Merci professeur, mais ça nous mène où, toute cette jolie histoire ?
-Je pense qu'il faut se concentrer sur les véritables enjeux de l'assassinat.
-Qui sont…
-La succession de Dave Hebron.
-Tu aurais pu le dire en une phrase au lieu de nous endormir avec cette histoire à endormir les mômes.
-Il ne s'agissait pas d'une histoire, mais d'une démonstration. Les références à cet épisode de la Bible sont flagrantes. Il nous faut nous concentrer sur la recherche d'un Adonias ou d'un Salomon qui auraient pu maquiller le crime pour en accuser Joab.
-Bref, à qui profite le crime ? Une question simple que je pose simplement, sans référence biblique.
-Vous me faites chier, tous autant que vous êtes ! Vous n'avez donc rien compris ? »

C'était au tour du shrink de se mettre en colère. Spiegelman allait-il à nouveau s'en prendre une ? Dans ce cas, il riposterait. Il ne frappait les femmes qu'en cas d'extrême limite. Pour les hommes, il y avait beaucoup moins de règles.

« Explique-toi alors, au lieu de beugler. Qu'est-ce que nous n'avons pas compris ?
-Ces gars-là ! Leurs noms !
-…
-Laissez tomber. J'arrête de travailler avec vous. Vous ne me méritez pas. Je vais parler à Patel, j'arrête tout. J'arrête. J'arrête. »

Ses cris avaient rebondi sur tous les murs de la morgue. Il avait claqué la porte du fond. Ils entendirent la Ford Falcon démarrer et quitter le parking de la morgue. Ils n'avaient pas parlé, ni réagi. Après quelques raclements de gorge, la conversation reprit hésitante et mezzo voce.

« Euh… C'était une belle sortie, non ?
-Vous avez compris ce qu'il a dit à la fin ?
-Moi, c'est toute son histoire que je n'ai pas comprise.
-Il a dit 'ces gars, leurs noms'. Tu as une Bible chez toi ? »

L'Agent Schoenmaker avait posé sa main sur la cuisse de Spiegelman en posant la question. Tout le monde s'était figé, tout le monde avait regardé et tout le monde avait enfin compris ce qui se tramait entre ces deux-là depuis quelques semaines déjà. L'Agent Schoenmaker retira sa main et se la passa dans les cheveux. Il reprit sa réplique.

« Tu as une Bible chez toi ?
-Bien sûr.
-Tu pourras me la prêter ?
-Oui, mais elle est en hébreux.
-Ah…
-Il suffira que tu me demandes et je pourrai t'expliquer des choses. »

Tout le monde sourit, narquoisement. Spiegelman coupa le sarcasme par une répartie froide et impérieuse, quoiqu'hésitante.

« Mais on s'en fout de la Bible. Enfin pour l'instant. Enfin pour cette enquête. A qui profite le crime ? Je vais me concentrer sur cette question. Je vais revoir nos amis de la financière. Et toi, Agni, tu vas te pencher sur la cocaïne avec l'aide de notre grand patron et de son nouvel acolyte et adjoint balkanique et tricheur de cartes. »

Il quitta fièrement l'assemblée lorsque son téléphone sonna.

« Je dois te voir. Maintenant.
-J'allais dire justement pas maintenant parce que…
-C'est urgent. Je sais où trouver la clé.
-C'est bien. Va la chercher alors.
-…
-Bon… Tu veux qu'on se voie quand ?
-Maintenant.
-Je dois d'abord aller à la…
-Maintenant.
-Je dois donc tout lâcher pour toi ?
-Pour la clé, oui… Dis, Spiegelman, ton téléphone n'est pas sur écoute ?
-Je ne sais pas. C'est possible de mettre les téléphones portables sur écoute ?
-Prends-moi pour une conne !
-Honnêtement, je ne sais pas si mon téléphone est sur écoute ou pas.
-Tu te bouges, je t'attends.
-Tu veux qu'on se voie où ?
-Descends, je t'attends dans ma voiture en bas. Démerde-toi avant qu'elle soit repérée !
-Je suis dans les escaliers. »

Il s'engouffra dans la voiture de Felicia Bear, ou quel que pût être son nom. Il ne salua personne. Omar démarra en trombe. Il jetait constamment des coups d'œil dans le rétroviseur, ce qui énerva grandement Felicia Bear.

« Regarde devant toi ! Tu vas finir par nous tuer ! Je vérifie, moi, si nous sommes suivis.
-Vous avez été grillés ?

-Apparemment pas. Les autres gangs n'ont pas bougé. Ils ne doivent pas être au courant.
-Ou pas intéressés.
-Ça m'étonnerait.
-C'est peut-être du flan, ton histoire de trésor.
-Tu as vu les papiers de la Vieille, comme moi ! Tu as reconnu son écriture.
-Justement, c'est peut-être le dernier de ses coups tordus… »

Felicia Bear haussa les épaules.

« En tous les cas, Carl, personne ne bouge sur ce terrain.
-Si !
-Qui ?
-Nous.
-Qui 'nous' ? »

Elle le regarda, entre incrédulité et colère.

« Nous, toi et moi !
-Idiot ! Je croyais que tu parlais de la police. Toi et tes sbires.
-Oh non ! Personne n'est au courant des raisons de mes escapades.
-Et qu'est-ce que tu leur as dit pour ta disparition de 24 heures ?
-Rien.
-Et ils n'ont rien dit ?
-Si.
-Et ?
-…
-Il faut t'arracher les mots de la bouche !
-Rien, ils n'ont rien dit, ils ont l'habitude.
-Tu ne leur as vraiment rien dit ?
-Rien.
-Et ils ne savent rien ?
-Rien.
-Personne ne sait rien ?
-Personne ne sait rien. »

Rien ? Personne ? Pauvre innocente ! L'affaire était pilotée par Wojcik depuis le QG des Fédéraux à Canberra et maintenant Deepak Patel, Directeur Général de la Police du Victoria avait été mis au courant puisqu'il avait été sur le point de partir en vrille et avait menacé de garder Spiegelman au trou jusqu'à ce qui avouât tout. Secret Fédéral. L'amant de la personne connue sous le nom de Felicia Bear avait été approché par Wojcik alors qu'il était encore à Melbourne. Quand il avait appris que Felicia Bear, puisqu'il fallait l'appeler ainsi, avait localisé le magot de la Vieille et qu'elle allait contacter Spiegelman, Wojcik avait hésité entre prévenir les Fédéraux ou Deepak Patel. Si la Vieille avait concentré son business sur le Victoria, par sa nature même, il avait concerné d'autres états australiens, voire régionaux. Et puis John Dickinson, le Directeur de l'Antigang chez les Fédéraux à Canberra était un ami qui n'avait eu de cesse de tenter de le dévoyer pour l'embaucher. Et puis Deepak Patel n'était pas blanc blanc, aux dires du patron de l'Antigang. Il fricotait de trop près avec les parrains. Un jour, soit ça lui péterait à la gueule, soit il franchirait le Rubicon. D'ailleurs, qui savait ? Deepak Patel était-il déjà corrompu ? Donc Wojcik avait contacté Dickinson qui avait contacté Spiegelman, bien avant que Felicia Bear ne l'eût contacté de cette manière si cavalière. Pour une fois, la prestigieuse tueuse à gage, la gâchette des terres australes, était à la ramasse, ce qui ne déplaisait absolument pas à Spiegelman.

« Pourquoi tu souris ?
-Pour rien.
-Tu es bien silencieux.
-…
-C'est ça !
-Quoi ?
-Tu es amoureux ! »

Spiegelman la regarda durement. En fait, il croyait qu'il le faisait, mais il n'en était rien. D'habitude si froid, son regard acier s'était adouci. Son œil frisait. Le petit avait raison, il ne parvenait jamais à dissimuler ses sentiments. Il avait été plutôt enclin à la tristesse et à la colère, ces derniers temps et tout son entourage en avait pâti puisqu'il était incapable de rentrer en lui pour d'interminables méditations, comme le sâdhu qui lui servait de patron. Spiegelman était soupe au lait et démonstratif. Bizarrement démonstratif mais tout de même démonstratif. Un démonstratif taiseux. Il ne disait rien mais montrait tout, tout de même. Maintenant qu'il était heureux, il était toujours aussi silencieux, tout en répandant sur son entourage des ondes de…

« Tu ne dis vraiment rien ?
-Pas envie de parler.
-Tu ne me demandes même pas où on va.
-On va à Elwood.
-Comment tu sais ça ?
-La direction que cette voiture prend.
-Tu parles par bouts de phrases maintenant ? De mieux en mieux !
-Nous allons chez la Vieille.
-Et qu'est-ce qui te fait dire ça ?
-Les scellées de son appartement viennent d'être définitivement levées et son testament vient d'être ouvert. Tu veux prendre possession du bien qui t'appartient pour le fouiller. »

Elle le regarda, admirative un temps, un temps narquoise.

« L'amour te donne des ailes, Sherlock ! C'est un bon coup, ton Docteur Watson ?
-Et comme tu n'as jamais su chercher correctement, tu penses que je pourrai t'aider parce que je suis un pro.
-Il y avait une phrase louche dans son testament.
-Du genre ? Tu sais que je suis aussi un pro en phrases louches. »

Elle sortit sa copie du testament d'un dossier en cuir souple et le lui tendit. Il refusa de le prendre.

« Lis-moi la phrase louche plutôt.
-C'est ici… 'Je lègue à mon amie Felicia Bear mon appartement où résidera la clé du secret que nous partageons dorénavant. »

Le style ampoulé de la Vieille ! Spiegelman leva les yeux au ciel.

« Et tu penses retrouver cette clé dans l'appartement de la Vieille alors que la Brigade Scientifique d'abord, les Fédéraux ensuite l'ont totalement désossé ? »

Elle n'avait cessé, durant le trajet, de vérifier qu'ils n'étaient pas suivis. Elle se retourna vers Spiegelman et lui sourit.

« Nous y parviendrons ensemble.
-Et pourquoi ?
-Parce que nous sommes les meilleurs.
-Je te signale que j'ai dirigé la perquisition de la Scientifique sans rien découvrir de spécial.
-Parce que tu ne savais ce qu'il fallait chercher.
-C'est facile, comme réponse. »

Spiegelman goûtait moyennement l'idée de passer sa soirée à la recherche de la clé d'un hypothétique trésor dans l'appartement d'une ancienne mafieuse, qui avait accumulé à elle seule autant de chefs d'inculpation durant sa carrière que tous ses collègues des autres gangs, tout en restant en liberté jusqu'à son suicide. Il eut froid dans le dos, rien qu'à la pensée de cette redoutable vieille femme percluse de goutte et rongée d'amertume. Quel courage avait eu le beau et grand et fort Bébé pour être resté son ombre fidèle et son amant dévoué, jusqu'à la dernière minute, organisant lui-même le suicide de cette vieille chose tordue de douleurs.

« Il n'était pas vraiment son amant. Elle ne pouvait plus trop rien faire à la fin. Elle avait mal partout. Qu'est-ce qu'elle a pu souffrir ! Alors il se mettait à poil devant elle et il…
-Je t'en prie, je n'ai pas besoin de détails.
-C'est toi qui en parlais…
-J'en parlais en général.
-Tu redeviens ronchon. Je te reconnais bien, maintenant. »

Le souvenir de la Vieille l'avait assombri. L'idée du temps qui avait fui si rapidement, en quelques mois, l'accablait aussi, soudainement, abruptement. Des mondes s'étaient écroulés, des amis avaient été tués, aux premiers nombres desquels le bon docteur Mills, son légiste et ami à Daylesford, et John, John Massie, l'ancien Lord Mayor de City of Melbourne, et ami d'adolescence. La femme de sa vie du moment s'était suicidée. Un tueur séquentiel avait sévi. Et quelqu'un avait essayé de le tuer à plusieurs reprises. Si ce n'était pas Felicia Bear, comme elle le prétendait, cela signifiait qu'il était toujours dans la nature, ce quelqu'un. Et si ce n'était pas la Vieille qui l'avait engagé, qui était-ce ? Spiegelman réalisa qu'il était toujours et sérieusement en danger.

« Tu es toujours en vie !
-Oui, j'ai l'impression qu'on est en train de me tuer par petits bouts.
-Ne t'inquiète pas. Je continue à remplir la mission que la Vieille m'a confiée. »

Spiegelman la fixa étrangement. De quelle mission parlait-elle en fait ? Felicia Bear était tout de même une redoutable snipeuse. La meilleure sur le marché des tueurs à gage.

« Celle de te protéger. Tu as perdu la mémoire en trouvant l'amour ? Tant que tu ne me trahis pas, je te protégerai. J'ai des antennes partout et elles sont toujours actives. Je sais tout de tous les mouvements de tous les exécuteurs des basses œuvres. Le contrat sur ta tête a été formellement abandonné…
-Mais ?
-…
-Parce qu'il y a un 'mais', non ?
-Mais la personne qui en a après toi est toujours vivante, Carl, et elle peut à tout moment te tomber dessus, réactiver le contrat. En tous les cas, j'ai mis HS deux de tes exécuteurs.
-Deux ? Un !
-Tu oublies la petite Lewisham.
-Non, justement !
-Ah non, tu ne penses pas au blaireau sur le toit et qui se prenait pour un snipeur !
-Si.
-C'est moi qui l'ai abattu !
-Bien sûr que non, c'était moi !
-Carl, voyons ! De là où tu étais, c'était impossible de le toucher…

-Tu oublies que je suis le meilleur tireur du Victoria.
-Meilleur tireur de la Police du Victoria… Seulement de la Police du Victoria.
-Mais l'enquête balistique…
-J'ai tiré avec une arme de service d'un de tes adjoints. La même que la tienne. Vous n'avez pas cherché plus loin puisque les faits concordaient. Une rapide étude de trajectoire aurait pu détruire le mythe, mais elle n'a pas été nécessaire, selon tes collègues. Une comparaison balles et canon aussi.
-Mais il y a tout de même quelque chose qui me chiffonne. »

Ils étaient bloqués dans la circulation. Depuis que le carrefour de Commercial et St Kilda Roads avait été détruit par deux fois par des poids-lourds, il devenait presqu'impossible de rejoindre ou de quitter le Central Business District sans passer l'éternité dans sa voiture.

« Dis-moi, j'espère que je pourrai t'aider.
-Au Royal Melbourne Hospital, c'était quand même toi qui a essayé de m'achever.
-Non !
-Tous les indices étaient concordants et convergeaient vers toi.
-J'ai été piégée.
-Tes empreintes digitales partout.
-J'ai été ton infirmière personnelle, c'était ma couverture pour te protéger.
-Et tu as essayé de me tuer.
-Non, j'ai été piégée, je te dis. Je n'étais pas dans ta chambre à ce moment-là !
-Mais toutes les photos prises dans le théâtre d'anatomie juste avant montrent que tu étais derrière moi. On te voit me pousser dehors, après la prestation d'Agni.
-Oui, là, c'était moi.
-Et quand on me ramène dans ma chambre, tu me dis que ça n'était pas toi.
-Non, il faut me croire.
-Alors, qu'est-ce qui s'est passé ?
-Je ne sais pas.
-Et je dois croire ça aussi ?

-Oui.
-Tu ne sais pas ! Ça veut dire quoi ?
-Ça veut dire que je ne sais pas ce qui s'est passé. J'ai un trou. Un trou noir. Tu sais ce que c'est ! Je ne sais pas ce qui s'est passé entre le moment où je t'ai poussé en dehors du théâtre d'anatomie et le lendemain matin où je me suis réveillée dans mon lit. J'ai tout de suite appris qu'on t'avait tiré dessus. Mes indics m'en ont informée. J'ai cru un temps que c'était moi. J'ai regardé l'arme que j'avais avec moi à ce moment-là, elle n'avait pas l'air d'avoir servi. J'ai analysé mes mains et mes vêtements, il n'y avait pas de résidu de poudre.
-Tu aurais dû être flic, toi !
-Vous ne gagnez pas assez.
-Pas faux.
-Dépose-nous un peu plus loin, Omar et va planquer la voiture. Je t'appelle. »

Spiegelman regarda de loin le petit building face à la mer dans lequel se trouvait le dernier lieu de vie de la Vieille. Quelle idée de vivre dans une ville si humide dans un appartement face à la baie alors qu'elle était podagre et que ses articulations la faisaient hurler de douleur à chaque fois que le vent venait du grand Océan Austral, ce qui était presque tout le temps. Elle ne supportait plus que les étés assommés de chaleur sèche.

« Souvenirs, souvenirs !
-Nostalgique ? »

L'idée même de se sentir nostalgique était si ridicule qu'il éclata de rire. Il se lancèrent dans une étrange perquisition. Il ne s'agissait pas réellement d'une perquisition parce qu'ils n'avaient pas de mandat et qu'ils n'en avaient pas besoin parce qu'une des personnes qui s'en chargeaient était la propriétaire du lieu et qu'elle n'était acoquinée que de loin avec la flicaille. Le plus loin possible, même si elle avait fait appel au plus illustre policier pour mener ladite perquisition d'une main de maître et d'un œil de lynx. Enfin, l'étrangeté de la procédure résidait avant tout dans leur manière d'agir. Ils ne prenaient en compte que les détails, les coins et recoins, les plinthes et les chambranles, l'arrière et le dessous des meubles, les fonds de tiroir et les dessus d'armoires. Rien. Ils frappèrent sur chaque lame du plancher, chaque carreau du sol. Encore rien. Ils arrachèrent la moquette et démontèrent le coffrage de la baignoire, les siphons du lavabo et de l'évier, les lustres et les appliques luminaires. Toujours rien.

« Ça va venir. On va trouver. Pourquoi est-ce qu'elle aurait mis ça dans son testament, sinon ?
-…
-Eh, oh ! Je te parle !
-Je n'arrive toujours pas à le croire.
-Croire quoi ?
-Tout. Tes histoires. Que tu ne serais pas ma tueuse mais mon ange gardien ! C'est ridicule ! Ce serait Lewisham qui voulait me tuer ! La brave petite Koorie maquée avec ce type extraordinaire !
-Ashkenazy ? Il faudra te méfier de lui maintenant. Dis-moi, pourquoi est-ce que tu crois que tu es encore ici. En vie, je veux dire ? Si j'avais voulu te tuer, je ne t'aurais pas embarqué dans cette histoire de magot de la Vieille. Et je t'aurais déjà tué, découpé et dispersé aux quatre vents. J'ai eu des dizaines d'occasions.
-… »

Spiegelman ne se résignait pas à la croire et son sixième sens, enfin celui qu'il pensait posséder, ne lui soufflait aucun comportement, aucune résolution à adopter. Il soupira.

« Bon, moi j'arrête, on ne trouvera rien ici.
-Non, Carl, reste ! Je te dis, nous nous rapprochons du but.
-Ramène-moi. J'ai un travail, un vrai, avec une enquête délicate à gérer.

Il ne pouvait pas rester absent à la Police Station trop longtemps sans éveiller les soupçons de ses collègues pressés de toute part au sujet de cette enquête qui n'avançait pas. Comme Wojcik était là où l'on savait et qu'Agni Kortsidaki se la jouait sur le mode mineur depuis qu'on avait retrouvé un mec mort dans son lit et que Trish Mac Thomas ne se la jouait pas sur un mode plus majeur depuis que le même mec mort avait disparu de son congélateur, Spiegelman se devait d'être auprès de son équipe au lieu de se la jouer sur le mode agent sous couverture des Fédéraux à la chasse au trésor. Il saisit le trousseau de clés sur le guéridon de l'entrée.

« On y va ? »

Quel trousseau ! Très lourd !

« Toutes ces clés sont à la Vieille ?
-Non, une partie seulement. Le reste est à moi. Mes appartements, mes garages, mes hangars de stockage.
-Et les clés de la Vieille, tu les as récupérées comment ?
-Je te l'ai déjà dit, le notaire… Le coffre…
-Sépare le trousseau de la Vieille. »

Elle sortit quatre clés qu'elle lui tendit. Une pour la porte d'entrée de l'immeuble. Deux pour les deux énormes verrous de la porte blindée d'accès à l'appartement. Et la quatrième ?

« La cave ? Un box à la cave ?
-Le rapport de perquisition ne parlait pas de cave et je n'ai pas le souvenir d'en avoir vu une.
-Vous ne pensiez peut-être pas qu'elle en avait une, qu'elle n'était pas comme toutes les petites vieilles du quartier qui y entassent leurs souvenirs. Pour ça, elle avait des containers, des hangars, des appartements bidons. Ce qu'elle avait à cacher ne rentrait pas dans une cave.
-Il y a un gardien ?
-Non, ça n'existe plus, les gardiens. »

Ils descendirent et tentèrent de trouver l'accès aux caves. Ils tombèrent sur un local à poubelles douteux et un parking pour les véhicules des habitants de l'immeuble. De cave ou de box de rangement, point. Ils remontèrent. Felicia Bear trouva dans son dossier le numéro du syndic qui lui indiqua qu'il n'y avait plus de cave dans ce building puisqu'elles avaient été transformées en parking lorsque le standing… Elle raccrocha au milieu de sa phrase.

Spiegelman avait cette quatrième clé dans les mains et l'observait. Si elle n'ouvrait pas de cave, puisqu'il n'y en avait pas…

« Tu vois ce que je veux dire ?
-Tout à fait…
-Il faut la mettre en sécurité.
-J'ai toujours ce coffre à la banque. »

Chapitre treize.
Samedi 30 juin 2001.

Un ciel de plomb. Une chaleur à crever. Pas un nuage. Pas un souffle de vent. Une odeur de terre recuite par le soleil et d'arbustes séchés. Le vrombissement des mouches. Des mouches partout qui venaient se coller à sa peau suante et le piquer. Il aurait bien voulu les écraser quand elles étaient gluées sur lui, mais, comme il était dans un Rêve Premier, les mouches devaient aussi être des Esprits et on ne tuait pas des Esprits dans un Rêve Premier sans s'exposer à de lourdes conséquences. Il était nu, comme d'habitude dans un Rêve Premier, comme tous ici. Il aperçut la Femme, son enfant dans les bras, Jimmy, le bon docteur Mills et là, Mama Yarra ! Ils étaient tous dans ce Rêve Premier qu'il ne reconnaissait pas. D'habitude, le Rêve Premier pouvait être en plein jour et il était collé contre Mama Yarra et le Rêve Premier était bercé par les chants du labeur qui montaient de partout autour de la colline sur laquelle ils étaient assis, Mama Yarra et lui. D'habitude, le Rêve Premier pouvait être au creux de la nuit la plus noire, coupée par le scintillement de la Croix du Sud et éclairée seulement d'un gigantesque feu d'eucalyptus et il était contre Mama Yarra, bercé par les chants du repos. D'habitude, il ne ressentait ni le chaud du jour, ni le froid de la nuit. D'habitude, il était Chep, le Spiegelman adolescent. Cette fois-ci, Mama Yarra était loin et il était vieux, très vieux, il était la vieillesse au centre d'un cercle d'Esprits à l'œil sombre. La vieillesse brûlée par un soleil dardant.

« Spiegelman ! »

Elle ne l'appelait plus Chep !

« Cette blanche et toi avez profané le lieu où sommeille l'Esprit de ma Cascade !
-Je… »

Tous les esprits qui l'entouraient émirent une sorte de grondement qui s'arrêta net sur un mouvement de tête vers l'avant et un claquement de langue. Tous, même Jimmy, la Femme, son enfant dans les bras, et ce bon docteur Mills, puisqu'ils étaient devenus des Esprits, eux aussi.

« Spiegelman ! Ni toi, ni ta blanche, ni personne d'autre ne devez ouvrir cette porte. Cette vieille blanche a cru qu'elle était au-delà de ma colère et y a placé le trésor de sa vie. Je ne l'ai pas toléré car je protège les Esprits des Eaux qui me rejoignent. »

Toutes les femmes et tous les hommes du cercle, nus et peints des ocres de la colère commencèrent à murmurer un chant très scandé qu'ils accompagnaient du claquement de morceaux de bois de percussion. Bientôt le chant et l'accompagnement devinrent assourdissants, effrayants. Mama Yarra se leva et hurla à Spiegelman que jamais lui, ni personne, ne devait franchir la porte derrière la cascade. Spiegelman voulait quitter le Rêve Premier sans y parvenir. Il voulut s'échapper du cercle mais on le rattrapa pour l'y rejeter, bien au centre. Il était vieux et vouté. Nu. Ses chairs pendaient. Sa peau était fripée et commençait à rougir, attaquée par les dards du soleil. Ses mains de vieillard tremblaient et se crispaient de douleur. Ses articulations, toutes ses articulations maintenant, commençaient à le faire terriblement souffrir. Il tomba. On le releva. Il chancelait. Ils chantaient de plus en plus fort, de plus en plus vite.

« Bonjour Carl, tu as bien dormi !
-C'est une question ?
-Non. Je t'ai vu sourire dans ton sommeil à chaque fois que je me réveillais.
-Tu as mal dormi ?
-Je dors toujours mal.
-Et je souriais, tu disais ?
-Oui, comme un bébé.
-Je ne me souviens de rien.
-Tu es rentré tard. Je dormais déjà.
-Oui.
-…
-…
-Tu étais où ?
-…

-Oh pardon ! C'est vrai.
-C'est vrai quoi ?
-Nous ne sommes pas ensemble, tu ne me dois aucun compte. »

Spiegelman soupira. Schoenmaker se leva brusquement et posa bruyamment son mug sur l'évier. Il se dirigea vers la salle de bain. De dos, il était aussi appétissant que de face, ce jeune homme ! Spiegelman ne devait pas tout gâcher, maintenant que quelqu'un de beau, de gentil et d'intelligent s'intéressait sérieusement à lui. Il le rejoignit dans la salle de bain. Il ne s'était jamais aperçu qu'un homme pouvait être attirant lorsque, debout, nu et appliqué, il se rasait. Mâle occupation à effectuer avec un douceur toute féminine. Connerie de sexisme !

« Quoi ? Pourquoi tu me regardes ?
-Parce que tu es beau. »

Schoenmaker haussa les épaules, rageur, et se coupa la joue. Le sang se mêlait à la mousse à raser. Masculine ou féminine, l'occupation en question devait s'effectuer avec doigté et concentration. Spiegelman s'approcha du blessé pour l'enlacer de dos. Le blessé le repoussa et mit du sang sur le t-shirt pyjama de Spiegelman.

« Tout doux, mon beau ! »

Il lui fallait absolument se calmer. Une première scène de ménage dans une salle de bain alors qu'il portait, sans slip, un vieux maillot de footy délavé maculé de sang et de mousse à raser ! Une querelle d'amoureux en tongs ? Trop peu pour lui. De plus, la raison de l'humeur chagrine de Schoenmaker n'avait rien à voir avec l'amour ou le sexe.

« Bon, on se lave, on s'habille, on prend un dernier café et je t'en parle. D'accord ?
-...
-D'accord ? »

Schoenmaker lui sourit que oui et qu'il ferait tout ce qu'il voudrait et qu'il l'aimait.

« Tu dis beaucoup de choses avec un sourire, toi. »

Il y avait aussi le regard. Toutefois, cette scène de ménage suivie de la séance de charme ne rendit pas Spiegelman particulièrement bavard puisqu'il ne parla que de secret fédéral et de son devoir de silence, même vis-à-vis de son équipe.

« Mais Agni est fumasse, comme tu dis toujours. Tu disparais et tu ne dis pas où, ni pourquoi.
-Elle devrait avoir l'habitude, elle me connait.
-Justement. »

Il lui dit aussi qu'il en avait déjà trop dit et qu'il ne fallait plus qu'ils en parlassent avant…

« Avant quoi ?
-Et tu ne dois même ne jamais mentionner l'existence d'un secret !
-Je ne suis pas débile !
-Je préférais m'en assurer.
-Que je n'étais pas débile ?
-Que nous nous étions bien compris.
-Avant quoi ?
-Même ça, je ne peux pas te le dire… Avant que je te dise qu'on peut en parler… Ça te va ?
-Bof ! »

Quand ils arrivèrent à la Police Station, Agni Kortsidaki était effectivement fumasse. Elle avait abandonné sa propre Police Station à son adjoint pour répondre aux ordres de Deepak Patel qui l'avait réquisitionnée pour aider Spiegelman dans cette enquête délicate. Et que faisait ce vieux bellâtre bancal et souffreteux ? Il disparaissait sans donner de raison, ni même s'excuser. Elle n'en pouvait mais. Elle hésita toutefois sur l'attitude à arborer. Silencieuse, boudeuse, elle ne desserrerait pas la bouche de la journée, ne portant même pas un regard sur ce collègue si égoïste et désinvolte. Vociférante, ulcérée, elle l'agonirait d'insultes et d'injures à chaque fois qu'il s'approcherait d'elle. Glaciale, dégoutée, elle le battrait froid, répondant à peine à ses questions, portant sur lui un air de profonde répugnance. En larmes, touchée jusqu'au tréfonds d'elle-même, elle lui reprocherait son ingratitude, pleurant sur son épaule, l'implorant de ne pas l'abandonner. Loin de lui, elle n'était rien. Bonne idée. Un mélange entre la mère juive et la femme délaissée. Spiegelman ne supportait pas les larmes, encore moins sur les joues des femmes. Elle le savait pertinemment et en jouerait avec délectation. Il approchait, Agni Kortsidaki sentait les larmes monter. Lorsqu'il arriva à sa hauteur, alors qu'il allait la saluer, les joues rebondies de sa collègue étaient déjà humides et ses yeux maquillés maculés. Il fut cueilli par cette vision de femme tentant sans y parvenir de dissimuler un profond chagrin. Il l'emporta dans la salle d'interrogatoire la plus proche, en ferma les rideaux, en éteignit la caméra. Ils s'assirent l'un en face de l'autre. Il prit les mains menues de la Minoenne dans les siennes immenses. Il lui demanda ce qu'il y avait. Elle se lança dans un discours légèrement échevelé, assez pour qu'il ressentît la souffrance, pas trop pour qu'il en comprît exactement la raison. L'esbroufe était un art qu'elle maîtrisait à merveille. Une fois le poisson ferré, elle put le diriger là où elle le désirait. Il résista.

« Agni, tout ce que je peux te dire, c'est que c'est un secret et que je te dirai tout dès que j'en aurai l'autorisation. Je te le jure, tu seras la première à savoir... »

Ça ne lui suffisait pas. Elle le lui reprocha. Elle s'emporta, une colère piquetée de sanglots du plus bel effet. Il se sentait craquer, il ne le pouvait pas.

« Agni, Agni, ne m'oblige pas à être trop brusque. Tu es une professionnelle. Même le fait que je t'ai dit qu'il s'agissait d'un secret, est déjà un secret.
-C'est comme tous les secrets, ça ! Ce n'est pas une excuse. »

Elle s'écroula sur la table. Son visage ressemblait à une peinture abstraite d'un tachiste tendance dégoulinante. Elle releva ses yeux noyés de larmes vers son bourreau. Il craqua. Il avoua. Dans les détails. Elle s'essuyait les joues et les yeux avec le mouchoir en lin que Spiegelman lui avait tendu. Il sentait bon la verveine et la bergamote. Elle sourit. Toujours aussi raffiné, le vieux. Elle se moucha bruyamment et lui rendit son mouchoir.

« Tu sais tout. Mais tu ne dois rien dire. Je vais prévenir Deepak et Anton que tu es au courant. Ils vont m'engueuler.
-Et l'Agent Schoenmaker, lui aussi est au courant ?
-Non, pourquoi serait-il au courant ?
-Je ne sais pas, je demande. »

Elle ne put s'empêcher d'afficher un sourire rayonnant sur sa face rougie et barbouillée.

« Je vais à la morgue me laver le visage et me rafraîchir.
-Pas un mot à Trish !
-Oui, oui…
-Je ne plaisante pas, Agni ! Il s'agit d'un secret fédéral et tu peux perdre ton poste à ce petit jeu !
-Toi aussi.
-Et tu peux aller en prison !
-Toi d'abord. »

Elle s'était levée et avait quitté promptement la salle d'interrogatoire, fière de son coup. Rien ne lui résistait. Jamais. Dût-elle employer les grands moyens comme cette fois-ci. Elle entra dans la morgue, la face suffisante et souillée, le regard vif, l'âme légère. La docteure Trish Mac Thomas ne la remarqua pas, elle avait un walkman sur les oreilles et le nez dans un cadavre. Elle se faufila dans la salle d'eau de la patronne des lieux. Elle voulait prendre une bonne douche bien chaude.

« Tu veux que je te parle des listes ? »

Elle était retournée dans la salle de toutes les réflexions où l'attendait Spiegelman. Il la regarda, elle avait changé du tout au tout. Soit il s'était fait avoir, soit il l'avait réellement consolée. Il décida de s'en tenir à cette dernière explication afin de ne pas perdre de temps à comprendre la seule chose qui était restée un mystère pour lui : l'âme d'une femme et en particulier, celle d'Agni Kortsidaki. Nouvelle réflexion machiste puisque Spiegelman ne comprenait rien non plus à l'âme des hommes !

« Encore des listes !
-Je croyais que c'était ta méthode, Carl. Nous n'avons fait que suivre tes recommandations.
-Celles de Deepak.
-Il fallait bien un capitaine à bord. »

Elle le regarda fixement. Il esquiva.

« Mais tu étais à bord, ma chère Agni. »

Bien joué.

« Je peux continuer ?
-Je t'en prie.
-Pendant que tu étais en train de…
-Agni !
-Quoi ?
-Tu sais très bien que tu ne dois pas faire référence à ça…
-C'est bon, nous sommes tous les deux tous seuls.
-Ça va devenir une habitude et…
-D'accord, d'accord ! Tout ce que tu veux, mais pas de sermon ! Deepak nous a donné la première liste du Yougo.
-La première ? Parce qu'il y en aura d'autres ?
-Oui, si on ne trouve pas notre bonheur dans celle-là. Il essaye de ne pas dévoiler son jeu si cela n'est pas nécessaire.
-Il a peur qu'on le dénonce aux Stups ?
-Ben oui.
-Il est un peu con, le Yougo, il sait bien qu'en tant que Directeur Général, Deepak est aussi le patron des Stups.
-Ce n'est pas de la connerie, Carl, c'est de la confiance. Prends-en de la graine.

-C'est toi qui commences les sermons, maintenant ? De quoi était constituée cette première liste ?
-Des personnes qui ont acheté un nombre plus important que d'habitude de doses de cocaïne. Comme il ne fait pas grossiste parce qu'il veut tenir le marché, il demande à ses revendeurs de noter le nom des acheteurs en quantité anormalement élevée.
-Selon toi, l'assassin n'a pas empoisonné que deux doses. Mais, et je ne veux pas te contredire, on n'a pas retrouvé d'autres victimes de ce genre d'empoisonnement.
-Non. Enfin, on ne sait pas. Un cocaïnomane meurt et le médecin peut donner le permis d'inhumer facilement, sans s'inquiéter. Il diagnostiquera une crise cardiaque due à une consommation excessive de drogue, voire une overdose, même si les symptômes de l'empoisonnement par curare synthétique ne sont pas les mêmes. Personne ne s'imagine qu'un junky puisse être mort d'autre chose que de la saloperie qu'il prenait ?
-Pas faux. On essayera de voir les junkys morts récemment.
-Ce n'est pas forcément marqué sur leur avis de décès qu'ils étaient des junkys.
-Je sais, mais au moins ceux dans nos fichiers et puis on pourra toujours redemander l'aide du sniffeur des Balkans… »

Le croisement de listes avait fait avancer plusieurs enquêtes récemment. Si celle rassemblée par le Yougo pouvait les aider, elle ne vaudrait rien devant un tribunal. Pire, sa seule existence pourrait faire mettre à pied tous les policiers qui l'avaient utilisée ou même simplement entrevue sans en informer la police des polices. Comme Deepak Patel était de fait le patron de ces juges intègres, personne ne craignait quoi que ce fût. La liste fut donc exploitée avec la bénédiction du pontife des polices.

« J'ai un nom !
-Ce que je trouve bizarre, c'est que les dealers du Yougo connaissent l'identité de leurs clients.
-Le Yougo est méthodique. Il veut savoir où part sa marchandise. Surtout lorsqu'il s'agit d'une super came de grand luxe et que quelqu'un l'achète en grande quantité. Sois un peu à ce qu'on dit, Carl !

-Tout de même… Le Yougo voudrait nous faire tomber sur un nom qu'il ne s'y prendrait pas autrement.
-Justement, j'ai un nom ! Là : Yoav. C'est le nom de famille du bras droit de Dave Hebron, non ?
-Oui. Et il s'agit de quel Yoav ici ?
-Abraham Yoav. Agent Schoenmaker ?
-Oui, madame ?
-Vous vous réveillez et vous cherchez de qui il s'agit et son lien avec Samuel Yoav.
-Tout de suite. »

Il s'agissait du fils aîné. Un trader à Sydney en congé sabbatique. Il était fiché pour détention, consommation et revente de produits stupéfiants classés…

« De la cocaïne ?
-J'allais y venir. Oui.
-Vous téléphonez aux ressources humaines de son entreprise pour connaître la raison de son congé sabbatique.
-Ils ne nous diront rien…
-Agent Schoenmaker ? On ne répond pas et on fonce. »

Spiegelman le houspillait-il ou plaisantait-il ? Schoenmaker ne savait pas s'il devait en sourire ou s'en rembrunir. Après quelques admonestations du jeune policier, l'entreprise expliqua à demi-mots les raisons officieuses du congé sabbatique de Yoav junior.

« Arrêtez les préambules, expliquez-vous !
-Il était arrivé plusieurs fois au travail en ayant un peu trop forcé sur la cocaïne. Il a causé plusieurs incidents de différents types.
-De quels types ? Précisez !
-Financiers : des mauvais choix. Mais il s'est aussi bagarré avec des collègues. Il en a envoyé plusieurs à l'hôpital. Et puis il y a aussi eu quelques comportements inappropriés avec des collègues féminines qui ont accepté de ne pas porter plainte contre certaines compensations financières. »

La fierté pouvait se lire sur le visage de l'Agent Schoenmaker. Il était parvenu à tirer les vers du nez à cette, pourtant acrimonieuse, directrice des ressources humaines. Spiegelman et ceux qui l'avaient rejoint écoutèrent le jeune homme avec attention.

« Et pourquoi n'a-t-il pas été renvoyé ?
-Parce que papa Yoav et Dave Hebron sont intervenus et qu'ils sont actionnaires de la boîte en question. Et aussi parce que c'est un excellent trader. Un excellent trader. La personne des RH l'a répété. Ils sont arrivés à un accord : un congé sabbatique avec obligation de soins et un retour au travail lorsqu'il sera clean.
-Une manière pour les deux partis de sortir la tête haute parce qu'on sait très bien que le môme Yoav ne pourra plus jamais être complètement clean. C'est un autre problème… Il faudrait pouvoir le rencontrer et le mettre en confiance pour qu'il nous montre les doses qu'il a achetées… Cette histoire de liste ne tient pas debout. Si le môme Yoav avait acheté des doses contaminées, il en aurait déjà consommé et serait déjà mort et nous n'avons rien vu passer à ce sujet. Donc, s'il n'est pas une potentielle victime d'empoisonnement, il nous reste deux solutions.
-Oui ?
-Soit il n'a rien à voir avec notre affaire, soit il a empoisonné les doses. Dans ces deux cas, il ne nous sert à rien de le contacter et de vérifier sa came. D'un côté elle est clean, d'un autre, il ne nous la montrera jamais.
-Non, Carl, dans le premier cas, celui de l'achat de doses contaminées, il se peut qu'il n'y ait pas encore touché.
-Tu achètes des gâteaux pour les laisser traîner une semaine dans ton frigo, toi ? Tu mets le nez dedans, à peine sortie de la pâtisserie. Alors, imagine un junky et sa dope.
-Il peut en avoir déjà un stock chez lui, qu'il termine d'abord. Il n'a peut-être pas encore touché aux dix dernières doses. Et il est alors de la première urgence de prendre contact avec lui pour vérification.
-D'accord, on ne risque rien à essayer. Agni, tu essayes de choper notre gars, tu y vas mollo et tu lui dis bien qu'on lui rendra sa came s'il nous la confie pour analyse.
-Tu crois qu'il va me croire ?

-Essaye de le charmer, il paraît que c'est un queutard, le petit nous l'a dit. »

Spiegelman avait quitté la salle de toutes les réflexions sans saluer personne. Il n'avait fait qu'une petite moue d'approbation lorsque l'Agent Schoenmaker avait parlé de ses recherches auprès de l'entreprise qui avait employé Abraham Yoav. Trop occupé à terminer ses explications, le jeune policier n'avait pas remarqué ce rapide mouvement de bouche de son patron. Il s'en attrista, comme il s'était fâché, en lui-même, lorsque Spiegelman l'avait appelé 'le petit' devant tout le monde. Le téléphone portable de Spiegelman sonna, il le remarqua et décrocha.

« Carl ? »

A chaque fois que Spiegelman parvenait à répondre sur son portable ou daignait le faire, Deepak Patel ne cachait pas son grand étonnement. Spiegelman s'en offusquait à chaque fois.

« Oui, c'est moi, c'est mon téléphone. Qui d'autre pourrait décrocher ? »

Deepak Patel n'avait pas le temps de rentrer dans une sorte de petite querelle de vieux couple.

« J'ai eu Anton au téléphone. »

Il semblait que Wojcik et ses nouveaux amis, les Fédéraux, étaient devenus tout à coup plus disert.

« C'est parce qu'ils ont fait une belle bouse. »

Le sâdhu local faisait dans l'argot bovin. Spiegelman le reconnaissait à peine. Les ravages de l'alcool ? Sans doute pas, Deepak Patel était peut-être simplement excédé par le comportement de Canberra et il tentait de se raisonner en maniant la langue verte. Comme la méditation n'avait pas marché, il s'essayait à une colère canalisée par le choix de mots percutants. Si cela ne fonctionnait pas, et cela ne fonctionnerait pas, il se rendrait au stand de tir pour canarder des cibles innocentes qui se balançaient bêtement sur leur fil de maintien.

« Le mec d'Agni, le balèze ! Le macchabée congelé ! »

Deepak Patel hurlait au téléphone. Spiegelman dut tenir son portable à quelques centimètres de ses oreilles. Le guru austral était chiffon et ne canalisait plus rien du tout. Il avait de quoi. Ce qu'il beugla entre deux hoquets de colère les clouait tous sur place. Quand son patron eut raccroché après un 'tout de suite' tonitruant, Spiegelman rassembla son équipe à la morgue. Les temps étaient graves et seul le cadre accueillant et chaleureux de la morgue de la Police Station de City of Melbourne pouvait accueillir les révélations qu'il devait transmettre à son équipe. On attendit Agni Kortsidaki qui, en route vers la maison des Yoav à Toorak, dut faire demi-tour. Elle devait pester. Elle n'était pas des plus agréables en ce moment.

« Qu'est-ce qu'il y a encore ?
-Prends un café parce que…
-Non. Non. Je suis déjà assez énervée comme cela. »

La docteure Trish Mac Thomas lui avait réservé la place à côté d'elle. Elle la refusa, elle préférait rester debout. Spiegelman la foudroya du regard et lui intima l'ordre d'aller s'asseoir à côté de son amie. Elle s'exécuta de mauvaise grâce. La docteure voulut mettre sa main sur son genou. Elle le bougea pour éviter cette marque d'affection. La docteure Trish Mac Thomas avait connu la plupart des théâtres de guerre de la fin du siècle qui venait enfin de se terminer, elle n'était pas impressionnée par les rebuffades d'une petite Grecque à bouclettes.

« Tout doux, ma belle ! Ne mords pas la main qui vient à toi ! Ou quelque chose comme ça. J'ai entendu ça au Kosovo. Je ne sais plus comment ça marche. Tu veux de la vodka des massacres de Mamy Thomas ? »

L'œil de la petite Grecque à bouclettes en question s'illumina.

« Même pas en rêve ! »

Spiegelman avait intercepté cette communication en catimini.

« J'ai besoin de vous. Vous boirez ce soir, si nous avons avancé.
-Carl ? Tu étais obligé de me faire revenir jusqu'ici pour me dire ce que tu as à nous dire ? Tu ne pouvais pas le faire au téléphone ?
-Non.
-…
-Secret fédéral. »

Il avait ménagé son effet. Il se servit une tasse de café, espérant les faire languir. Tous étaient habitués à ses attitudes de diva. Il fallait attendre, il en viendrait bien à lâcher le morceau. Il prenait un peu trop son temps. On toussota.

« Le Balèze s'appelle Marks. Tony Marks. Enfin, il s'appelait comme ça. »

Tous étaient bouche bée.

« Comme le joueur de footy ?
-Oui, bien sûr. Parce que c'était lui.
-Tony Marks ? Mais je l'aurais reconnu.
-Agni, tu nous as dit que tu avais forcé sur la boisson ce soir-là et tu n'as plus que de vagues souvenirs de tes ébats, si ébats il y eut. Donc je doute que tu aies pu le reconnaître. Et il avait beaucoup changé.
-Oui, il s'était empâté. »

La docteure avait pu constater l'accumulation de tissus adipeux autour du périmètre abdominal. Elle allait continuer sa description clinique mais elle fut arrêtée par Agni Kortsidaki..

« Et c'était ça, ta nouvelle ? Qu'il fallait enquêter dans le monde des anciens joueurs d'Australian Rules Football ?
-Tout doux, t'a-t-on déjà dit, ma tendre et belle ! »

Ah non, il n'allait tout de même pas, une nouvelle fois, ménager ses effets ! Ils n'en pouvaient plus d'attendre qu'il crachât le morceau. Il devait arrêter le café, ça n'était pas raisonnable, il avait déjà les mains qui tremblaient. Il était excité comme un puce et ne savait pas trop par où commencer et contre laquelle de ces nouvelles s'énerver en premier.

« Eh bien, ce Tony Marks était l'amant officiel de Felicia Bear, ou quel que soit son nom. »

Les bouches se crispèrent un peu. Felicia Bear revenait frayer dans le grand bain.

« Et ça n'est pas tout. Il y a quelques mois, un collègue de la Police du Victoria a entrepris de le retourner pour le faire entrer, incognito dans les forces de l'ordre. »

Les yeux s'écarquillèrent un peu. Le macchabée était donc un confrère.

« Je continue les révélations ou vous en avez assez ?
-Arrête ton cinéma et vas-y !
-Et ce collègue en question n'être autre que…
-Qui ?
-Wojcik. »

Agni Kortsidaki lâcha sa petite cuiller qui fit un vacarme incroyable en tombant sur le carrelage de la morgue.

« Oui, Wojcik. Notre Wojcik. Ton Wojcik. »

Agni Kortsidaki fit une moue questionneuse et désapprobatrice. Elle couchait de temps en temps avec lui, c'était tout ? Menteuse !

« Je continue ?
-Il y en a encore ?

-Donc Wojcik retourne Marks et le fait entrer incognito dans les forces de l'ordre. Celles du Victoria ? Pensez-vous, chez les Fédéraux, directement ! »

Des murmures se firent entendre. On remuait sur son siège.

« Oui. Senior Constable Tony Marks, de la Police Fédérale d'Australie. Et ça, sans que notre vénéré grand patron ne soit mis au courant. Il vient de tout apprendre d'un bloc. Comme ça. Sans ménagement. Tout simplement parce qu'il menaçait les Fédéraux de rendre public la disparition du macchabée non identifié et qu'il les soupçonnait d'en être les instigateurs.
-Les Fédéraux ont pris peur ?
-En fait non. Je pense qu'ils se sentent merdeux parce qu'ils sont allés trop loin avec l'enlèvement du corps et qu'ils se sont aperçus que cette mort n'avait rien à faire avec leurs histoires mais bien avec nos enquêtes. Alors ils refilent le bébé à Deepak en faisant croire qu'ils lui font une révélation et une faveur en même temps. »

Spiegelman aurait bien voulu resservir du café à tout le monde, mais il ne souhaitait pas trop les énerver. Il en avait encore grandement besoin. De l'eau, il allait leur servir de l'eau. Il se sentait une âme de barman. Ou de Bon Samaritain. Non, c'était un truc de goy, ça.

« Et pourquoi Anton est-il à Canberra ?
-Entre autres choses, parce qu'il a été promu chez les Fédéraux. Et parce qu'il devait être l'officier traitant de son honorable correspondant. Et il ne pouvait l'être que depuis Canberra.
-Son honorable correspondant ?
-Tony Marks. Carl se croit dans un James Bond.
-Mais pourquoi depuis Canberra ? Il ne pouvait pas le faire d'ici ? Il aurait été plus près de Marks.
-Tu ne comprends rien. Anton avait approché les Fédéraux avec son correspondant, il devait aller à Canberra. Mais ce n'est pas important… »

On claquait du bec. L'eau ne suffisait plus. Il fallait envoyer les sodas, ceux qui allaient avec la vodka des massacres.

« Carl, il est treize heures, nous sommes samedi, nous ne sommes pas d'astreinte. Alors, tu peux arrêter de nous servir de l'eau ! Trish et moi, nous nous occupons des boissons. Jan, quelques petites fantaisies salées de chez Monsieur Nguyen ? Tu lui téléphones ? »

Le docteur Agapito Sansoni, la Constable Mc Guinness et quelques membres plus lointains de l'équipe vinrent les rejoindre. On avait exigé de recevoir les dernières informations abracadabrantesques de Spiegelman avec un grand verre d'une boisson réconfortante et quelques-unes des pâtisseries salées de Monsieur Nguyen. Monsieur Nguyen, à Little Saigon, était le meilleur boulanger français du Victoria et le fournisseur officiel de la Police Station de City of Melbourne, particulièrement en période de crise. Et il y en eut, des crises, ces derniers mois !

« C'est vrai, nous n'allons pas recommencer à travailler tous les week-ends ! »

Samedi, Shabbat ! Spiegelman n'allait pas aussi souvent qu'il le souhaitait à la synagogue et il ne faisait Shabbat que rarement. Mais l'Éternel, les Textes et le rabbin étaient clairs, l'urgence avant la religion. Enfin le croyait-il. En tous les cas, il ne pouvait pas faire autrement. Pas de Shabbat tous les samedis pour les braves !

« Et voilà le travail ! »

Monsieur Nguyen venait lui-même livrer ses merveilles, lorsque ses amis de la Police Station de City of Melbourne lui téléphonaient. Monsieur Nguyen était très respectueux des forces de l'ordre, limite un peu trop. Monsieur Nguyen aimait aussi particulièrement nourrir et voir manger ses clients. Ceux qui en avaient besoin, comme ces policiers. Embourbés au beau milieu d'une enquête, ils devaient ingurgiter un maximum de sucres lents. Ceux qui s'en délecteraient, comme cet aréopage d'âmes désespérées en quête de délices et d'inspiration. Ceux qui n'avaient pas faim, ni la tête à manger, mais qui craqueraient à la minute où cette odeur de beurre cuit si caractéristique de la pâte feuilletée aurait envahi la morgue, au moment où ils entendraient les premiers craquements des croissants sous les crocs des premiers claque-faim, à l'instant où ils verraient les premières miettes dégringoler des gueules barbouillées de gras des premiers goinfres. Monsieur Nguyen était la caricature de la mère juive. Gare à celui ou à celle qui aurait la bouche vide en sa présence ! Les conditions sine qua non pour être une mère juive n'était pas d'être une mère, ni même une femme, encore moins juive. Un maître, australien d'origine vietnamienne, ès boulangerie et pâtisserie françaises avait rapidement gagné ses galons en judéomaternité en ayant engraissé au beurre frais de ferme et à la pâte croquante, aux crèmes soyeuses, aux baguettes craquantes et moelleuses à la fois, toute sa famille en premier lieu, tout Melbourne en deuxième lieu et le monde entier s'il l'avait pu. Une mère juive caractérisée. Monsieur Nguyen resta une bonne demi-heure à regarder son public se goberger et repartit content de l'important devoir qu'il venait d'accomplir. Monsieur Nguyen avait la certitude d'avoir participé de manière décisive à cette enquête. Il fallait nourrir son cheval s'il devait vous mener à bon port. Monsieur Nguyen était aussi très philosophe, plongé au-dessus de son pétrin. Être venu d'où il était venu, avoir vécu ce qu'il avait vécu ! Ce genre d'expériences traumatisantes menait à la folie. Ou à la philosophie. Ou à la boulange. Ou les trois à la fois : Monsieur Nguyen avait un côté sombre dont il ne parvenait jamais à se départir, alors il pétrissait la pâte, nuit et jour pour envelopper Melbourne dans un odeur réconfortante de beurre et de froment cuits.

« Parfois, il me fait flipper, Monsieur Nguyen, à rester comme ça à nous regarder manger. Comme s'il avait empoisonné ses croissants et qu'il attendait que ça fasse effet. »

Agni Kortsidaki avait repris du poil de la bête et trois fois des croissants. L'un entraînant l'autre. Et vice versa. La discussion vira un temps sur l'étrangeté de Monsieur Nguyen à qui l'on prêta mille crimes et atrocités. Alors qu'on allait verser dans un racisme inacceptable, Spiegelman rassembla ses esprit et l'assemblée pour un retour progressif et tranquille à la raison. On commença presque à chanter. Le mélange viennoiserie et vodka des massacres donnait un côté Mitteleuropa à leur sorte de brunch improvisé. La boisson inventée et composée par la docteure Trish Mac Thomas elle-même pour soutenir le moral des troupes blessées lors des différentes guerres auxquelles elle avait participé, tenait moins de la noble vodka à l'herbe de bison polonaise que du schnaps qui avait tordu tous les boyaux sur les tous fronts balkaniques. En regardant les miettes joncher le sol de carrelage blanc d'habitude impeccable, Spiegelman constata qu'ils passaient de plus en plus de temps dans l'institut médico-légal et de moins en moins dans la salle de toutes les réflexions. Essayaient-ils tous, en se réfugiant dans la chaleur et la douceur de la morgue, d'échapper au travail, voire aux malheurs du monde ? Le shrink débarqua prêt à répondre à toutes les questions qu'on se poserait. Ou pas. En attendant le retour d'Agni Kortsidaki, Spiegelman lui avait téléphoné et tout expliqué. Il lui avait même demandé conseil concernant la démarche à suivre. Le shrink lui avait recommandé la grandiloquence qui marchait toujours.

« Soit elle envoûte et endort un peu le patient, soit elle l'énerve et le détourne un peu de la gravité du propos. Comme ça, tu anesthésies ton auditoire qui acceptera mieux la lourdeur de tes propos. Amortir à tout prix. Tout est bon quand il s'agit d'amortir un choc. Regarde-moi, au naturel, je ne suis pas chiant.
-Si.
-Tu exagères, Carl ! Tu sais très bien que je fais exprès, que je joue un rôle.
-Non. Arrête de dire des conneries et rapplique-toi au plus vite. »

Spiegelman contemplait les faces purpurines de son auditoire qui avait déjà abusé de beurre et d'alcool.

« Je reprends mon récit. »

On se poussa du coude pour s'obliger à se taire mais on pouffait en même temps. Spiegelman se demanda ce qu'il devait faire. Continuer la réunion ? Renvoyer tous ces ivrognes à la maison ?

« Quand les Fédéraux perdent le contact avec le Senior Constable Tony Marks, en infiltration auprès de Felicia Bear.

-Techniquement, ce n'est pas une infiltration puisque Marks était avec Felicia Bear avant d'entrer chez les Fédéraux. Il s'agit plutôt d'un retournement. »

Le shrink n'avait encore rien bu et il était déjà chiant comme une chaise percée. Spiegelman le lui avait bien dit qu'il ne pensait à aucun moment qu'il jouait un rôle et qu'il était exaspérant au naturel. Était-ce nécessaire de le répéter ? Le shrink était utile, certes, mais les contreparties étaient léonines. Comme d'habitude, Spiegelman foudroya du regard le shrink qui se prostra un temps avant de se redresser sur son siège, prêt à rebondir.

« Donc, si je résume, nous nous retrouvons avec notre deuxième macchabée sur les bras qui nous sera retourné d'ici peu. Il est en chemin.
-J'espère qu'ils ne l'ont pas décongelé.
-On verra. Les Fédéraux nous ont promis de jouer carte sur table et ont nommé Anton comme officier de contact.
-J'espère qu'il se sent merdeux, ce petit con.
-Agni, il ne fait que son travail.
-Non, non. Au lieu de se la jouer perso et de tout balancer aux Fédéraux, il aurait dû en informer Deepak et nous mettre au jus. Mais non, Monsieur a toujours rêvé d'être un Fédéral alors... Putain de Polonais. »

Elle devait tout de même tenir à l'Enclume de la Baltique, pour réagir de cette façon. L'Enclume de la Baltique, l'Assassin de Gdansk, l'Assommeur de Poméranie, l'Anesthésiste de la Vistule, étaient quelques-uns des surnoms dont on affublait Anton Wojcik, boxeur furieux qui en massacrait plus d'un sur les rings des salles de sport de la Police du Victoria. Chief Superintendent ici, Special Commander chez les Fédéraux.

« Traitre ! »

En résumé, il fallait à tout prix trouver un lien entre Tony Marks et Axel Hebron puisqu'ils avaient consommé la même drogue quelques minutes avant de mourir. L'un n'en était pas mort puisqu'il avait été sacrifié avant sur l'autel de la culture française à St Kilda. Le poison avait pu toutefois faire son effet sur le gaillard qui avait profité de l'hospitalité d'Agni Kortsidaki. Voire plus, mais cette dernière n'était certaine de rien.

« Trish ?
-Je t'écoute, mon beau.
-Le curare de synthèse ?
-Oui ?
-Il met combien de temps pour agir.
-Tu veux que je te redonne l'heure exacte de la mort de Tony Marks ?
-Non, Agni nous l'a donnée, tu l'as confirmée. Non. Je voudrais juste savoir le temps qu'il a fallu entre la consommation et la mort. C'est bizarre tout de même qu'un mec se réveille en pleine nuit pour se reprendre une dose de cocaïne.
-J'avais regardé, mais la littérature scientifique n'est pas très abondante sur cette question précise. En plus, il faut ajouter les effets combinés de la cocaïne. Ces deux saloperies agissent sur certaines parties du cerveau. Je n'ai rien trouvé sur les effets de cette combinaison précise de ces substances. La conjugaison de leurs effets peut les accélérer ou les ralentir…
-J'ai un ami historien des toxicologies à Mexico. Après tout, le curare et la coca viennent d'Amérique du Sud. »

Le docteur Agapito Sansoni s'était soudain manifesté. Toujours calme, il ne parlait que lorsqu'il estimait que ce qu'il avait à dire était nécessaire et important. Si le shrink pouvait faire de même ! En fait, il faisait de même mais il pensait simplement que toutes les sinuosités intellectuelles qui traversaient ses hémisphères cérébraux avaient une très haute valeur ajoutée. La docteure écoutait son collègue et amant avec circonspection. L'idée, au départ, pouvait sembler alléchante.

« Oui mais le curare est plutôt une plante d'Amazonie quand la coca est originaire des Andes. Et leur culture et leur utilisation respectives sont aux antipodes l'une de l'autre. Les peuples concernés aussi. Tu

imagines qu'il pourrait y avoir eu une trace historique d'un mélange de ces deux substances ?
-Aux confins du monde andin et du monde amazonien… Pourquoi pas ? »

L'assistance avait grandi. Ceux qui avaient vu Monsieur Nguyen se diriger, les bras chargés, vers la morgue et qui avaient participé aux enquêtes précédentes savaient de quoi il en retournait. Le moment devait être grave et ils s'étaient joints à la bande pour offrir leurs services et recueillir quelques miettes du festin. Les participants à cette réunion spéciale étaient émerveillés par le dialogue soutenu entre les deux légistes qui les transporta tout d'un coup de l'autre côté du globe. Spiegelman était perdu.

« Attendez, les amis, je ne vous suis pas. Pourquoi est-ce que nous sommes partis en Amérique du Sud ?
-Avant que Trish ne me coupe la parole, je voulais simplement dire que mon ami à Mexico pourrait nous aider à savoir combien de temps il a fallu à ce cocktail cocaïne – curare pour tuer notre bonhomme. C'est tout. Simplement ça. Cet ami est historien et médecin. Toxicologue.
-Pardon, mon poussin, de t'avoir coupé la parole. »

Trish Mac Thomas était bien rouge et souriait un peu trop. Spiegelman remarqua que le reste de l'assemblée s'était aussi bien échauffé à la vodka des massacres. Il constatait l'ivresse des autres plus facilement depuis qu'il ne buvait plus et il avait du mal à la supporter. Il était donc temps de lever la séance. Il donna quelques ordres à quelques-uns. Celui de se reposer à tous. Tout le monde aurait son dimanche. Il fallait impérativement que l'équipe repartît sur un nouveau pied dès lundi.

« Allez, bonne continuation ! Pensez à vous reposer ! Beaucoup ! Jan, tu viens, on rentre ? »

Schoenmaker avait rougi, Spiegelman s'était adressé à lui devant toute l'assemblée qui s'était tue pour l'occasion. Il était dans le sofa du fond. Il se leva sous les yeux insistants de tous. Il dut traverser le groupe des collègues affalés dans les fauteuils. Il était pivoine, rubicond, vermeille, pourpre. Il suivit Spiegelman, la tête baissée. On pouvait voir, de dos, le rouge sur l'arrière de ses oreilles.

Chapitre quatorze.
Dimanche 1 juillet 2001.

Spiegelman avait un jour de libre. Malheureusement, c'était un dimanche. Il était un peu son propre chef, il pouvait tout de même s'accorder un Shabbat de temps en temps ! Au moins une fois par mois. Au lieu de se retrouver comme une âme en peine, un dimanche à barbecue, alors qu'il n'avait ni barbecue, ni famille, ni amis. Enfin, il en avait quelques-uns, des amis. Mais trop proches, trop intimes pour organiser un barbecue et l'inviter. Heureusement, le rabbin de la synagogue d'East Melbourne l'avait convié à déjeuner de gefilte fish frit en boulettes servi façon fallafel et de salade de pommes-de-terre à la russe, dans un tout nouveau déli sur Bambra Road à Caulfield South.

« Les pickles dans la salade de patates, une damnation ! J'adore l'aneth ! »

Le rabbin regardait Spiegelman dévorer sa nourriture à belles dents. Il souriait. Les deux hommes s'appréciaient beaucoup, même si le rabbin n'avait pas encore saisi l'importance du changement d'itinéraire qu'empruntait en ce moment la vie de son ami. Leurs discussions s'élevaient toujours très rapidement une fois passés les préliminaires conversationnels. Ils savaient peu l'un de l'autre, mais ils aimaient passer du temps ensemble à se poser des questions. Le rabbin Loew ne reprochait jamais à Spiegelman de le voir trop peu à la synagogue, puisqu'il exerçait ce métier si glorieux de protéger la communauté. Le rabbin Dovid Loew était un homme généreux, calme, cultivé, le repos de Spiegelman.

« Carl, tu vas bien ? »

Était-il inquiet ? Ou plutôt curieux ?

« Oui, très bien, merci. Pourquoi ?
-Pour rien, mais si tu veux parler, tu sais où je travaille. Tu sais que je sais écouter. »

Le rabbin lui sourit. Il s'était arrêté juste avant de lui dire qu'il valait mieux parler avec son rabbin qu'avec un psy hystérique comme ce Silvester Fork qui… Il s'était arrêté à temps ! Le rabbin n'était pas vaniteux, ni jaloux. Spiegelman avait besoin de la calme intelligence de Loew et de la folle perspicacité de Fork. De plus, ces deux hommes de l'esprit se ressemblaient physiquement, ils avaient jusqu'à la même façon de chalouper à quelques centimètres du sol lorsqu'ils marchaient. Deux hommes exceptionnels. Leur grande différence ? L'un énervait prodigieusement Spiegelman à chaque fois qu'il ouvrait la bouche et l'autre le reposait, mais il ne pouvait pas se passer ni de l'un, ni de l'autre.

« Tu m'avais parlé d'une communauté juive très intéressante présente à Melbourne.
-Oui, très petite, minuscule. Les Romaniotes. Mais tu m'avais promis de me tenir au courant de ton affaire du Roi David. J'y ai repensé. Je me suis dit qu'un bon mathématicien pourrait définir le nombre de chances qu'il y aurait de trouver cette conjonction de noms dans une même famille et répartis de cette façon. Et puis je me suis souvenu que les probabilités n'étaient qu'un calcul mathématique qui n'influençait jamais le hasard.
-Et tu veux me dire quoi en disant cela ?
-Que l'Éternel n'a rien à voir avec ça ! Qu'il s'agit d'une affaire d'hommes. Que David Hebron, puisque c'est son vrai prénom et qu'Axel est la version nordique d'Absalon, décide d'appeler son fils unique et préféré Absalon, Axel n'en étant qu'un des diminutifs moins visiblement juifs. C'est un peu louche, non ? Et ça nous dit beaucoup sur le père de la victime, non ?
-Pourquoi ? Absalon était le fils préféré du Roi David.
-Carl ! Va plus loin dans l'histoire du Roi David ! C'est comme notre souveraine, Dieu la bénisse, qui donne à son fils aîné le prénom d'un de ses ancêtres décapités. Consciemment, ou inconsciemment, en donnant des prénoms, on tente de revivre une histoire mythique, ou simplement important, même si elle était tragique.
-Et alors ?
-Déjà les parents du père. Ils s'appellent Hebron, comme le royaume, et ils nomment leur fils comme le souverain de ce

royaume… Qu'est-ce qu'ils espéraient par-là ? Invoquer une protection de l'Éternel ? Je ne sais pas si tu l'avais remarqué, mais je suis juif. Et un juif cultivé. J'ai donc l'habitude de questionner les mots et les questions sur les mots. Alors cette histoire qui se mord la queue de 'je nomme mon fils comme le fils du Roi David, pas Salomon, non, l'autre, et je m'étonne que l'histoire se répète'… Moi, ça me laisse froid… Je me suis toujours détourné de la bêtise humaine. Mais bon, je ne suis que rabbin… Ce que je dis n'a que peu de valeur. »

C'était la première fois qu'il lui faisait le coup du 'tu avais remarqué, je suis juif'. C'était drôle. Ça passait. Un peu lourd. Comme cette salade de pommes-de-terre au goût évanescent d'aneth. Ils changèrent de sujet. Ils passèrent un long moment dans ce déli de Caulfield South. Spiegelman s'était tu. De sa voix à la fois rauque et douce, le rabbin avait déroulé un pan de l'histoire du peuple juif. Spiegelman s'y était immergé. Il s'agissait aujourd'hui des Romaniotes, des petites communautés éparpillées dans l'ouest de l'ancien empire ottoman. Parmi ces Romaniotes, le rabbin Loew évoqua un petit groupe de familles qui, entre les deux guerres, épuisées, arrivèrent à Melbourne et qui profitèrent de l'installation en Australie pour gommer chez eux toute appartenance à leur communauté d'origine et prétendre être de simples Grecs orthodoxes. Certains d'entre eux continuèrent à pratiquer leur religion de manière secrète.

« Dans la synagogue de leur cœur. Des sortes de marranes des temps modernes.
-Mais pourquoi voulaient-ils se cacher. En Australie, il n'y avait pas de…
-Ils avaient tant souffert qu'ils craignaient le plus petit ostracisme pour leurs enfants. Ils n'aspiraient plus qu'à s'intégrer et disparaître dans la masse. »

Ils passèrent un long moment à parler de ce cas si étrange de crypto-judaïsme. Le rabbin Loew lui révéla qu'il était en contact avec eux et qu'il leur servait de crypto-rabbin. Quelle étonnante expression ! Il lui confia aussi qu'il avait un œil sur un de ces adeptes du secret, marié avec une citoyenne australienne d'origine grecque orthodoxe, au tempérament instable et au comportement trouble.

« Trouble ? Comment ?
-Trop impliqué. Et impliqué pour les mauvaises raisons.
-Les mauvaises raisons ?
-Il est trop fasciné par le secret. Est-ce qu'il est attiré par le secret parce qu'il a des tendances à la schizophrénie ? Je ne suis pas shrink, seulement rabbin. Et ça me suffit pour dire que cet homme pourrait être dangereux.
-Tu as un nom ? »

Le rabbin regarda le policier d'un air sévère.

« Je connais cet homme en secret.
-Tu as toujours de jolies figures de rhétorique, Dovid ! En tous les cas, si tu sais que cet homme peut devenir dangereux ou qu'il est capable d'avoir commis un crime, tu me préviens.
-Tu me connais. »

L'après-midi prenait fin et le soleil se couchait lorsqu'ils se quittèrent rapidement sur le trottoir, il pleuvait à seaux. Une poignée de main avait suffi et s'engouffra, trempé, dans sa vieille Ford Falcon. En arrivant à la baie, sur un trottoir battu par la pluie rebattue par le vent, une immense masse noire, une imposante femme à moitié nue levait une main au ciel gris trop sombre, le majeur relevé. L'eau dégoulinait sur elle comme mille ruisseaux. Mama Yarra ! Il voulut s'arrêter, il ne put le faire immédiatement, il était pris dans la circulation. Il actionna son gyrophare, tourna vite dans une ruelle, gara à l'arrache sa voiture et courut vers la baie. Bien évidemment, Mama Yarra avait disparu. Il resta hébété. Sous la pluie de plus en plus cinglante. Mama Yarra ne l'aimait plus.

Chapitre quinze.
Lundi 2 juillet 2001.

L'équipe s'était rapatriée dans la salle de toutes les réflexions puisque la docteure Trish Mac Thomas avait reçu quelques livraisons à traiter d'urgence et qui intéressaient d'autres Polices Stations. Le Directeur Général de la Police du Victoria, Deepak Patel, avait partagé le Greater Melbourne en deux et avait confié la supervision médico-légale de la moitié nord et ouest au docteur Agapito Sansoni et l'autre moitié à celle qui avait créé un palais de la morgue de la Police Station de City of Melbourne. Ils coordonnaient chacun une jolie équipe de collègues qui mettaient chaque jour que l'Éternel créait, les mains dans les morts. Agapito Sansoni était reparti dans ses confins, non sans avoir assuré Spiegelman qu'il le tiendrait au courant dès que Mexico se manifestait.

« Voilà ! »

Maintenant qu'ils avaient été bannis des enfers de la Police station, Spiegelman pouvait enfin se concentrer sur ses tableaux blancs. Il était arrivé tôt et seul. Son jeune amant devait être encore à somnoler au-dessus de sa tasse de café et de son bol de céréales. Le vieux policier avait eu du mal à le quitter. Il était beau et doux. Incroyable !

« Carl est amoureux ! »

La phrase avait bruissé, elle était passé de bouche en bouche pendant tout le week-end. Elle était même arrivée aux oreilles de la fille des faux époux Bear.

« Quel gâchis ! »

Elle ne parvenait pas à se faire à l'idée qu'elle n'avait aucune chance d'avoir ce vieux beau dans son lit. Elle craquait à chaque fois qu'elle le voyait et cela devenait de plus en plus difficile de ne pas faiblir à sa vue. Peut-être était-ce pour cela qu'elle avait essayé de nombreuses fois de… le… de le…

« Pédé, Spiegelman ! Incroyable ! »

Cette seule pensée la hantait tant qu'elle avait de plus en plus de mal à se concentrer. Quelle idée avait-elle eue d'embarquer Spiegelman dans cette chasse au magot ! D'accord, elle respectait les vœux de la Vieille. D'accord, elle s'était réjouie de se retrouver sur une affaire avec lui. Un temps seulement parce que, maintenant, en sachant qu'elle n'avait plus aucune possibilité de le coincer contre un mur pour l'embrasser à pleine bouche… Elle en avait des bouffées de chaleur ! La ménopause ? Non, elle était trop jeune pour ça ! L'amour, ma belle, l'amour !

« Ah d'accord, il fallait que ça me tombe dessus… »

Spiegelman profitait de sa solitude et du calme de la salle de réflexion pour organiser ses tableaux blancs. Le calme était relatif parce que la salle était aveugle mais située au centre de la Police Station et agissait comme une sorte de caisse de résonnance. On y entendait le bruit sourd de la vie perpétuellement mouvementée du bâtiment. On y ressentait, mélangées, toutes les émotions, toutes les énergies des gens qui y travaillaient ou y séjournaient ou qui le traversaient. Cette vie, cette énergie nourrissaient Spiegelman.

« Voilà ! »

Il venait de placer au centre d'un troisième tableau blanc la photographie d'Abraham Yoav. Les trois tableaux blancs étaient placés côte à côte. Sur celui du milieu, la photographie d'Axel Hebron. Sur celui de gauche, celle de Tony Marks. Il avait aussi réaménagé la salle de toutes les réflexions afin qu'ils pussent avoir le maximum de recul pour observer les tableaux blancs et le maximum de place autour de la grande table commune. Toutes les armoires avaient été placées dans les salles d'interrogatoire une et deux, les plus proches. Spiegelman avait besoin de vide. D'essentiel. De distance. Il avait surtout besoin de preuves, de pistes, de coupables, d'armes de crime, de témoins. De tout, quoi ! Cela faisait une dizaine de jours que le premier macchabée avait été retrouvé transpercé par trois fois d'un carreau d'arbalète et il n'avait toujours rien.

« Wallou, nada, niente, tipota, gornisht, kucch nahin ! »

Et idem pour l'autre macchabée. Il recula et avança plusieurs fois, les yeux exorbités et rivés sur les informations qu'il avait rassemblées et reliées sur les trois tableaux blancs. Il se brûla plusieurs fois les lèvres avec le café parce qu'il avait mal visé sa bouche. Il avait toujours des problèmes de motricité lorsqu'il réfléchissait intensément. L'odeur du café le réveillait régulièrement, à chaque fois qu'il se perdait sur des pistes incohérentes. Trish les avait chassés de la chaleur de sa morgue mais pas sans café. Elle avait préparé deux grands thermos de cette petite merveille des montagnes du nord du Vietnam. Et seul, dans cette salle où s'aimantaient toutes les forces de cette Police Station, il dégustait à petites gorgées, approximativement acheminées jusqu'à sa bouche, le fabuleux breuvage que le Tonkin murissait sur ses collines lointaines. Il grimaça. Pas à cause du café, mais de la poésie qui n'arrêtait pas de l'envahir pour le perturber. Resterait-il le seul à ne pas s'apercevoir qu'il était amoureux ? Terriblement, effroyablement amoureux. Bêtement, aussi. Amoureux comme un gosse, ce vieillard à moitié sénile ! Quelqu'un devait le mettre en face de sa propre réalité.

« Chief Superintendent ? Il est là.
-Déjà, si tôt ?
-C'est que…
-En salle d'interrogatoire numéro trois.
-Mais il n'est pas trop…
-Pas trop ?
-Il ne vous servira pas à grand-chose, il a beaucoup consommé.
-Alcool ?
-Entre autres. A vue de nez. Il a été appréhendé alors qu'il sortait éméché d'un sauna… coquin.
-Encore ces saunas ! C'est la nouvelle mode en ville ou quoi ?

-Vous savez, moi…
-Allez me chercher un de nos médecins pour qu'il l'ausculte et détermine si notre homme est apte à témoigner et s'il ne l'est pas, quand il le sera et ce que nous devons faire pour qu'il le soit. La totale, quoi.
-…
-Allez-y, filez ! Qu'est-ce que vous regardez ?
-C'est impressionnant…
-Quoi ?
-Tout ça, ces photos, ces fils, ces notes. C'est comme si vous aviez étalé votre cerveau sur ces tableaux… Impressionnant…
-Filez ! »

S'il disait vrai, le cerveau de Spiegelman était bien vide… Et son cas désespéré. En plus, il commençait à tourner en rond. Venir tôt, c'était bien agréable, on pouvait réfléchir au calme. Mais il était plutôt du genre grégaire, malgré son aspect de brute brusque et butée. Et il avait du boulot à distribuer. Et il devait confronter ses premières réflexions de la semaine à des points de vue différents. A la pensée systématiquement contradictoire d'Agni Kortsidaki. Aux réflexions fantaisistes de Silvester Fork, le shrink. Au tempérament posé et méditatif de Deepak Patel. Au sens commun de Trish… Ah non, elle, elle découpait du cadavre dans son antre, il ne fallait pas la déranger. Il regarda sa montre à plusieurs reprises et constata que ses mains commençaient à trembler, il fallait qu'il mange quelque chose et mette le holà au café.

« Ah pas trop tôt !
-Bonjour à toi aussi. »

Agni Kortsidaki regarda sa montre. Avait-elle passé si longtemps dans les embouteillages ? Non. Spiegelman était juste impatient.

« Du nouveau ?
-Euh, non, Carl ! Je viens d'arriver, comme tu me l'as aimablement fait remarquer sans me saluer.
-Pas de cadavre dans ton lit ? »

Elle ouvrit la bouche pour l'agonir, mais le téléphone de Spiegelman sonna et, miracle de plus en plus fréquent, il répondit.

« Carl, c'est moi.
-Oui ?
-J'ai dû partir pour Vanuatu. Je suis à Espiritu Santo.
-Qu'est-ce que tu fous là-bas ?
-Nous avons acheté un domaine sur une plage.
-Qui ça, nous ?
-...
-Tu peux tout me dire, nous sommes associés, maintenant.
-Bébé et moi.
-Bébé et toi ? Mais tu m'avais dit que...
-Je sais, c'est que...
-En fait, je m'en fous ! Juste par curiosité, qu'est-ce que vous allez faire de cette plage dans le trou du cul du Pacifique ?
-Un hôtel de luxe.
-Du tourisme, à Vanuatu ? Vous êtes tombés sur la tête ?
-Je n'ai pas le temps de te parler investissement et développement économique du Pacifique. Je voulais juste te dire que je te recontacterai vers le 20. Je devrais être de retour en Australie à ce moment-là.
-Dis-moi !
-Oui ?
-Si tu as déjà du fric pour te construire un hôtel à Vanuatu, pourquoi tu veux à tout prix aller derrière cette cascade ?
-Devine ? »

Si tu en avais, tu en voulais encore plus. C'était ce que le grand-père, shohet de Spiegelman disait toujours, qui lui recommandait de toujours posséder peu pour posséder bien.

« Tu parles du 20 juillet ?
-Oui, pourquoi ?
-Parce qu'il fera encore plus froid que...
-Et alors ?
-Pour te prévenir. Tu sais que je connais les environs. Tu as prévu du monde pour transporter les caisses de lingots ?

-Ne te fous pas de ma gueule, tu seras content quand tu recevras ta part. Oui, j'ai prévu quelques personnes de confiance.
-En parlant d'hommes de confiance, Bébé est dans la confidence ?
-Pour le magot ? Non ! Pourquoi ? Je ne mets pas tous mes œufs dans le même panier.
-Et à moi, tu en caches combien, de tes plans foireux ?
-Foireux ? Foireux ? Ne parle pas de mes plans comme ça. Sois déjà content que j'aie accepté de t'associer à celui du magot de la Vieille. Ciao ragazzo ! »

La fille des faux époux Bear parlait italien ? Cette petite famille serait donc d'origine italienne. Il fallait chercher dans… Non, il ne fallait rien chercher du tout et se concentrer sur les deux macchabées au nez troué. Les Fédéraux, Wojcik, Deepak Patel, l'univers entier savait déjà qu'elle avait quitté le territoire national. A l'occasion, il les informerait qu'elle lui avait dit revenir en Australie autour du 20. Basta ! Retour à la prise de chou principale. Les membres des équipes de jour et de nuit du week-end avaient eu du temps et avaient pu rassembler le nom de tous les artisans qui auraient pu confectionner un carreau d'arbalète. Le week-end avait été calme une fois que toute l'équipe de Spiegelman avait quitté la Police Station pour prendre un repos mérité. Le Chief Superintendent avait remis la machine à neurones en route et tous devraient dépoter. On lui apporta la liste. Par acquis de conscience, il la croisa avec celle du Yougo. En vain. Il ne fallait absolument pas que Deepak Patel oubliât de demander à Juric d'autres listes. Le Yougo devait élargir sa sélection.

« Pourquoi tu as mis Axel Hebron au centre ? »

Spiegelman lança à la belle Minoenne un regard noir. D'autant plus noir qu'elle avait sans doute raison. Abraham Yoav pouvait être le point commun entre les deux macchabées et il n'était pas mort. Il avait pu leur fournir la cocaïne empoisonnée. Volontairement ou sans le savoir. Il devait être au centre…

« Et on a réussi à mettre la main dessus ?
-Oui.

-Et tu ne m'as rien dit. »

Spiegelman releva le nez de sa liste d'artisans.

« Bonjour Agni.
-Tu es malade ?
-Je te redis bonjour, mais plus fort afin que tu m'entendes cette fois-ci et que tu arrêtes de faire la gueule parce que tu penses que je ne t'ai pas dit bonjour. »

La communication passait parfois étonnamment mal entre la policière et son mentor, son ex-amant, son ex-sexfriend, son ex-ami intime. Elle fut aussi sa patronne. Un temps seulement. Tant de choses s'étaient passées depuis ce maudit 26 janvier, jour du centenaire de leur grand et beau pays ! Ils en étaient arrivés à se fighter un lundi matin, autour d'une tasse de café et de trois tableaux blancs à moitié vides.

« Je ne t'ai rien dit parce qu'Abraham Yoav vient seulement d'être appréhendé. Il vient d'arriver à la Police Station. Regarde ! Le docteur Carlson vient d'arriver pour l'ausculter.
-Pourquoi ? Il est malade ?
-Plutôt chargé comme un mulet indien. Je veux savoir quand il sera légalement prêt pour un interrogatoire.
-Il était dans quel état. Tu l'as vu ?
-Non, il vient d'arriver, je te dis.
-D'accord, d'accord ! Calme-toi.
-Aide-moi plutôt !
-A quoi faire ?
-A déplacer les tableaux blancs.
-Je vais d'abord me chercher un café chez Trish.
-Non !
-Je vais me gêner ! »

La petite Grecque à bouclettes était coriace ce matin et toute frisée parce qu'elle n'avait visiblement pas eu le temps de mettre de l'ordre à ses cheveux et que le temps était tellement humide ! Hirsute et moulée dans un jean délavé et un chemisier pigeonnant, elle était extrêmement attirante. Spiegelman n'était-il pas devenu pédé ? Il regardait tout de même toujours les femmes ! Spiegelman aimait les belles choses et les belles personnes, voilà tout.

« Trish ne veut pas qu'on la dérange. Elle nous a fait deux thermos. »

Agni Kortsidaki grogna et se servit le plus grand mug possible de café.

« Carl, je crois qu'on fait fausse route.
-Je suis d'accord avec toi.
-Pardon ? Répète !
-Je suis d'accord avec toi.
-Wow ! Fiesta ! Cotillons ! Nous sommes d'accord !
-Arrête tes conneries, Agni, poursuis !
-Pour l'assassinat d'Axel Hebron, il faut retourner creuser autour de l'Alliance Française puisque la Brigade Financière et les témoins s'accordent sur cette idée de réconciliation entre le père et le fils.
-Je suis à nouveau d'accord avec toi.
-Champagne ! Ah non, je range le champagne, tu as ta tête de quand tu vas dire 'mais'…
-Mais cette réconciliation pourrait aussi être une piste. Il faudrait voir qui perdait le plus en cas de concrétisation de cette réconciliation.
-Elle ne marche pas, ton idée, Carl.
-Et pourquoi pas ?
-La Financière nous l'a confirmé. Le décès d'Axel Hebron va accélérer le processus de fusion des deux entreprises puisque le père est le seul héritier du fils. Donc celui ou celle qui aurait à perdre des billes dans la réconciliation, en perd tout autant, voire plus, et plus rapidement avec le décès du fils.
-Pas con.
-Merci.
-Donc tu as, encore une fois raison, et nous sommes, encore une fois, d'accord, il faut se pencher sur ce truc français. C'est bizarre, non ? Un centre culturel français !
-Les Italiens, les Britanniques en ont aussi un.

-Les Italiens, oui, je comprends. Les Britanniques, oui… Mais les Français, qu'est-ce qu'ils ont à nous montrer de si important.
-Carl ?
-Oui ?
-Tu es un excellent policier, mais laisse la critique culturelle aux gens qui sortent. Tu es allé à l'opéra récemment ?
-A l'opéra, jamais !
-Au cinéma ?
-Il y a des années que je…
-Dans une galerie ?
-Non !
-…
-Oui, mais bon… »

La Constable Mc Guinness était chargée de l'Alliance Française de Melbourne. Elle y organisait la surveillance du bâtiment et faisait le lien entre le centre culturel et la Police Station. Elle venait d'entrer dans la salle de toutes les réflexions.

« Woaw !
-Quoi woaw ! Quoi woaw ! Qu'est-ce que vous avez tous à vous extasier sur ces tableaux blancs ? Ils sont à moitié vides et ils ne nous mènent nulle part.
-La Constable Mc Guinness a le droit de t'admirer sans que tu pètes un câble. Calme-toi, Carl ! »

La Constable avait vite fait de refermer sa bouche. Elle connaissait l'animal, elle avait travaillé sous ses ordres sur toutes les affaires récentes. Il était professionnel, habituellement respectueux des femmes qui travaillaient pour lui, souvent gentil, parfois même souriant, toutefois, les récentes attaques sur sa personne l'avaient rendu quinteux, lunatique, rogue, acariâtre…

« Chiant, oui ! Pas besoin de grands mots, tu es devenu chiant, Carl ! Constable Mc Guinness, dites-moi ce qui vous amène et ne vous souciez pas du patron, il reviendra à lui.
-Ils viennent d'avoir une réunion de conseil d'administration.
-Ils ne nous ont pas prévenu.

-Non, c'est l'agent que j'avais placé pour la surveillance du bâtiment qui vient de me téléphoner. Il a constaté du mouvement sur le car park du fond. Il est allé leur demander ce qu'ils faisaient. Ils lui ont répondu qu'ils faisaient ce qu'ils voulaient dans leur association et patati patata. J'ai téléphoné plusieurs fois à Dave Hebron. Il m'a répondu quand la réunion était terminée.
-Qu'est-ce qu'il a dit ?
-Qu'il arrivait.
-Qu'il arrivait ?
-Ici.
-Je téléphone à Mike Moffat. Il aurait pu me prévenir.
-Pas la peine.
-Et pourquoi, Constable, ne pourrais-je pas appeler le juge Moffat ?
-Parce que je lui ai déjà téléphoné. Il m'a répondu, depuis son bureau au palais, qu'il n'était pas au courant de cette réunion et qu'il n'y avait même pas été convié. »

On entendit du bruit dans les couloirs. Deux hommes d'un âge certain s'empoignaient.

« Pas la peine de faire semblant de le pleurer, tu ne l'aimais pas, ton fils, tu le détestais, tu l'as toujours détesté. Il n'y en avait que pour ton entreprise et ton Samuel.
-Ferme ton grand claque-merde de pochard mondain ! »

Il avait de la répartie dans la chicane, le président Hebron ! Et le juge Moffat savait attaquer mais dévoilait trop son visage qui se prenait pain sur pain. Les deux gentlemen se secouaient comme des vieux pruniers en fin d'été. Dave Hebron avait l'avantage, Mike Moffat était dans les cordes. Spiegelman siffla la fin du combat. Les agents séparèrent les pugilistes. Chacun fut placé, éructant et érubescent, dans une salle d'interrogatoire séparée, le temps de l'apaisement et des explications. Mike Moffat était furieux, et on avait pu le constater, parce qu'il n'avait pas été convié à ce conseil d'administration exceptionnel.

« Et ça suffit pour provoquer chez vous une telle colère ?

-Mais enfin, sans me prévenir ! Je suis le numéro trois de l'Alliance ! Je donne tout mon temps libre à cette association, et même plus, mon réseau, mes amis... Et puis je ne suis pas n'importe qui… Carl, vous le savez, vous ! »

Spiegelman regardait le visage du petit homme s'empourprer à nouveau. Pas content, le juge !

« Alors j'ai téléphoné à Hebron. Il n'a pas daigné me répondre. J'ai senti qu'il y avait une entourloupe. »

Quand il ne jurait pas comme un charretier, il avait un vocabulaire délicieusement suranné, le juge !

« J'aurais bien sauté dans ma voiture, mais avec les embouteillages à cause du carrefour de…
-On ne va pas refaire l'histoire de la circulation à Melbourne…
-Je n'y suis pas allé. De toute façon, je n'y avais pas été convié. Ce qui n'est pas légal. Je vais exiger une nouvelle réunion qui annulera celle-là. Si ça se trouve, je devrai venir déposer une plainte ici.
-Non, pas ici. L'Alliance Française de Melbourne dépend de la Police Station de City of Port Phillip. Ce n'est pas le propos.
-Non, le propos, c'est que j'ai été démissionné de ma fonction de trésorier. Par le conseil d'administration, sans que je puisse me défendre.
-Et pourquoi avez-vous été démissionné ? Parce que là, je ne vous suis plus du tout.
-A cause de l'enquête. Sous le prétexte que je serais juge et parti.
-Là, sans vouloir vous offenser, ils ont raison. Vous auriez pu démissionner de vous-même.
-Mais enfin ! Moi, démissionner de l'Alliance Française de Melbourne ? Vous ne comprenez donc pas ce qu'elle représente pour moi ? »

Le voilà qui s'embrasa à nouveau. Spiegelman l'abandonna à sa fureur et se fit remplacer par un musculeux agent. Un homme, fût-il petit et âgé, pouvait développer une force herculéenne s'il était mû par une violente colère.

« A nous, Monsieur Hebron, que se passe-t-il ?
-Vous avez vu ? Vous avez vu, Monsieur Spiegelman, c'est bien ça, votre nom ?
-Chief Superintendent Spiegelman. Expliquez-moi plutôt ce que j'ai vu.
-Je venais vous voir pour vous annoncer les décisions de notre dernier conseil d'administration exceptionnel.
-Vous auriez pu me les téléphoner.
-Elles étaient d'importance.
-A ce point ? Et alors, que s'est-il passé ? Pourquoi avez-vous transformé ma Police Station en ring de boxe ?
-C'est lui, c'est cet horrible vieillard qui m'a sauté à la gorge à peine suis-je arrivé à votre étage.
-Doucement, Monsieur Hebron, vous insultez un digne représentant de la justice de Sa Gracieuse Majesté. Et pourquoi vous a-t-il sauté à la gorge ?
-Il m'a insulté.
-Et pourquoi vous a-t-il insulté ?
-Je lui avais téléphoné nos décisions.
-Quelles étaient-elles pour qu'elles le mettent dans cet état ?
-Je me suis retiré de tous mes mandats à l'Alliance Française et le conseil d'administration m'a remplacé à la présidence.
-Grégoire Loiseau ?
-Oh non, quelle idée !
-Une belle idée, non ? En plus un vice-président…
-Vous n'y comprenez rien. Il faut être bien plus subtil avec l'Alliance Française de Melbourne, sa direction, son organisation.
-Monsieur Hebron, je perds patience. Qui vous remplace et pourquoi avez-vous boxé le juge Moffat dans ma Police Station ?
-Il pensait qu'il allait être le prochain président quand je me retirerais, ce vieux Moffat. Mais il le savait, même s'il feignait de l'oublier : j'ai toujours dit que, moi vivant, Moffat ne deviendrait pas président. Ni lui, ni un autre rejeton de ce maudit clan d'Ecossais ! »

Dave Hebron aurait bien voulu cracher par terre, mais un regard noir de Spiegelman l'en empêcha. Le père endeuillé commençait à perdre sérieusement l'esprit. Ce qu'il venait de commettre dans l'enceinte de la Police Station permettait à Spiegelman de le mettre en garde à vue et de le forcer à consulter des médecins. Alors qu'il venait d'être rejoint par ses avocats, Dave Hebron éructa, triomphant, le nom de la personne qui se trouvait à présent à la tête de ce centre culturel français si convoité.

« Elena Koutoufides ! C'est elle ma remplaçante ! »

Les avocats ne contestèrent ni la garde à vue de leur client, ni son passage obligatoire par la case Royal Melbourne Hospital. Ils semblaient tout aussi épuisés que lui. Spiegelman retourna auprès du juge Moffat qui s'était un peu apaisé.

« Et c'est aussi parce que vous n'avez pas été élu président que vous lui avez sauté dessus ?
-Non. Oui. C'est de la colère. Cette Alliance me bouffe. Je ne parviens pas à me contrôler quand je m'énerve à son sujet. De toute façon, je n'ai pas assez de partisans pour devenir président. Même avec l'aide du directeur…
-Du directeur… Il est où, celui-là ?
-En vacances.
-On assassine le fils de son président sur le perron de son Alliance et il reste en vacances.
-C'est que le consulat, l'ambassade, le ministère ne parviennent pas à le localiser. Vous pourriez peut-être le faire, avec vos amis d'Interpol.
-Monsieur le Juge, vous perdez la raison ! Il n'y aucune raison pour qu'on émette un mandat international. Quel est son employeur principal, puisque j'ai compris qu'il n'était pas payé par l'Alliance ?
-Le ministère français des affaires étrangères.
-Si eux n'arrivent pas à mettre la main dessus… Et puis il n'est juste qu'un témoin de seconde zone puisqu'il était déjà en dehors du territoire au moment des faits. »

Le juge Moffat vit passer dans le couloir la figure étrange de John Koutoufides. Il était grand et musculeux tel un lutteur antique et pourtant sa démarche hésitante, son dos vouté et ses énormes mains ballant le long de son robuste corps lui donnaient un aspect falot, évanescent.

« Qu'est-ce qu'il fait ici ?
-Monsieur le Juge, je serai formel, aux deux sens du terme. Ce n'est plus votre affaire, vous y êtes trop impliqué à titre personnel. Enfin, ce n'est pas moi qui décide, mais j'imagine. Je vous laisse partir, mais ne vous méprenez pas, nul n'est au-dessus des lois. Si les avocats d'Hebron le poussent à porter plainte…
-Ça va, ça va !
-…
-Ne me regardez pas comme ça, Spiegelman ! N'oubliez pas que je vous ai sorti de la merde plusieurs fois, récemment. »

Spiegelman regarda le vieux juge rondouillard et rubicond s'éloigner et aperçut la silhouette ondoyante du shrink. Il avait cet air à la fois hilare et sérieux qui n'appartenait qu'à lui et à tous ceux et celles qui se sentaient habités par une foi et un destin inébranlables et qui s'en réjouissaient sottement, presque puérilement. De plus, il avait l'air de ces mauvais jours où il avait remâché toute la nuit la même idée, celle qui allait le faire tenir debout et agité jusqu'à ce que tous fussent convaincus de sa véracité.

« Agni, Carl ! Je n'en ai pas dormi de la nuit, on m'a dit que…
-'On' est bien con, alors ! Qui t'a averti de quoi ? Entre au lieu de t'agiter dans le couloir…
-On m'a dit que vous aviez…
-Assieds-toi d'abord, tu me donne le tournis.
-Tu as trop bu de café.
-Non, c'est toi qui me soules déjà.
-Charmant, comme accueil, Carl !
-Ne t'inquiète pas, Silvester, si ça ne lui passe pas, il suffit qu'on l'abandonne.
-Bonne idée, Agni. En fait, Carl a le syndrome de Moïse.
-Le syndrome de Moïse ?
-On pourrait l'appeler le syndrome de Krishna, chaque grande religion compte parmi ses éléments moteurs un enfant abandonné. Enfin, de ce que j'en connais.

-Carl aurait donc le syndrome de Moïse et ça consiste en quoi ? »

Spiegelman regardait ces deux-là se gausser en se gargarisant de métaphores et paraboles.

« Le syndrome de l'enfant abandonné.
-Oui, oui, je comprends ! C'est ce que je disais, il suffit de le laisser tomber et il se calme. Il a besoin d'attention, alors…
-Ça va tous, les deux ? Ça vous amuse de vous foutre de ma gueule devant moi ?
-Ah tu étais ici, Carl ! Un café ?
-Non.
-Tu as tort, il est très bon. »

Ces petites piques avaient détendu l'atmosphère et aiguisé les esprits.

« Silvester, pourrais-tu, calmement et rapidement surtout, nous dire ce qui te hante depuis cette nuit.
-Vous abandonnez la piste de la bataille économique entre le fils et le père, c'est ça ?
-Oui.
-Et donc que ce soit l'adjoint du père qui a tué le fils.
-Nous abandonnons cette piste, en effet. »

Fork prit une grande gorgée de café, l'avala et secoua la tête en grimaçant.

« Tu n'aimes pas le café ? C'est du vietnamien. »

Il secoua à nouveau la tête.

« Vous ne réalisez pas la gravité de la situation ?
-Visiblement pas.
-Vous n'avez pas compris qu'ils s'appellent comme dans la bible ?
-Développe.
-Dave Hebron, il s'appelle comme le roi David, roi d'Hebron. Samuel Yoav, il s'appelle comme Joab, le général du roi David, dans

le Second Livre de Samuel. Et le meilleur, pour la fin ! Axel, c'est un dérivé nordique, d'Absalon. Axel, dans les langues scandinaves, c'est Absalon. Et sa boîte, il l'a nommée Ephraim, comme le bois dans lequel Absalon a perdu la vie. Le bois d'Éphraïm. Et qui l'a tué, Absalon ?
-Tu nous l'as déjà rabâchée, ton histoire.
-C'est Joab ! Il l'a tué parce qu'il pensait qu'il était une menace pour son roi vénéré. Et Joab, dans la réalité, c'est Samuel Yoav ! »

Agni Kortsidaki regarda interloquée Spiegelman. Le shrink était complètement barré. Parce que leurs noms ressemblaient vaguement à une légende, ils rejoueraient dans la vraie vie cette légende ?

« Non, non ! Enfin oui. Non, ça n'est pas une légende pour eux. Ni pour toi, Carl. Il s'agit de religion.
-On ne parle pas de moi, ici, mais d'eux.
-Tout ce petit monde-là appartient à une version allégée des hassidiques. Pour faire rapide, une version sans déguisement, plus intérieure, sans ostentation, ni ghettoïsation. Une communauté qui s'intègre sans problème, ni rejet, dans le monde non-juif.
-Tu peux nous donner la version digest de ton histoire ?
-Donc ils sont très croyants et la conjonction de leurs noms correspond à un épisode la Bible.
-Tu veux nous faire croire que, parce qu'ils se nomment…
-Je ne veux rien vous faire croire, juste vous expliquer les fondements de l'âme humaine. Tout du moins quelques bribes applicables à notre cas, c'est tout. Je n'en aurai que pour cinq minutes.
-Menteur !
-Un nom peut en dire énormément sur la psyché de celui qui le porte.
-Lacanien ?
-Pas du tout. Il s'agit de deux ressors qui se combinent. D'un côté, durant toute l'enfance, on aura répété à l'enfant la raison pour laquelle on l'a nommé ainsi. Une grand-tante, un grand roi, un chanteur. L'enfant va se construire un peu, dans sa pensée consciente, mais aussi inconsciemment, autour de l'image de référence qui correspond à ce nom, à ce qui le nomme, à ce qui le définit en premier lieu par rapport au reste du monde. Il va se

construire autour ou contre ce nom, cela va de soi et c'est la même chose. D'un autre côté, devenu adulte, il continuera à s'identifier à cette image ou à la rejeter. Il se renseignera à son sujet ou il l'ignorera. Consciemment et inconsciemment, il persistera à bâtir cette relation à ce nom qui le définit, qui le constitue. Ce n'est pas innocent que Dave ait appelé son fils Axel, ni qu'Axel ait nommé son entreprise Ephraim, ni que Samuel Yoav et Dave Hebron aient été attirés l'un vers l'autre. Aucun de nos personnages ne devait ignorer cette histoire majeure de la Bible. Les cultures et religions des Aborigènes nous apprennent que l'homme revit incessamment les mêmes histoires. Avec quelques légers changements, mais les mêmes.
-C'est beau ce que tu dis.
-Moi, je m'écraserais peut-être même une petite larme au coin de l'œil…
-Mais tout ça, c'est du roman. Moi, je veux des preuves ! Tu as des preuves ?
-Oh ! »

Le shrink venait de gueuler. Agni Kortsidaki sursauta, Spiegelman en reversa son mug de café.

« Ça suffit ! Je ne suis pas payé pour vous filer des preuves, merde ! Vous comprendrez un jour à quoi je sers ? Je sers à vous expliquer ce qui se passe dans la tête des gens qui vous entourent et que vous ne parvenez pas à comprendre ! A vous décentrer de votre manière égotiste et bornée de penser le monde. Pas à vous apporter des preuves ! Je pense, vous agissez ! »

Le shrink s'arrêta net de hurler, de faire des grands gestes et posa délicatement son mug sur la grande table encombrée de dossiers. Il leur sourit, opéra un vaste demi-tour à grande enjambée et s'éclipsa en refermant doucement la porte, laissant les deux policiers estomaqués. Agni Kortsidaki se racla la gorge, Spiegelman toussota avant de se remettre en route.

« Nous avons Abraham Yoav en cellule de dégrisement médicalisé, John et Elena Koutoufides, chacun dans une salle d'interrogatoire. Et Dave Hebron est dans notre salle d'attente.
-Dis, Carl ! Tu y crois, à son histoire.
-Je ne sais pas. Je ne sais plus. Je ne sais rien. Je vais voir Dave Hebron. Je lui demanderai de nous faire parvenir les minutes de leur dernière réunion. Je vais lui demander de rentrer chez lui. Je le recontacterai plus tard. J'ai envie de me concentrer sur John Koutoufides, le pâle mari de la nouvelle présidente.
-Et donc moi, je me tape la redoutable Maître Koutoufides.
-Redoutable ? Oui, mais la plus redoutable de toutes. Tu n'en feras qu'une bouchée. Interroge-la sur son mari, plus que sur elle.
-C'est ta nouvelle fixette, le transparent John Koutoufides ?
-Tout à fait.
-Mais il ne rentre dans aucun de nos schémas.
-Il en constitue un à lui tout seul. La piste John Koutoufides ! Pas mal, comme titre de film de merde. J'en toucherai deux mots à Antonia Zecco, peut-être qu'elle produit encore des films depuis sa cellule.
-Tu es trop bavard en ce moment, Carl. Tu me fatigues. C'est épuisant, les gens amoureux ! »

Spiegelman entra dans la salle d'interrogatoire numéro 3 où l'attendait John Koutoufides, très agité.

« Je ne dirai rien sans mon avocat.
-Monsieur Koutoufides, vous n'êtes accusé de rien, vous n'avez besoin d'aucun avocat, rassurez-vous ! Et puis votre avocat, c'est votre épouse et elle est dans la salle d'interrogatoire juste à côté. Elle n'est pas loin.
-…
-Vous allez bien, Monsieur Koutoufides ?
-Bien sûr, pourquoi ?
-Vous avez l'air agité. Prenez-vous des substances stupéfiantes ?
-Vous m'insultez, Monsieur !
-Calmez-vous ou je serai contraint de procéder à des prélèvements en vue d'analyses toxicologiques. »

Il faisait très flic, Spiegelman, lorsqu'il le voulait. Et dans ce cas-là, il voulait clairement impressionner le grand et musculeux homme falot qui se trouvait en face de lui.

« Comment vont les affaires, Monsieur Koutoufides ?
-Quel est le rapport avec votre enquête ?
-Tout a rapport avec tout, Monsieur Koutoufides. Alors, les affaires ?
-Pourquoi me posez-vous cette question ?
-Vous êtes juif, Monsieur Koutoufides ?
-Non, bien sûr que non ! Pourquoi je le serais ?
-Moi, je le suis et je reconnais souvent mes coreligionnaires à un détail.
-Lequel ? »

John Koutoufides tremblait comme s'il allait être démasqué.

« Ils répondent toujours aux questions qu'on leur pose par une autre question.
-...
-C'est une blague. Une blague juive.
-...
-Votre grand-père ?
-...
-Il n'était pas juif ? Juif de Ioannina ?
-...
-Je le crois, parce que pour être rabbin, il faut être juif, non ? Votre grand-père était un rescapé de la communauté romaniote de Ioannina. Qu'est-ce qui fait que votre famille ait perdu sa judaïté en arrivant en Australie ? Pourtant, issue de l'illustre Hakham Bachi Mizrahi.
-Qui est-ce qui vous a dit tout ça ?
-J'ai de la culture. Rabbin de père en fils depuis Eliyahou Mizrahi au XVème siècle et puis, plus rien. Plus de trace ici des Mizrahi de Ioannina. Ils disparaissent à leur arrivée à Melbourne. Un nouveau pays, un nouveau nom, une nouvelle religion. Étonnant, très étonnant...

-Qu'y a-t-il d'étonnant ? Mon grand-père, le dernier Rabbi Mizrahi d'Ioannina, n'a échappé à la Shoah que pour en devenir fou de douleur en apprenant son étendue. Il ne s'est pas pardonné le fait d'y avoir échappé et d'avoir abandonné sa communauté. Un matin, il avait oublié l'hébreu, la Torah, tout. Il ne parlait plus hébreu, plus ladino, rien qu'un peu d'anglais approximatif. Et puis il s'est tu. Alors mon père a décidé de partir pour l'Argentine. Ils s'étaient réfugiés en Espagne, juste avant les dernières grandes rafles de 44 en Grèce. Et puis, mon père ne m'a jamais expliqué pourquoi, il est arrivé avec son père fou en Australie. Je passe les détails, il s'est enregistré et a enregistré son père d'un nom bien grec et bien orthodoxe. Il s'est converti et s'est fondu dans la communauté grecque de Melbourne. Personne ne sait, ici, que je ne suis que la deuxième génération d'orthodoxe.
-Même pas votre épouse ?
-Non, certainement pas. Déjà que j'étais pauvre quand elle m'a choisi.
-Quand elle vous a choisi ? Drôle de façon de parler de…
-Tout le monde le sait. Elle voulait échapper au mariage arrangé par son père alors elle a pris le premier jeune grec qui passait par là pour l'épouser. Nous nous connaissions à peine.
-Vous étiez bel homme.
-On le dit.
-Et le père de votre femme lui a pardonné, visiblement puisqu'elle a repris son prestigieux cabinet.
-Entre les deux-là, c'est une passion dévorante. Pourquoi vous me demandez de parler de tout cela ?
-Et vous ne pratiquez que le rite orthodoxe ?
-…
-Vous vous intéressez à la religion de vos ancêtres ?
-C'est un crime ?
-Non, c'était une question. Juste une question. Mais à voir votre visage rosir, j'ai deviné la réponse. Vous vous intéressez à la kabbale ?
-Ah non, pas du tout ! Non, aux écritures, simplement aux écritures. Aux magnifiques histoires qu'elles contiennent.
-Aux magnifiques histoires…
-Oui, tout à fait.

-Certaines sont un peu…
-Oui, un peu… Les temps anciens…
-Ça marche, la serrurerie de bâtiment ? »

Spiegelman avait laissé s'éteindre peu à peu la conversation pour revenir à la charge au sujet des affaires de John Koutoufides.

« Très bien, oui.
-Et ça consiste en quoi, exactement ?
-Nous concevons tout ce qui est métallique ou PVC dans un bâtiment. Les grilles, les petites structures, les vérandas, les serrures et verrous, bien sûr. Rien de très intéressant.
-Tout m'intéresse, Monsieur Koutoufides. Il s'agit donc du travail des métaux, appliqué aux bâtiments.
-Oui, c'est ce que je viens de dire.
-Et vous travaillez tous les métaux.
-Non, seulement les métaux avec une certaine force et une certaine résistance.
-C'est très bien, Monsieur Koutoufides ! Je vais vous laisser partir. Vous êtes venu avec votre épouse ?
-Oui, vous le savez, elle est à côté, m'avez-vous dit.
-Je veux dire, ensemble, dans la même voiture.
-Non, non, j'ai la mienne.
-Parfait, parce que ça risque de durer plus longtemps avec elle. La Constable Mc Guinness va vous raccompagner jusqu'à la sortie. N'oubliez pas de remettre votre badge visiteur à l'entrée. Merci Monsieur Koutoufides. A l'occasion, nous pourrions faire shabbat ensemble. Je suis toujours seul pour Shabbat. »

John Koutoufides ne répondit pas à l'invitation de Spiegelman et fila très rapidement, suivi de près par la Constable Mc Guinness qui hâtait le pas. Pendant ce temps, Agni Kortsidaki s'était occupée de la revêche épouse. Rien n'était encore sorti avant que Spiegelman n'entrât en piste. Il employait un genre particulier de technique avec les personnages de la trempe d'Elena Koutoufides, ceux qui se croyaient intouchables et se voulaient indomptables. Un policier venait dérouler un tapis insipide de questions qui avaient pour but de bien endormir l'interlocuteur. Au bout d'un long moment de procédure morne et prosaïque, un autre policier se glissait dans la salle d'interrogatoire, derrière le premier policier. Avant que le suspect ne pût s'en protéger, le nouvel arrivant assénait une série de questions brusques et provocatrices. L'ancien policier, si calme, si routinier, tournait alors casaque et jouait le rabatteur, obligeant le suspect à répondre et vite et plus fort et sans réfléchir et sans mentir. Spiegelman émaillaient son interrogatoire de 'Madame Koutoufides' pour la rassurer, il ne prononça à aucun moment le nom de son époux. Il démarra la salve de questions sans saluer la suspecte.

« Madame Koutoufides, vous saviez que votre mari était juif quand vous l'aviez épousé ?
-Bien sûr que non !
-Pourquoi 'bien sûr que non', Madame Koutoufides ?
-Il était déjà pauvre, alors…
-…
-Pardon, ce n'est pas ce que je voulais dire.
-Quand avez-vous su qu'il était juif, Madame Koutoufides ?
-Quel est le rapport avec le… »

C'était là qu'Agni Kortsidaki intervenait.

« Répondez aux questions !
-Il me l'a dit plus tard.
-Quand 'plus tard', Madame Koutoufides ?
-Mais enfin…
-Répondez, bon dieu !
-Il m'a parlé de ses origines, une fois que nous avons été mariés.
-Quand vous a-t-il dit qu'il s'était converti, Madame Koutoufides ?
-Il y a quelques jours.
-Avant ou après la mort d'Axel Hebron, Madame Koutoufides ? »

Elena Koutoufides roula de grands yeux ronds en direction de Spiegelman qui était resté debout derrière Agni Kortsidaki. Elle semblait tout à coup réaliser quelque chose.

« Après. Juste après.

-Et il vous a raconté l'histoire du Roi David et de son fils Absalon, Madame Koutoufides ?
-...
-Répondez ! L'histoire du Roi David ?
-C'est... C'est ça... »

Elle semblait réellement troublée, Spiegelman en profita pour lancer la deuxième salve.

« Dans quel état était-il lorsqu'il vous a raconté cette histoire, Madame Koutoufides ?
-Maintenant que vous le dites... D'habitude, je ne le regarde pas trop, je ne l'écoute pas trop... Mais là, ce qu'il me racontait, c'était proprement... Extravagant...
-Dans quel état, répondez !
-Excité, exalté... Il était rouge, tout rouge d'énervement.
-Avait-il peur ou était-il heureux ? Cette excitation, d'où venait-elle, Madame Koutoufides ?
-Il était fier. Il m'a avoué sa conversion. Il m'a dit qu'il s'était converti, il y avait dix ans au moins de cela. Et puis il m'a parlé de la puissance de sa religion. Du fait que l'histoire se répétait. Et de cette histoire du Roi David. Je ne la connaissais pas. Je ne connais pas l'ancien testament.
-Que voulait-il dire par 'l'histoire se répète', Madame Koutoufides ?
-Il a parlé de Dave et de la mort de son fils. Il a dit qu'il s'agissait d'une répétition de l'histoire du Roi David.
-Vous avez eu une relation avec Dave Hebron, Madame Koutoufides ?
-...
-Répondez !
-C'est du domaine du privé.
-Cela veut dire 'oui'. Axel était-il votre fils, Madame Koutoufides ?
-Bien sûr que non. J'étais jeune, certes, mais nous avions pris nos précautions. Et ça n'a pas duré longtemps. Nous nous sommes mariés peu de temps après.
-Pardon ?
-Séparément, moi avec John, lui avec Jude.
-Et avec Axel Hebron, Madame Koutoufides ?

-Quoi ?
-Vous avez eu une relation avec Axel Hebron ?
-...
-Nous ne jugeons rien, Madame Koutoufides. Nous collectons juste les faits. »

Elena Koutoufides s'effondra. Elle regarda autour d'elle. Son sac avait été placé dans le coffre à la réception. Elle n'avait pas de mouchoir pour s'essuyer les joues qui se maculaient des différentes couches de maquillage mélangées aux larmes. Aucun des deux policiers ne bougea. Ils la regardaient juste, tranquillement, se vider de ses pleurs.

« Aviez-vous une relation avec Axel Hebron, Madame Koutoufides ? »

Elena Koutoufides secoua la tête. Était-ce un non grec ? La réponse était indéchiffrable.

« Vous devez répondre, Madame Koutoufides. Par un oui ou un non sonore. Un geste de tête ne suffit pas. »

La haine se mêla à la gêne dans les yeux d'Elena Koutoufides.

« Oui, voilà ! J'ai couché avec le fils après avoir couché avec le père. Et oui, il aurait pu être mon fils et j'ai quand même couché avec lui ! C'est à cause de moi qu'il s'est fâché avec son père.
-Dave Hebron connaissait votre relation, Madame Koutoufides ?
-... »

Elena Koutoufides s'effondra à nouveau, son visage était un Van Dongen, ses yeux étaient devenus immenses. Spiegelman lui tendit la boite de mouchoirs en papiers qu'il conservait dans un tiroir de la table de la salle d'interrogatoire. Le moment où tendre cette boîte au suspect était aussi mûrement réfléchi. Trop tôt et la suspecte aurait repris trop vite son éclat, sa dignité et donc sa vigilance. Trop tard et elle se serait alors fermée dans la douleur et l'incompréhension. Après le deuxième effondrement constituait souvent le bon moment pour redonner du baume au cœur au suspecte en pleurs. En offrant des mouchoirs, le policier rendait à son interlocuteur sa dignité et, par cela, le rendait plus vulnérable, puisque reconnaissant, obligé malgré lui. Juste avant la troisième salve. Il profita qu'elle se mouchait vigoureusement pour lui crier une question qui se voulait fatale.

« Votre mari savait que vous couchiez avec Axel Hebron, Madame Koutoufides ? »

Elena Koutoufides interrompit son bruyant dégagement nasal. Elle parla à travers son mouchoir qui, trop fin, se délitait dans ses doigts.

« Je vous demande pardon ?
-De quoi votre mari était-il au courant dans toutes vos coucheries, Madame Koutoufides ? »

Et c'était le moment où Agni Kortsidaki reprenait le flambeau. Plus agressive encore. Il fallait que la suspecte comprît qu'elle n'aurait ni allié, ni repos. Dans une chorégraphie bien huilée, Spiegelman s'assit sur le siège qu'Agni Kortsidaki venait de quitter pour se planter tout près de la suspecte, les deux mains sur la table, comme pour prendre possession du reste de territoire qui restait à la femme en larmes, les bajoues pleines de morve. Avec presque rien, sans artifice aucun, Spiegelman et Agni Kortsidaki étaient capables d'humilier profondément un suspect. En étaient-ils fiers ? Ils ne le savaient pas. En tous les cas, Madame Koutoufides était mûre, le moment du prêchi-prêcha était arrivé ! En piste, Spiegelman !

« Nous ne serons fiers, Madame Koutoufides, que lorsque nous aurons appréhendé le coupable de ce meurtre atroce sur le perron de votre Alliance Française chérie. Et si le coupable est votre mari et que vous le saviez, ou que vous l'aviez soupçonné sans en avoir rien dit à la police, je ne donne pas cher de votre peau ! Vous êtes avocate, vous savez à quoi vous vous exposez. Vous risqueriez de perdre votre place au barreau de Melbourne et à tous les barreaux d'Australie. »

Elena Koutoufides savait tout cela. Spiegelman et Agni Kortsidaki crurent la voir hésiter.

« Des doutes... mais pas de soupçon fondé... pas de preuve...
-Réfléchissez bien, Maître Koutoufides ! Comme le protocole officieux me l'ordonne, je téléphonerai au bâtonnier lorsque nous aurons terminé cet entretien. C'est à vous de me dire ce que je devrai lui annoncer... Nous vous laissons quelques minutes de réflexion.

Spiegelman fit un petit geste de la tête à Agni Kortsidaki et ils s'éclipsèrent. Elena Koutoufides avait le visage gonflé et maculé, le dos vouté, la tête basse et les mains qui se nouaient et se dénouaient. L'Agent Schoenmaker avait envoyé un message sur les deux téléphones. Il leur fallait impérativement contacter Deepak Patel. Le patron leur annonça que l'affaire était plus grave que prévu.

« Quelle affaire ? Nous en avons plusieurs sur le feu. »

Apparemment, la cocaïne vendue par Jure Juric avait été empoisonnée sur une plus grande échelle puisqu'elle avait déjà fait dix-sept morts. Deepak Patel avait demandé à la Brigade des Stupéfiants de répertorier toutes les morts de cocaïnomanes sur les quinze derniers jours à Melbourne. Il avait transmis la liste des défunts au Yougo qui, après enquête auprès de ses revendeurs, avait reconnu qu'ils étaient tous des clients de sa came haut de gamme. Aucun des corps n'avait été transmis à la médecine légale pour le constat de décès, puisqu'à chaque fois, la mort par overdose avait été diagnostiquée sans ouverture, ni étude toxicologique. Le bon sens avait à nouveau fait perdre un temps précieux à la Police du Victoria. Deepak Patel avait attendu les résultats des autopsies demandées en urgence à toutes les morgues, avant d'en informer Spiegelman et ses collègues. L'affaire de la cocaïne empoisonnée au curare de synthèse pouvait désormais être dissociée de l'affaire Hebron et serait confiée aux Stups. Jure Juric avait promis son entière collaboration.

« En échange de quoi ?
-Est-ce que ça te regarde, Carl ? »

La question de Deepak Patel était sans appel et se voulait sans réponse. Spiegelman aurait bien répondu qu'un jour ou l'autre, il aurait affaire au Yougo, qu'à ce moment-là, cet accord le regarderait lui aussi, que cet accord… Mais il se tut. Le moment était mal choisi pour la polémique.

« Alors on abandonne l'histoire Tony Marks ?
-Tout à fait, tu transmettras tout ce que tu as à Tom Downs aux Stups.
-Et le corps ?
-Tu le laisses à Trish, c'est Agapito et elle qui supervisent les autopsies. J'ai l'impression que nous ne sommes pas au bout de la liste. Et j'espère juste que c'est uniquement ce lot qui a été contaminé.
-Et il en dit quoi, le Yougo ?
-Ce n'est plus ton affaire, Carl. Concentre-toi sur la mort d'Axel Hebron. Tu avances ?
-Non, si, un peu, je ne sais pas.
-C'est précis. Toujours pas de nouvelles de la fille des faux époux Bear ?
-Non. Je t'en avertirai dès que j'en ai, promis.
-Après avoir averti les Fédéraux, bien sûr.
-Même avant, si tu veux.
-Ouais…
-J'ai Abraham Yoav, dans mes locaux.
-Vivant, j'imagine, sinon Trish l'aurait ajouté à la liste.
-Je viens de recevoir le rapport du docteur Carlson.
-Pourquoi tu as demandé au docteur Carlson…
-Abraham Yoav est encore vivant et tu as monopolisé tous les médecins légistes, donc je ne pouvais pas faire appel à Trish.
-Pourquoi tu réponds à côté, Carl ? Je te demande ça, parce que je veux savoir dans quel état est Yoav. S'il a nécessité une consultation médicale donnant lieu à un rapport, c'est qu'il…
-Pardon, pardon… Je m'excuse, j'étais un peu interloqué par la nouvelle concernant la cocaïne.
-Carl ! Il est dans quel état, Yoav ?
-Camé et bourré, mais pas mort. Il n'a visiblement pas encore touché aux dix doses qu'il a acheté au vendeur de ton copain.

-Carl, je t'en prie…
-Quoi ? Tu n'aimes que je dise que le Yougo est ton pote ?
-…
-Allo ? Tu es encore en ligne, Deepak ? Ça va ?
-Je prenais de grandes respirations pour éviter de te dire que tu me… Passons !
-Je t'envoie Abraham Yoav, dès que j'en ai fini avec lui.
-Pas à moi, à Tom Downs, aux Stups. Tu vas le garder longtemps ?
-Le docteur Carlson a recommandé de ne pas l'interroger avant quatre heures.
-D'accord. Je vais demander à Moffat un mandat pour fouiller l'appartement de Yoav. On m'a dit que le parquet venait de lui retirer l'affaire Hebron, c'est vrai ?
-Bien sûr. Bientôt il sera sur la liste des suspects.
-Non, s'il te plaît, non ! C'est le meilleur sur les affaires de came. Laisse-le en dehors de tout ça !
-Demande-lui de me foutre la paix, alors. Et d'être plus coopératif quand il s'agit de son Alliance Française.
-Je lui en glisserai deux mots. J'ai dit à Tom Downs qu'il participerait à l'interrogatoire du fils Yoav, tu le préviens à temps avant de commencer ? On ne doit pas perdre une minute sur l'affaire de la cocaïne contaminée. Nous en sommes déjà à dix-sept morts, je te le rappelle.
-Et le Yougo en a refourgué combien, des doses de cette dope V.I.P. ?
-Cinq cents.
-Seulement ?
-Carl ! C'est déjà énorme ! Jure Juric est en train d'essayer de récupérer toutes les doses. Et toutes celles qu'il a déjà reprises étaient contaminées.
-Alors, c'est un règlement de compte et c'est l'affaire de l'Antigang.
-Nous travaillons tous main dans la main, Agni !
-Et combien de doses a-t-il déjà récupéré ?
-Deux-cent-quatre-vingt-deux.
-C'est précis.
-Toujours avec Juric. »

Spiegelman avait mis son téléphone sur haut-parleur et l'Agent Schoenmaker et Agni Kortsidaki avaient participé à la conversation. Ils étaient abasourdis.

« Justement, il vaudrait peut-être mieux que nous lâchions du lest sur notre enquête et que nous vous rejoignions sur...
-Si nécessaire, je ferai appel à vous. Mais votre priorité, c'est le meurtre d'Axel Hebron. Je vous laisse, j'ai un rendez-vous.
-Mais si tu... »

Deepak Patel avait raccroché. Sans un mot, Spiegelman vida de son contenu le tableau blanc qu'il avait dédié à Tony Marks.

« Donc ce n'était pas un hasard si ces deux nez troués ont échoué dans notre morgue puisqu'ils avaient tous les deux consommés de la cocaïne contaminée. Mais c'est tout de même un hasard parce que...
-Tu me soules déjà, Carl. Donc une ancienne star de footy s'est shootée chez moi. Cet homme en est mort empoisonné sans que ça ait de rapport avec la fille des faux époux Bear qu'il pistait pourtant pour le compte des Fédéraux, ni avec l'affaire sur laquelle je travaille alors qu'il avait dans le groin la même substance mortelle que le macchabée de l'affaire en question.
-Le fait qu'il est mort n'est pas en rapport avec la fille des faux époux Bear, d'accord... Mais...
-Mais ?
-Mais qui dit que le fait de le retrouver chez toi, dans ton lit ait été le fruit du hasard ?
-Arrête tes conneries... Cerise sur le gâteau, notre mort à nous, celui qui nous reste, est tué avant de pouvoir mourir empoisonné. Quel imbroglio !
-Au contraire, les choses sont plus simples maintenant, plus claires.
-Si tu le dis. Je plains quand même Deepak. »

L'Agent Schoenmaker avait terminé la nouvelle mise en place des tableaux blancs au centre desquels ne se retrouvait que l'image de la victime.

« Je peux ? »

Spiegelman acquiesça. L'Agent Schoenmaker s'empourpra de plus belle. Agni Kortsidaki dévisagea le vieux policier et lui lança un regard aussi noir qu'inquisiteur. Il allait laisser à quelqu'un d'autre le soin de mettre en place les différents documents sur ses fabuleux tableaux blancs.

« Il faut bien qu'il apprenne et qu'il commence. S'il fait des erreurs, nous pourrons l'aider.
-Rendez-moi mon Spiegelman, celui-là est un faux, tout mou, tout doux ! »

Le visage de l'Agent Schoenmaker était cramoisi, on pouvait le constater même de dos, l'arrière de ses oreilles était presque violet.

Chapitre seize.
Mardi 3 juillet 2001.

La nouvelle présidente de l'Alliance Française de Melbourne venait de terminer sa conférence de presse. Elle fut émouvante, assurant la famille Hebron, abattue par ce drame, de tout son soutien et de celui de toute la communauté des francophones et francophiles. En retrait, hochant la tête régulièrement, le Consul Général de France à Melbourne avait déjà fait son laïus tout aussi ampoulé que le pensum d'Elena Koutoufides qui buta sur certains mots, hésita sur certains autres, reprit sa respiration à certains moments douloureux. Du grand art. Un mensonge bien orchestré, cette tristesse obligatoire. Dave Hebron n'était pas présent, mais on ne manquerait pas de lui rapporter la beauté et l'intensité du discours de celle qui était enfin parvenue à le déboulonner. A aucun moment, elle ne mentionna le nom de son prédécesseur, ne parlant que des Hebron, de la famille Hebron, des proches du défunt qu'elle entourait de sa tendresse et sa compassion. Elle se présenta comme la présidente, sans parler de la succession, ni de l'élection. Dave Hebron était oublié, son œuvre au sein de cette vénérable institution oubliée. Commençait pour lui une longue damnation mémorielle, une lente descente aux enfers.

« Une descente aux enfers ? Mais j'y ai été plongé le jour où mon fils a été massacré. »

Samuel Yoav avait soudainement pris son envol et la mainmise sur les affaires de Dave Hebron. Il était reclus dans sa villa de Toorak, le père des douleurs, son âme gémissante, toute triste et toute dolente. Qui pourrait, dans l'indifférence, contempler le père en cette souffrance ? Samuel Yoav. Il respectait trop son patron et ami, son mentor et compère pour laisser ses affaires aller à vau-l'eau. Il serait le capitaine à la barre dans cette nuit noire de tempête. Dave Hebron, son Arieh, son lion, était à terre, il lui redonnerait vigueur et force pour le revoir à nouveau prêt à rugir, à détruire ses ennemis, à dévorer le monde qui l'entourait. Samuel Yoav devait rester calme et serein. Il ne s'agissait que du fils de David Hebron, son Arieh, d'un fils rebelle, d'un abject fils qui s'était détourné de l'Éternel et des préceptes de ses prophètes, d'une horrible créature, toujours absente à Shabbat. Samuel Yoav avait secoué la tête lorsqu'il avait entendu un ami bien intentionné lui rapporter par le menu le déroulé de la cérémonie de deuil et conférence de presse d'intronisation à l'Alliance Française de Melbourne. Il s'était gardé de tout le monde mais n'avait pas vu venir Elena Koutoufides. Elle avait bouleversé, dans cette vénérable institution, tout l'équilibre qu'il avait soigneusement mis en place pour Dave Hebron. Il aurait voulu jurer, hurler, il devait rester impassible. Son interlocuteur guettait ses moindres réactions. Samuel Yoav hochait la tête comme seul un juif peut le faire. Ce mouvement de tête, accompagné d'un visage fermé mais concerné et concentré, accompagnait toute circonstance grave. De l'enfant que l'on gourmandait parce qu'il n'avait pas fini sa soupe aux boulettes de carpe, à l'actionnaire véreux pris la main dans le sac, tous avaient encouru la foudre de ce mouvement de tête, le visage fermé. L'interlocuteur de Samuel Yoav ne savait trop comment interpréter cette réaction. Il préféra se retirer et laissa l'impénétrable adjoint à ses pensées. Il était souvent retors, Samuel Yoav ! Et toujours taiseux. Il avait la componction cardinalice, la démarche féline, le regard torve et ne parvenait jamais à totalement dissimuler sa mine chafouine. Un frisson secoua l'homme qui venait de sortir du bureau de Samuel Yoav. Il avait, l'espace d'un instant, pensé que l'adjoint tout puissant avait pu commanditer le meurtre d'Axel Hebron.

« Ah bon ? Tiens-moi au courant. »

Samuel Yoav raccrocha le téléphone en souriant. Cette étrange déformation de son visage le rendit presque beau. Son ennemie fondamentale venait de perdre pied. La police était en train d'investir la villa des Koutoufides avec spécialistes en combinaison et masque, policiers à chien et toute une armada de journalistes tenus à distance. Le ballet des voitures à gyrophare, la cohue des voisins, les questions des télévisions hurlées à distance, les aboiements des chiens, tout cela ne ressemblait tellement pas au quartier. Samuel Yoav soupira d'aise. Après l'arrestation mouvementée de la maisonnée Zecco, le mois dernier, avec maintenant cette perquisition musclée et de grande envergure, Toorak ressemblait de plus en plus à un quartier du Chicago de la prohibition. Il était tôt, mais Samuel

Yoav décida de s'allumer un Churchill. Il alla sous la pergola. Une tasse d'un excellent café kenyan à la main, le cigare à la bouche, il décida de profiter pleinement du moment.

« Mike, tu peux m'expliquer… »

Le juge Moffat la foudroya du regard. Il n'y avait plus de Mike, plus d'Elena, mais une perquisition complète du domicile Koutoufides. On pouvait, au loin, distinguer le building de Zecco Cinema. Toutes les affaires d'importance semblaient se dérouler à Toorak, ces derniers temps. Après les gangs du Victoria, les membres de la gentry melbournienne s'entretuaient. 2001, la première année du nouveau millénaire, l'année du centenaire du pays, serait-elle aussi celle du grand nettoyage ? Dans le pays où on n'aimait pas les tall poppys, s'était-on mis à couper toutes les têtes qui dépassaient, à éliminer tous ceux qui dénotaient de manière trop ostentatoire. Melbourne n'acceptait le succès que feutré, l'extravagance qu'après de nombreuses pintes et dans la discrétion d'un pub ou d'un backyard, pas sous les crépitements des flashs. Le Victoria n'était pas conservateur, ni rétrograde, juste discret. Elena Koutoufides était furieuse et hurlait en tournant autour du juge Moffat.

« Madame Koutoufides, je vous conseille de vous calmer ou je demande aux forces de police de vous embarquer maintenant.
-Mais enfin, Mike !
-Vous voyez ce fauteuil de terrasse ?
-Euh… oui…
-Vous allez vous y asseoir. Vous y attendrez les consignes du Chief Superintendent Spiegelman. Agent Bowman ? »

L'Agent Bowman pressa l'avocate vers sa terrasse. Elle protesta, sans y croire réellement. Elle était inquiète. Qu'avait donc fait son mari pour que toute la maréchaussée victorienne fondît sur leur villa ?

« Trouver une pointe de flèche dans une immense villa comme cela…

-Pas une pointe de flèche mais un carreau d'arbalète ! Et nous cherchons des indices qui connectent un des Koutoufides à ce carreau d'arbalète. Lui, nous ne le retrouverons jamais. Je vais voir Mc Guinness, elle aurait identifié une pièce au sous-sol qui devrait être l'atelier où monsieur faisait ses travaux de serrurerie. Tu continues à superviser l'étage. »

Spiegelman planta Agni Kortsidaki qui n'en pouvait mais de cette agitation. Elle avait reçu un coup de téléphone au lever et elle en était encore révoltée. Wojcik avait voulu lui parler, avait voulu s'expliquer. Elle l'avait renvoyé dans les cordes. S'il avait quelque chose à dire, il devait s'adresser à Deepak Patel, c'était lui qui dealait avec les Fédéraux, pas elle. Il lui avait répondu qu'il ne savait plus où il en était dans cette affaire, qu'il avait l'impression de s'être fait avoir par les Fédéraux, qu'il n'avait plus aucune raison de rester à Canberra puisque Tony Marks avait été éliminé, qu'il serait plus utile à les aider à Melbourne, qu'il l'aimait.

« Quoi ? »

Oui, il lui avait dit qu'il l'aimait, alors qu'il n'avait jamais été question de cela entre eux. Ils étaient juste sex friends. Très amis et très compatibles sexuellement, mais des sex friends uniquement. C'était faux, elle le savait, il le savait aussi, mais elle était persuadée qu'il fallait conserver cet accord de façade. Deux flics amoureux, c'était trop dangereux. On verrait d'ailleurs ce qu'il en adviendrait de Spiegelman et Schoenmaker. De toute façon, celui ou celle qui devait ou pouvait ramener son flingue de service à la maison, devait rester célibataire. Être policier n'était pas un sacerdoce, non ! C'était juste un métier toxique pour le conjoint. Elle l'avait pensé, elle s'en était persuadée et, à présent, elle luttait pour maintenir cette décision prise le jour où, c'était au siècle dernier, Spiegelman l'avait larguée. Pas vraiment larguée puisqu'il ne pensait pas qu'ils étaient ensemble. Il n'avait jamais idée de quel type de relation il entretenait avec quelqu'un. Il se laissait porter. Le téléphone de la policière songeuse sonna. Quand on parlait du diable… Il avait trouvé quelque-chose. Elle le rejoignit dans le cul de basse-fosse qui servait d'atelier à John Koutoufides.

« Regarde-moi ça ! »

Ce n'était pas réellement extraordinaire, il n'y avait rien là de bien palpitant, mais c'était suffisamment intéressant pour que Spiegelman bougeât dans tous les sens, soulevant un objet, touchant une machine-outil, évaluant une poussière de métal.

« C'est ici que John Koutoufides a fabriqué le carreau d'arbalète, j'en mettrai ma main à couper.
-Fais attention à ce que tu dis, Carl ! Il y a, ici, tous les instruments pour le faire.
-Oui, c'est ce que j'ai dit, il y a tout pour…
-Je parlais de ta main.
-De ma main ?
-Laisse-tomber, Carl. Je te déconcentre. Félicitations, tu as trouvé la caverne d'Ali Baba.
-Je vais demander à la Scientifique de procéder aux relevés d'échantillons. Je suis persuadé qu'on retrouvera les mêmes métaux que ceux identifiés dans la plaie de la victime. Agni, appelle des gars, il faut qu'ils fouillent millimètre par millimètre l'atelier. On doit retrouver le modèle pour la pointe du carreau d'arbalète ou n'importe quelle preuve qu'il l'a bien conçu ici. »

Agni Kortsidaki le regardait bizarrement. Il n'était pas cohérent. Il voulait que des agents fouillent l'atelier pendant que les scientifiques relevaient les échantillons ? Pas très professionnel, le patron.

« Écoute, Agni, ne me prends pas la tête ! Fais comme tu veux. Je retourne à la Police Station, on vient de me dire qu'Abraham Yoav venait de refaire surface et j'ai un suspect à cuisiner. Tu supervises, tu décides qui fait quoi, quand. Je veux les relevés et les résultats de la fouille au plus vite. »

Du vent ! Il lui laissait un peu d'espace, quel bonheur ! Elle pourrait mener cette perquisition à sa manière.

« Carl ?

-Oui ?
-Tu ne pourrais pas embarquer Madame Koutoufides ? Ça me gave de l'avoir dans nos pattes, comme ça. Et regarde, elle n'arrête pas d'emmerder Moffat ! Je vois le moment où il va lui en coller une. Il est à cran, le pépère ! »

Spiegelman obtempéra et invita fermement l'avocate à le suivre jusqu'à la Police Station. Il l'installa dans la salle de toutes les réflexions. Il avait passé une partie de la nuit à réorganiser ses tableaux blancs. Il en avait placé un au centre, avec la photographie de John Koutoufides. Il y avait accroché toute une série d'indices concordants sous forme de prises de notes au feutre, de photographies et de documents papier. De chaque côté du tableau central, ils en avaient installé d'autres, chacun consacré à un impétrant au fatidique titre de coupable. Des fils de coton de différentes couleurs reliaient certains éléments entre eux. Elena Koutoufides eut un mouvement de recul lorsqu'elle aperçut la mise en espace des éléments de l'enquête. Elle s'assit lorsqu'elle constata que la photographie et le nom de son époux s'y trouvaient au centre. Elle sourit malgré elle lorsqu'elle pensa que c'était bien la première fois qu'il se trouvait au centre de quelque chose. C'était son premier tableau d'honneur, en quelque sorte. Elle voulut dire quelque chose, mais se tut. Spiegelman l'abandonna à ses pensées sans rien lui proposer à boire. L'électrochoc qu'il avait préparé avec soin semblait faire son effet. Elle réalisa tout à coup que rien de ce qui était sur son tableau ne lui était connu. En la menant dans cette salle, Spiegelman avait voulu lui révéler la face cachée de son époux. Sa véritable identité intime. Elle l'avait épousé plus pour ennuyer son père et s'en délivrer. John n'avait jamais été un époux pour elle, disait-on, et c'était notamment pour cette raison qu'elle l'avait gardé. John était un pleutre, à tout le moins en apparence puisque le tableau blanc semblait montrer le contraire. John ne bronchait jamais et regardait son épouse comme une déesse. Comment dire alors qu'il n'était pas l'homme de sa situation ? Elle se leva et s'approcha des informations et indices rassemblés et reliés. Elle commença à ressentir la vague impression qu'elle s'était fait avoir par cet homme qui l'avait, en réalité, manipulée. Elle lut avec attention cette lettre où le rabbin de la synagogue d'East-Melbourne parlait d'une communauté judéo-grecque. Les Romaniotes. John était-il donc juif et il le lui avait caché ? Elle voulut détacher du tableau le document intitulé *Le Roi David et Absalon.*

« On laisse les indices là où ils sont ! Vous semblez, vous aussi, intéressée par l'histoire du Roi David et de son fils Absalon. Vous avez besoin d'un complément d'information ?
-Non… Non… Le document était simplement sur ce tableau, à côté de la photo de mon époux, alors…
-En effet, votre époux était très intéressé par cette partie de l'histoire du Roi David. Vous voulez que je vous la raconte ?
-Pas la peine, il me l'a déjà racontée. Et vous vous répétez, Monsieur Spiegelman. Cet interrogatoire a un aspect de déjà-vu. Deux interrogatoires si rapprochés l'un de l'autre, ne croyez-vous pas que… »

Spiegelman était entré silencieusement dans la salle de toutes les réflexions. Il parlait doucement, gentiment, à cette grande femme soudainement apeurée. Il l'invita à s'asseoir où elle était, tout près des tableaux blancs. Il avait quelque chose à lui raconter, en plus de l'histoire de la mort du fils du Roi David.

« Vous savez ce qu'est un marrane ?
-Non. Est-ce que cela a un rapport avec moi, mon mari, ce meurtre ?
-En quelque sorte. Lorsque les juifs furent interdits en Espagne en 1492, ceux qui n'ont pas été tués, ont fui Sefarad pour des endroits où, du moins le croyaient-ils, ils ne seraient pas maltraités.
-Ou voulez-vous aller par-là ?
-En Grèce, dans l'Empire Ottoman, à proprement parler. Mais plus tard. Pour revenir à l'Espagne, certains juifs se sont convertis et ont affiché un catholicisme à toute épreuve, mais de façade. Ils ont continué, en secret, à prier l'Éternel dans la synagogue de leurs cœurs.
-Le policier est poète.
-C'étaient les marranes, les crypto-juifs. Ceux qui ont réussi à fuir et à s'installer au sud de la péninsule des Balkans, notamment en Grèce, se sont intégrés aux populations juives locales. Ce mélange est à l'origine des communautés romaniotes.

-Le policier est aussi historien. Vous voulez en venir où ?
-La grande histoire rejoint l'histoire intime puisqu'en arrivant en Australie, les Pessah et d'autres familles romaniotes, fatigués de porter des souvenirs trop lourds faits d'expulsions et de massacres, se sont convertis à l'orthodoxie grecque et ont profité de la possibilité offerte de changer de nom, pour travestir leurs origines de douleurs et de pertes. Les Pessah, devenus Koutoufides, ont souhaité se noyer dans la masse, faire le pari de l'anonymat pour gagner le repos et la paix. Mais…
-Mais ?
-Imitant leurs prédécesseurs marranes, ils ont continué à pratiquer discrètement, voire secrètement, le judaïsme de leurs ancêtres.
-La conférence est intéressante, mais je perds le fil et patience, par la même occasion. Et mon temps aussi. En tous les cas, je me demande bien pourquoi ils avaient agi de la sorte. Nous sommes en démocratie et la liberté de culte est un des fondements de…
-Quand les premiers Romaniotes sont arrivés, encore sous le choc des assassinats de masse et des expulsions, l'Australie était encore un pays blanc et très anglican, qui acceptait par obligation économique, les catholiques italiens et les orthodoxes grecs.
-Vous n'allez pas maintenant me faire un cours sur l'histoire de l'immigration en Australie !
-Je résume. Réflexe de conservation, ils ont caché leur confession d'origine et ont adopté un nom et une religion plus conforme à ce qu'ils croyaient être…
-Ridicule ! Pourquoi auraient-ils pu croire que…
-La façon dont réagit un peuple qui a perdu la terre de ses ancêtres n'est jamais ridicule. »

Elena Koutoufides regarda Spiegelman avec un amusement ironique. Elle se leva. La logorrhée du policier l'avait réveillée de sa torpeur. Elle était redevenue l'animal procédurier qui faisait trembler les prétoires de Melbourne.

« Bien, Chief Superintendent Spiegelman, vous me retenez sans aucune raison. C'est la deuxième fois que vous me faites perdre beaucoup de temps, je retourne chez moi, surveiller ce que vos sbires sont en train de faire de ma maison. »

Il la laissa partir, sans un mot, sans un au revoir. Il était satisfait de lui-même. Elle n'avait pas cligné les yeux, elle était restée stoïque, elle avait accusé le coup. Lors de ce deuxième interrogatoire, il était parvenu à lui faire prendre clairement conscience qu'elle avait épousé un meurtrier. Il l'avait endormie avec ce laïus sur les crypto-juifs romaniotes, lui laissant le temps de lire, du coin de l'œil mais de manière détaillée, la totalité des documents accrochés sur les tableaux blancs, qui incriminaient son époux. Spiegelman avait feint de ne pas avoir noté qu'elle l'avait écouté d'une oreille distraite, ponctuant cette histoire d'errance et de juifs d'une série de protestations pour la forme. Il avait pris soin d'écrire la liste des bornages du téléphone portable de son époux, la nuit de l'assassinat d'Axel Hebron. Elle l'avait mémorisée. Cette technique la localisation était suffisamment imprécise pour qu'elle en pût récuser la valeur de preuve. Elle avait sans doute négligé sa formation professionnelle continue puisqu'elle ignorait tout de la triangulation et de sa précision, surtout en ces temps de multiplication des antennes relais, dans cette zone fortement urbanisée où on pouvait commencer à traquer précisément les faits et gestes des citoyens. Pas terrible pour la démocratie, mais une grande avancée dans la lutte contre la criminalité.

Spiegelman s'était rabiboché avec le système global de téléphonie mobile. Si elle n'était pas une preuve suffisante, la géolocalisation de John Koutoufides tout près du lieu du crime au moment de la mort d'Axel Hebron avait permis à Spiegelman d'exiger du juge Moffat que fût organisée une perquisition de la totalité des biens immobiliers occupés par le couple : la maison à Toorak, mais aussi le chalet à Mount Buller et le studio en ville de Madame. Il ne fallut pas chercher bien loin. Chef d'une petite entreprise prospère de métallerie du bâtiment, John Koutoufides restait un serrurier qui s'enfermait dans son atelier du fond du backyard de la maison de Toorak pour s'adonner à sa passion. On y trouva tout ce qui lui avait permis de fabriquer un carreau d'arbalète. Des analyses en laboratoire montreraient que les déchets métalliques saisis dans l'atelier correspondraient avec les traces infimes laissées dans les plaies d'Axel Hebron.

« Et alors, tout ton baratin sur les crypto-juifs…
-Pour la conforter dans ses soupçons et par là, désolidariser le couple.
-Pour désolidariser le couple, comme tu dis, l'assassinat d'Axel Hebron aurait pu suffire, non ?
-Non, Deepak, non ! Un assassinat, c'est une histoire de procès, de juges et d'avocats. Elle allait se draper dans sa toge et se mettre à plaider l'innocence de son mari. En lui démontrant qu'il lui avait menti sur son identité depuis le début, j'ai mis le ver dans le fruit, le doute dans l'esprit, la gangrène dans les chairs.
-…
-Tu es admiratif ?
-Je n'en attendais pas moins de toi, Carl. Et elle est où maintenant ?
-Elle est repartie vers Toorak. J'ai demandé à Agni de procéder à l'arrestation de John Koutoufides.
-Tu es sûr de toi, sur ce coup ? Il faudrait peut-être attendre les résultats de la Scientifique…
-Agni m'a dit qu'il était mûr maintenant et je te dis que sa femme l'est aussi.
-Alors pourquoi tu l'as laissée repartir ?
-Pour qu'elle assiste à la chute de la maison Koutoufides ! J'ai demandé à Agni d'attendre qu'elle arrive à Toorak pour procéder à l'arrestation de son mari. Elle devrait craquer d'ici peu. Et ça pourrait très bien faire craquer le mari. Quelques bouts de métal et une triangulation de téléphone portable, ça n'est pas énorme pour un procès.
-Tu n'as pas grand-chose, en fait. C'est ce que tu essayes de me dire ?
-Tu as raison, Deepak ! Mais j'ai Moffat derrière moi. Des aveux circonstanciés et le tour est joué.
-Et tu as une idée du mobile ?
-Bien sûr !
-Et tu pourrais…
-Je ne t'entends plus, Deepak ! La connexion est très mauvaise dans le…
-Appelle-moi depuis un téléphone fixe, Carl ! J'ai besoin de…
-Je ne t'entends plus. Je te rappelle plus tard… »

Pratiques, ces téléphones portables. Agni Kortsidaki le rappela pour lui décrire la réaction violente d'Elena Koutoufides lorsqu'elle arriva chez elle et qu'elle vit son époux, debout dans le front yard, à contempler l'agitation dans et autour de sa maison.

« Ordure ! Comment as-tu pu me mentir pendant, depuis… »

Elle faisait reculer son époux en le poussant par des claques des deux mains sur les épaules. Elle était plus grande que lui et il trébuchait à chaque pas en arrière. Il ne répondait pas. Il se contentait de reculer. Le juge Moffat voulut intervenir et s'étonna qu'aucun policier ne se manifesta. Agni Kortsidaki lui expliqua qu'ils respectaient les consignes de Spiegelman.

« Pour pouvoir recueillir des aveux circonstanciés de notre suspect numéro un, il faut le secouer. C'est un être faible et tourmente. Le rabbin Loew m'en a longuement parlé.
-Ils n'ont pas le droit au secret professionnel, comme les curés ou les psys ?
-Jan…
-Pardon… Désolé…
-Il faut le secouer pour qu'il crache le morceau, alors, je propose de laisser la première salve à son épouse. Comme, en plus, elle ne digère pas que je lui aie mis ses propres infidélités sous le nez, elle va casser la baraque et me le réduire en miettes. Ne le secourez que s'il est à terre ou si elle menace de le tuer. Sinon, vous laissez faire. Agni, dès qu'elle arrive chez elle, tu la surveilles de près et tu empêches quiconque d'intervenir sans ton ordre. Tu expliques le tout à Moffat.
-Et si elle n'intervient pas, si elle s'est calmée dans sa voiture, si elle se sent morveuse à cause de son histoire avec la victime, si elle se sent responsable des actes de son époux ? »

Certains disaient qu'Agni Kortsidaki avait un esprit de contradiction parfois trop développé, ils n'avaient pas tort. D'autres prétendaient qu'elle pesait simplement le pour et le contre d'une décision avant de la prendre, il s'agissait là d'un euphémisme qu'ils employaient parce que la personne concernée était sans doute en face d'eux et assez fumasse pour exiger l'emploi de cette figure de rhétorique.

« Tu as peut-être raison. Je vais m'assurer qu'elle ne se calme pas dans sa voiture. »

Durant le court trajet qui séparait le Central Business District de Toorak, Elena Koutoufides reçut deux appels téléphoniques. Un de Spiegelman qui s'excusa d'avoir oublié de lui dire qu'elle n'était pas autorisée à quitter le Greater Melbourne et un de la Constable Mc Guinness pour l'informer qu'elle avait quitté la Police Station sans signer le procès-verbal de son interrogatoire et que son refus de le signer pourrait être considéré… Elle raccrocha en hurlant qu'elle le savait, qu'elle n'avait besoin de personne pour lui indiquer le chemin à suivre. Elle venait à peine d'arriver et de sortir de sa voiture que Spiegelman la rappela pour lui signifier que les perquisitions dureraient au-delà de la nuit et que son époux et elle ne pourraient loger dans aucun de leurs trois domiciles. Il essaya de lui conseiller l'hôtel Windsor avec lequel la Police du Victoria avait…

« Je n'ai pas besoin de vos conseils. »

Lors de ses deux conversations téléphoniques, Spiegelman avait été trop aimable, trop prévenant. Elle l'avait senti et s'était emportée à chaque fois. La Constable Mc Guinness avait été sèche et injonctive, ce qui déplut à la star du barreau qui n'avait l'habitude ni des ordres, ni des récriminations. Une violente colère l'avait envahie lorsqu'elle avait contemplé, depuis le porche d'entrée, la foule grouillante des policiers en combinaisons blanches, en civil ou en tenues, aller et venir dans tous les recoins de sa demeure principale. Elle s'était imaginé que cela avait dû être de même avec ses deux autres propriétés. Elle avait crié. Elle était passée à côté du juge Moffat, debout dans le front yard. Elle l'avait bousculé, il n'avait pas bronché puisqu'il avait reçu des recommandations strictes. Elle s'était jetée sur son époux. Lorsqu'il ne put reculer et qu'il était plaqué contre le mur de la façade principale, elle le gifla. Et le gifla à nouveau. Elle s'en éloigna en l'agonisant d'invectives ordurières, puis se retourna pour fondre sur lui et le gifler derechef. C'était à ce moment qu'Agni Kortsidaki, avec l'accord du juge Moffat, appréhenda officiellement John Koutoufides et qu'on lui signifia ses droits. La Chief Superintendent avait demandé à tout le personnel policier sur place de la rejoindre sur le front yard et ce fut entouré d'une foule bigarrée d'une cinquantaine de policiers, sous le crépitement des flashs et dans les hurlements des journalistes que fut arrêté le principal suspect de l'horrible assassinat d'Axel Hebron. Lequel tremblait et pleurait et tremblait à nouveau sur la banquette arrière de la voiture de service d'Agni Kortsidaki. Le fruit était mûr, tombé près de l'arbre, il n'y avait plus qu'à le ramasser. Deepak Patel avait besoin d'aveux très circonstanciés et motivés pour contrebalancer la faiblesse des preuves et pour éviter que le moindre doute ne pût jouer en faveur de l'accusé. Le prévenu ne fut pas installé dans une salle d'interrogatoire mais dans la salle de toutes les réflexions. On l'y laissa un long instant afin qu'il ne résidât pas dans son esprit une once de doute : il était cerné.

« Il est cuit. »

La police savait tout de lui, il ne pourrait pas se soustraire à la vérité, esquiver la réalité de ses actes, ni leurs conséquences.

« Il est cuit, je te dis.
-Carl, ne pars pas vainqueur ! Tu n'es jamais bon quand tu as trop confiance en toi. Tu veux que je vienne t'aider pour l'interrogatoire final ? La perquisition est sur sa vitesse de croisière. On n'a plus besoin de moi ici. Et je me fais chier ici. »

Il accepta. Il acceptait très souvent tout d'Agni Kortsidaki. Il l'attendrait pour l'estocade.

Chapitre dix-sept.
Mercredi 4 juillet 2001.

Il ne fallut pas longtemps avant que le prévenu ne se mît à table. L'affaire était réglée et tous devaient désormais s'abîmer dans la paperasse, la classification des preuves et pièces à convictions, le déroulé des faits, l'exposition du mobile et des motifs de...

« En parlant de déroulé des faits et de mobiles, je pourrais être un peu plus informé ?
-Je n'ai pas fini de rédiger le...
-Carl, je te veux dans mon bureau maintenant. J'ai trop attendu. »

L'affaire de l'assassinat sanglant d'Axel Hebron semblait pliée et faisait déjà les gros titres des journaux du pays. Celle de la cocaïne de luxe contaminée au curare synthétique ne laissait de préoccuper Deepak Patel qui tentait, non sans mal, de la dissimuler aux médias. C'était bien pour les occuper et les détourner de cette affaire où police et milieu devaient collaborer, qu'il avait demandé à Spiegelman et à l'équipe de communiquer au maximum au sujet de ce drame mystique et romantique. Le Directeur Général de la Police du Victoria n'avait cessé de répéter devant toutes les télévisions que ses services n'avaient eu besoin que de deux semaines pour résoudre cette énigme. Il avait aussi pris bien soin de déclarer officiellement que ce crime affreux n'avait aucun rapport avec la noble institution sur le perron de laquelle le corps du défunt avait été retrouvé, deux semaines auparavant. Seulement deux semaines. Il répéta cette information temporelle à plusieurs reprises en se rengorgeant. Il tint aussi à préciser que l'affaire n'avait pas été bouclée seulement sur la base d'aveux, mais aussi et surtout sur la base de preuves intangibles recueillies durant les deux semaines d'enquête. Il conclut que la vélocité de ses services ne signifiait pas que l'enquête en question fût bâclée, la procédure compromise, les preuves surestimées ou les pièces à conviction surévaluées. Il salua les téléspectateurs en leur donnant rendez-vous au tribunal. Le Ministre lui téléphona immédiatement après son intervention télévisée. Il était furieux qu'il lui eût grillé la priorité et raccrocha à peine son invective terminée. Deepak Patel repose doucement son combiné. Il avait retrouvé sa sérénité de sâdhu. Pour un temps seulement. Un temps qu'il goûtait à sa juste valeur. Il était fier de ses services, de son action, de la leur, de Spiegelman, même si ce vieux con l'emmerdait velu avec sa manie de toujours garder un bout d'information pour lui. Il sentait la colère à nouveau monter en lui. Il respira profondément et reprit son visage d'Indien impassible et béat. On frappa à la porte, c'était Spiegelman. Deepak Patel garda encore un moment les paupières closes et le rythme lent de son souffle maîtrisé. Quand il ouvrit les yeux, il vit le Chief Superintendent assis en face de lui, qui attendait la fin de son numéro de cirque en devin hindou.

« Alors ?
-Alors quoi ?
-Ne commence pas, Carl. J'ai dû faire ma conférence de presse avec la moitié des informations.
-Je suis désolé, je…
-Je n'ai pas le temps pour les excuses, ni pour les explications bidon. Je veux savoir…
-D'accord, mais je pense que tout ça, la conférence de presse, c'était un peu précipité. Tu faisais la course avec le Ministre, ou quoi ?
-… »

Qui n'avait jamais reçu les foudres du regard de Deepak Patel n'avait jamais connu les ondes, ni la chaleur de la colère, que même celle d'Indra, le dieu des orages et de la guerre, ne parvenait à égaler. Spiegelman se ratatina dans son fauteuil, tenta une échappée en regardant par la fenêtre. On annonçait une tempête, le grain commençait. Tout était dans le même ton, à l'intérieur du bureau de Deepak Patel, au-dessus de la Baie de Port-Phillip. Il fallait donc transiger, abdiquer, s'expliquer.

« Si je ne t'ai pas tenu informé, c'est que je n'avais pas tous les éléments en ma…
-…
-D'accord, Deepak, je vais t'expliquer. Mais tu as le temps, parce que c'est un peu long.
-…
-Tu as le temps, c'est ça ?

-...
-Tu ne souhaites pas répondre quand je te parle, c'est ça ?
-Je t'écoute.
-Donc John Koutoufides est coupable.
-Sois bien précis, s'il te plaît. »

Spiegelman aurait bien pris un café, mais il était imbuvable à la Direction Générale et le Directeur Général ne semblait pas d'humeur.

« John Koutoufides a avoué tout à l'heure seulement.
-Extorqués ?
-Quoi ?
-Les aveux ?
-Non, bien sûr que non.
-J'ai dit à la presse que l'accusation reposait essentiellement sur des preuves...
-Oui, c'est ça, c'est tout à fait ça.
-Alors j'écoute. Les faits, les preuves et le mobile. Pour les aveux, on verra après.
-Par quoi commencer ?
-A ton avis ?
-L'accusé.
-...
-John Koutoufides est un crypto-juif romaniote.
-Ça a un rapport avec notre affaire ? »

Spiegelman s'arrêta net.

« Deepak, tu as bouffé de la merde ce matin ? »

Ça y était ! L'ire avait changé de camp. La mauvaise humeur de Deepak Patel avait frisé le ridicule et l'avait totalement décrédibilisé. Il s'en rendit compte. Il sourit à son interlocuteur qui sentait à son tour monter un violent sentiment de colère. Spiegelman n'était pas le seul à pratiquer le difficile art des sautes d'humeur qui, parfois, rendaient perplexe le détracteur, souvent le faisaient perdre pied. Dehors, le soleil perça à travers les nuages noirs de la tempête d'hiver. Deepak Patel était devenu soudainement hilare. Spiegelman se rétablit vite, prétendant ne pas avoir été secoué par les montagnes russes des émotions de son patron. Chacun se repositionna dans sa chaise. Deepak Patel décrocha son téléphone et demanda à son secrétaire de leur apporter du thé. Spiegelman aurait préféré un bon café de sa morgue, mais il n'allait pas faire le pisse-froid quand il s'agissait de renouer la communication par un acte de partage et d'amitié. Comme ils pouvaient être compliqués, ces deux-là, lorsqu'ils étaient ensemble !

« Donc, Carl, explique-moi tout. Romaniote, dis-tu ?
-Tu sais ce que c'est ?
-Je connais les communautés qui vivent dans le Victoria, c'est un peu mon métier.
-Eh bien Elena Koutoufides en ignorait tout. Et elle ignorait aussi, par conséquent, que son époux en était.
-Il a caché à tout le monde qu'il était juif. Mais pourquoi ? Quelle drôle d'idée.
-Tout le monde répond cela. C'est plus profond. Et c'est une histoire familiale. Une histoire d'un petit groupe de familles qui ont profité de l'émigration ici pour changer d'identité, comme pour évacuer un passé traumatique, pour conjurer une malédiction.
-Tu en parles bien, Carl.
-Quand le rabbin Loew m'a expliqué le sort de cette petite communauté cryptique issue des Romaniotes, ça m'a touché.
-Le rapport avec le crime ?
-Un rapport culturel profond. John Koutoufides était un juif mystique.
-Mystique et cryptique… Ça tombe sous le sens. Le rapport avec le crime ?
-Tu te répètes, Deepak.
-Va plus vite. Tu me soûles. Les preuves ?
-Le contexte d'abord, non ?
-Pas trop de contexte. Des éléments pour ma deuxième conférence de presse.
-Tu as donc le contexte culturel. Le contexte familial, maintenant. Avant son mariage, Elena Koutoufides a eu une relation avec Dave Hebron. Ils se sont quittés parce que les parents Neokleous, ceux

d'Elena, ne voyaient pas leur petite aînée épouser un juif, surtout un juif issu d'une famille très pratiquante, en quelque sorte des hassidiques modernes. Une branche de…
-Ne dérive pas, Fliegende Holländer ! Des faits.
-Alors, ils la marient à un rejeton de nouveaux riches. Les Koutoufides. Le père était un serrurier qui, parti de rien, a monté une belle entreprise de métallerie du bâtiment. Le fils est tout aussi industrieux, il s'agit de notre John qui reprendra l'affaire de son père peu de temps après son mariage avec Elena.
-Plus vite !
-Bref, l'affaire des Koutoufides ne prend pas le virage du PVC et périclite jusqu'à stagner pour redevenir la petite entreprise locale qu'elle avait été à ses débuts. Ce qu'elle est restée jusqu'à aujourd'hui. Elena, quant à elle, passe son droit pour devenir l'étoile montante des justiciers du Victoria, puis la star du barreau de Melbourne. John ne vivra plus que dans l'ombre de son épouse. Fork m'a dit qu'elle l'avait symboliquement émasculé le jour où elle avait obtenu son premier million de dollars. Elle retrouve Dave Hebron, son ancien amant devient son meilleur ami, son confident. Il lui parle de l'Alliance Française de Melbourne dont il vient de s'emparer. Il lui dit qu'il souhaite féminiser son conseil d'administration. Et la voilà propulsée au secrétariat honoraire du C.A.
-Ça consiste en quoi ?
-Pas grand-chose, ils ont tous des titres ronflants dans ce genre d'association.
-Et John Koutoufides, dans tout ça ?
-John ?
-Oui.
-Rien ! Juste l'ombre du chien d'Elena.
-Et alors, quand est-ce qu'il se passe quelque-chose dans ton histoire ? Et qu'est-ce qu'il s'y passe ?
-Une coucherie.
-Nous y voilà ! Il y a presque toujours une histoire de cul derrière tout ça ! »

Spiegelman, surpris, observa un temps le sâdhu qui venait de se lâcher.

« Relativement récemment, Elena Koutoufides a eu une relation avec le fils Hebron.
-Lequel ?
-Comment ça, lequel ?
-Quel fils Hebron ? Shlomo ?
-Ben non pourquoi cette idée ? Notre victime. Axel. Elena Koutoufides a eu une relation avec Axel Hebron.
-Tu m'avais dit l'autre jour qu'il ne pouvait pas… Qu'il ne pouvait plus…
-Soit c'est Abel Izrael qui nous a menti sur ce coup ou sur le fait qu'il était le meilleur ami d'Axel Hebron, soit Elena Koutoufides a des qualités qui… Je ne te fais pas de dessin…
-Non, ça va, je ne suis pas idiot. Après le père, le fils.
-Et il serait question que cette relation soit à l'origine de la rupture entre le père et le fils.
-Ou elle pourrait y avoir contribué. Tu avais commencé avec une histoire mystique et cryptique et tu finis par un crime passionnel tout ce qu'il y a de plus banal. Je prédis à John Koutoufides dix ans dont cinq incompressible.
-Il y a l'acte de barbarie.
-Si l'accusation est talentueuse, on pourra reconnaître la barbarie, quinze ans.
-La froide préméditation, la mise en scène…
-Vingt ans. Mais si la défense est bonne, on s'apitoiera sur la personnalité du mari perpétuellement humilié, diminué. Quinze ans. On pincera la corde sensible de la différence sociale, du syndrome du tall poppy et ça ne fera plus que dix ans pour le pauvre John.
-Attends la fin de mon histoire avant de placer les paris. »

Ils furent interrompus par le conseiller en communication de la Direction Générale de la Police du Victoria, qui souhaitait de la part du grand patron quelques réponses capitales pour préparer la deuxième conférence de presse. Les deux hommes interrogèrent du regard Spiegelman qui resta fermé. Il souhaitait continuer à dérouler son histoire. Le conseiller fut contraint de prendre une chaise et d'assister à la suite de la scène. Deepak Patel lui en résuma les épisodes précédents et Spiegelman put reprendre et être immédiatement interrompu par son interlocuteur.

« Carl, dis-moi, tu sais comment John a su qu'il était cocu avec le fils Hebron ?
-Pas encore, mais je suis sur une piste.
-Tu crois qu'on pourrait inculper l'informateur de complicité d'assassinat ?
-Si mes soupçons se confirment, oui.
-Un nom ?
-Pas encore, je ne suis pas…
-Carl ? Je ne le répèterai pas, tu le sais.
-Abel Izrael.
-Le confident d'Axel Hebron qui aurait informé le mari qu'il était cocu… Pas con, Carl, pas con.
-Et Abel Izrael se disculpe en confiant lors d'un interrogatoire que son ami, Axel Hebron, était devenu impuissant. Cette fausse confidence aurait pour objectif de nous faire croire qu'il n'était pas au courant de la liaison entre son ami et Elena Koutoufides et qu'il n'était finalement pas un confident si proche de la victime. Par cette manœuvre, il veut s'éloigner du cercle des intimes de la victime.
-Pas con, Carl, pas con…
-Mais est-ce qu'un junky doublé d'un pleinplein serait capable d'une telle ingéniosité ? Et pourquoi voudrait-il la mort de son ami ?
-Parce que lui aussi, c'est un junky, comme le fils de son patron ?
-Abel Izrael et Abraham Yoav sont tous les deux des nez troués, il n'y a pas de doute. Abel Izrael ferait tout pour plaire à son patron. Et tous les deux sont en admiration face à Dave Hebron. Nous savons que Samuel Yoav ne portait pas Axel Hebron dans son cœur et qu'il a essayé de forcer le père à se réjouir de la mort du fils. Mais là, nous sommes en pleine spéculation, Deepak, et tu n'aimes pas ça. Nous revenons sur le meurtrier primaire.
-L'assassin. Il y a eu une longue préméditation et une mise en scène. Sans oublier les actes de barbarie, Carl.
-Pour les actes de barbarie, nous ne sommes pas certains.
-Mais, Carl, nous sommes certains que ce n'est pas Axel Hebron qui a acheté sa cocaïne contaminée. Le Yougo me l'a confirmé. Le fils Hebron ne s'approvisionnait jamais chez lui et c'est bien John

Koutoufides qui a acheté la cocaïne contaminée. L'assassinat, c'est l'empoisonnement à la cocaïne au curare. Il s'agit de préméditation, non ? Les trois perforations au carreau d'arbalète, c'est plutôt de la...
-Tu dis n'importe quoi, Deepak ! Personne ne savait qu'il y avait du curare dans la cocaïne du Yougo ! Pas même le Yougo. Non, la cocaïne, c'était pour amadouer Axel Hebron.
-Tu as raison.
-Tu t'améliores, Deepak.
-Continue au lieu de dire des conneries. La cocaïne, pour amadouer Axel Hebron ? Il n'avait pas promis à son père qu'il avait arrêté ?
-Un junky reste un junky. Il n'arrête jamais. Jamais tout à fait. Jamais pour longtemps. Tu me confirmes que John Koutoufides n'est apparu dans la clientèle du Yougo que pour la dernière livraison de cocaïne de luxe ?
-C'est ce qu'il m'a dit.
-John Koutoufides a vent de l'arrivage d'une cocaïne exceptionnelle.
-Comment un petit monsieur très comme il faut, très religieux pourrait être au courant d'une telle chose ?
-Regarde les listes du Yougo que tu m'as données ! On y voit les noms d'Abel Izrael et d'Abraham Yoav, les deux « meilleurs amis » de la victime.
-Maintenant tu nous parles de trois accusés.
-Je dis juste que l'information a pu circuler grâce à l'un de ces deux nez troués.
-D'accord, continue ! Tu n'aurais pas quelques preuves pour étayer ton récit ? »

Spiegelman balança nonchalamment un dossier sur le bureau du grand patron. Le bruit fit sursauter le conseiller en communication qu'on aurait presque oublié s'il n'avait pas poussé un petit cri de surprise. Le grand patron leva les yeux au ciel, sans qu'on eût pu savoir à qui ce mouvement d'exaspération était destiné.

« Tu as tout là. Les examens de la plaie : forme, résidus métalliques et autres et analyse des forces. Le carreau d'arbalète a été construit sur les machines de John Koutoufides, dans l'atelier de John Koutoufides, avec les matériaux de John Koutoufides.

-Mais nous n'avons pas la preuve que c'est lui qui a fabriqué ce carreau d'arbalète et on ne l'a pas retrouvé. J'ai deviné ?
-La Scientifique a retrouvé dans l'atelier de John Koutoufides un minuscule bout de métal taché de son sang. Métal identique aux résidus dans la plaie d'Axel Hebron.
-Une preuve indirecte qui peut être balayée lors du procès. L'affaire est trop sensible, trop complexe pour ne se baser que sur des aveux et des preuves indirectes. Et je ne vois toujours pas le mobile.
-Tu n'as pas regardé tout le dossier que je viens de te mettre sous les yeux. La photographie JK050721D. »

Deepak Patel ne put contenir sa surprise. Une magnifique arbalète !

« Un peu sale, certes, mais, pendant la perquisition au domicile principal des Koutoufides à Toorak, Agni avait remarqué des déchets autour du gros composteur dans leur backyard. Elle l'a fait vider et elle a trouvé cette arbalète. L'humidité du composteur n'a permis que de recueillir des empreintes partielles, mais toutes concordantes.
-Celles de John Koutoufides ?
-Bingo ! Deepak Patel a gagné le gros lot !
-Cela a provoqué les aveux du suspect ?
-Il a avoué, oui, comme tu le sais. Mais il change tout le temps de mobile et ne désigne aucun complice. En fait, cela s'est sans doute déroulé comme ça. Après avoir demandé les adresses soit à Abraham Yoav, soit à Abel Izrael, John Koutoufides se procure deux doses de cocaïne de luxe qu'il planque sous le pot sur le perron de l'Alliance Française de Melbourne. Il contacte Axel Hebron et lui dit qu'il veut lui parler. L'autre se méfie, c'est normal, il couche avec Elena Koutoufides depuis un petit bout de temps. Pour amadouer son rival, il lui dit qu'il a de la cocaïne de luxe de chez le Yougo. L'ex-junky craque et vient au rendez-vous fixé par John Koutoufides.
-Comme ça, sans demander son reste ? Il avait décidé d'arrêter ! Un peu mince, non ?
-Non, Deepak ! Un junky reste un junky. Même Sherlock, mon cher Watson, même Sherlock !
-C'est vrai, il faut toujours penser à Sherlock !
-Et à Locard !

-Bien certainement, notre cher Edmond ! Tu as trouvé d'autres preuves d'échanges de traces ?
-Oui, lorsque tout s'est décanté, lorsque la narration des faits a commencé à être claire et cohérente, nous avons su où chercher. »

Spiegelman balança un autre dossier sur le bureau de Deepak Patel qui sursauta.

« Les autres preuves. Les plus récentes. Des infimes quantités de cocaïne sur un pantalon du suspect, des particules de sang dans sa buanderie, tu liras le tout.
-Tu as changé de sujet, Carl.
-Nous avons détourné la conversation, Deepak. C'est vrai. Donc, il y a cette cocaïne quelque part sur le perron de l'Alliance Française. John Koutoufides a choisi soigneusement l'endroit où la déposer pour que, au moment où la victime s'en saisit, il puisse tirer le carreau d'arbalète fatal. Il a travaillé son angle de tir.
-Et il est où, lui ?
-Qui lui ?
-Le tireur, Carl ! Suis un peu ton propre récit !
-Il est tapis derrière un des abricotiers. Jan a pris des mesures et a reconstitué les endroits des différentes…
-Jan ?
-L'Agent Schoenmaker.
-Tu l'appelles Jan ?
-Tu ne me demandes pas plutôt pourquoi l'étude de la scène de crime ne correspond pas à l'histoire que je te raconte ?
-Si, si… Vas-y… Jan… »

Deepak Patel lança à son vieil ami un regard narquois…

« Jan…
-Eh bien, pour faire rapide, parce que j'ai envie de sortir de ce bureau au plus vite, l'étude de l'arbalète montre qu'elle s'est enrayée et que John Koutoufides n'a pas pu tirer. Entre-temps, Axel Hebron s'en est mis plein le nez et commence son voyage vers les cieux éthérés. John Koutoufides prend le carreau de l'arbalète qui ne s'est pas enclenchée et il le poignarde trois fois dans le cœur.

-Et la ressemblance de ce crime avec ton histoire de ta Bible, l'histoire de ton Roi David, c'est une coïncidence ou pas ?
-Je dirais que non.
-Alors la préméditation est plus qu'assurée.
-Mais je n'ai aucune preuve. D'autant plus que l'ultime geste semble être la conséquence la défaillance d'une arme et non pas la reproduction des trois plaies infligées au prince Absalon.
-C'est flou et les Koutoufides vont plaider le crime passionnel.
-Pas si vite, Deepak ! Les Koutoufides ne peuvent pas manger à tous les râteliers : le crime passionnel, la folie obsessionnelle, la reconstitution biblique. La préméditation n'a jamais fait bon ménage avec l'obsession ou la reconstitution.
-Elena Koutoufides est très forte.
-Tu crois vraiment qu'elle va défendre son mari ?
-Cette femme est très forte, je te dis. Dans quelques semaines, il n'en paraîtra plus rien et nous la retrouverons toute pimpante et étincelante dans sa robe noire, sa jolie perruque de crin vissée sur le haut du crâne… »

Une fois l'enquête bouclée, ces deux-là adoraient passer un long moment ensemble à imaginer le procès qui suivrait l'instruction. Le téléphone de Deepak Patel sonna.

« Deepak ?
-Jure ? »

Le Directeur Général de la Police du Victoria était sur tous les fronts. Après l'entretien avec son Chief Superintendent préféré, il devait subir à nouveau le rituel qui l'acheminerait en grand secret vers un nouveau lieu de rendez-vous avec Jure Juric, le patron du gang des ex-Yougoslaves. Comme d'habitude, il avait laissé son téléphone portable et son arme de service au bureau et avait prétexté une fatigue soudaine pour s'en éclipser. L'endroit était le plus sordide de ceux dans lesquels le Yougo l'avait traîné. Quel étrange attirance les hommes du milieu avaient-ils pour les lieux sombres et crasseux, lorsqu'il s'agissait de se cacher aux yeux du monde ! Deepak Patel était exténué et avait le teint cireux. Le Yougo le remarqua malgré l'obscurité du lieu et sa peau terre de sienne.

« Tu bois quelque chose, l'Indien ? »

Deepak Patel fit non de la tête. Le Yougo s'en rembrunit. Deepak Patel ne flancha pas. Le moment était trop grave pour songer à la boisson. Le Yougo renvoya les bouteilles et les verres au bar improvisé.

« Je n'ai pas beaucoup de temps.
-Je sais, je t'ai vu à la télévision.
-Tu en sais plus sur ta cocaïne empoisonnée ?
-Ma cocaïne empoisonnée, mais ce n'est pas moi qui…
-Ne joue pas sur les mots. Dis-moi ce que tu sais et ce que tu comptes faire. Qui était ton intermédiaire pour cette cocaïne-là ?
-…
-Nous avons un accord. Un trêve le temps de régler cette affaire.
-Tu restes le chef de la police, l'Indien. Le temps de régler cette affaire, oui. Mais après, tu te serviras de tout ce que je t'aurai dit pour me faire la peau.
-Jure, je ne vais pas continuer à venir ici pour entendre les mêmes conneries. Je t'ai proposé une collaboration le temps d'éliminer le poison et les empoisonneurs. Si ça ne t'intéresse plus, tu demandes à tes sbires de me ramener et on oublie tout. »

Deepak Patel se leva. Tous se crispèrent.

« Je n'ai pas d'arme, si vous voulez tirer, allez-y. »

Il commença à marcher vers la porte menant au garage.

« Attends, l'Indien ! »

L'Indien en question se retourna et fondit sur le Yougo pour l'attraper par le col. Les porte-flingues défouraillèrent. Le Yougo leur fit un signe de la main pour empêcher le carnage. Surtout parce qu'il se trouvait entre les armes et la cible.

« Tu ne m'appelles plus jamais l'Indien ! »

Ils se regardèrent un temps, en silence.

« Compris ? »

Deepak Patel serra encore plus fort son emprise sur le cou de Jure Juric.

« Compris ! »

Le policier lâcha le chef maffieux et le repoussa sur sa chaise. Il vint s'asseoir en face de lui.

« Ton fournisseur ?
-C'est un ancien joueur de footy maqué avec cette fille bizarre de l'ancien entourage de la Vieille. Ils ont d'ailleurs sans doute recyclé une filière de la Vieille. »

Le Yougo avait craché par terre à chaque fois qu'il avait prononcé le nom de la Vieille. Deepak Patel resta bouche bée. Il le fit répéter ce qu'il venait de dire.

« Qu'est-ce que j'ai dit ? La fille, tu la connais, puisque tu lui as offert l'immunité…
-Pas exactement l'immunité et puis ce n'est pas moi, mais les Fédéraux, mais ça n'est pas important. Tony Marks, c'est ton gars ?
-C'était mon gars avant qu'il tombe mort chez ta copine.
-Comment tu sais ça ? Nous n'avons rien dit à la presse.
-J'ai des oreilles partout.
-Et tu crois que c'est lui qui est à l'origine de l'empoisonnement ?
-Qui d'autre ?
-Felicia Bear ?
-Je l'appelle autrement, mais oui. Ces deux-là. »

Dans quel merdier s'étaient fourrés Wojcik et les Fédéraux pour recruter un dealer et sans doute empoisonneur, complètement accroc. Dans quel but ? Dans quelle logique, cette infiltration qui s'était soldée par une mort par empoisonnement au domicile d'un officier supérieur de police judiciaire. Et Jure Juric, lui qui semblait tout savoir, était-il au courant de cette infiltration ? La journée paraissait ne jamais vouloir cesser. Deepak Patel sentit la lassitude le submerger, la fatigue l'abrutir et la nausée l'envahir.

« Que comptes-tu faire ?
-J'ai envoyé des hommes à Vanuatu. Je veux mettre la main sur cette femme. Et m'en occuper une bonne fois pour toutes. »

Le Yougo ne rigolait plus, si tant était qu'il eût ri un jour.

« Une bonne fois pour toutes ! Tu rendras aussi un grand service à tout le Victoria. Cette femme est une plaie. Et pour la cocaïne empoisonnée ?
-Je l'ai retirée des stocks. Comme je n'ai aucune idée de la quantité qui a été contaminée, j'essaye de tout récupérer. Tes listes des morts du curare présumés ou avérés m'aident beaucoup, ça me permet d'avoir une vue globale. Tu ne dis toujours rien à la presse.
-Tu as eu ma parole.
-Ouais…
-Jure, il faut se la jouer confiants, cette fois-ci. Nous n'avons pas d'alternative.
-Si un seul petit mot passe dans les journaux, je laisse tout tomber et je te lâche.
-Jure… »

Dans le silence qui suivit la menace d'arrêt de jeu, Deepak Patel ne put s'empêcher de penser que cette histoire aurait peut-être une chance de provoquer la chute de l'empire économique du Yougo et la fin de son emprise sur la ville.

« Tu rêves, l'Indien ! Oh pardon, Deepak ! J'ai au moins trois ans de fonds de roulement en caisse et beaucoup plus encore planqué un peu partout. »

Deepak Patel se leva pour quitter les lieux.

« Donc, ce rendez-vous était inutile. Tu me fais venir à toi pour rien. Tu n'as pas de nouvelles infos, tu n'as pas récupéré toute ta cocaïne, rien…
-Reste encore un peu, Deepak. Assieds-toi, ne sois pas si pressé. Je croyais que ta religion t'apprenait la patience. »

Deepak Patel était déjà à la porte, ce qui ne servait à rien puisqu'aucun des gars qui l'avaient transporté jusqu'au nouveau repaire du Yougo, n'avait bougé.

« Nous n'avons toujours pas parlé de ton ami Spiegelman, je crois. »

Deepak Patel se retourna, curieux et inquiet. Le Yougo n'avait jamais parlé de Spiegelman avec lui. Le Directeur Général de la Police du Victoria et le chef maffieux étaient liés par une série de services réciproques et de secrets communs où Spiegelman n'était jamais impliqué, ni aucun autre officier supérieur d'ailleurs. Le Yougo, c'était l'affaire de l'Indien. Et réciproquement.

« Laisse mes hommes en dehors de tout ça. Nous avons un accord, tu ne traites qu'avec moi. Spiegelman et tous les autres n'ont rien à faire avec ça.
-D'accord, je me tais. En tous les cas, ce que je voulais te dire n'avait rien à faire avec 'ça', comme tu le dis. »

Deepak Patel vint à nouveau s'asseoir à la table, en face de Jure Juric.

« Alors, je t'écoute, toi qui sais toujours tout sur tout le monde.
-Spiegelman…
-Il faut avoir l'âme d'un espion pour avoir toujours la bonne info au bon moment. Ou celle d'une concierge. Tu travailles pour l'ASIS ou dans une cage d'escalier ? »

Le Yougo ne savait pas ce qu'était réellement une concierge, ni s'il fallait rire ou exploser de hargne à cette plaisanterie murmurée à son oreille par un homme qui n'avait pas la réputation d'être un grand comique. Il préféra finir son single malt et en exiger un autre de son barman, chien de garde et nervi. Il en avait tout à coup assez. Il posa son verre plein sur la table et fit un signe à ses hommes. La discussion était close, le bar fermé et le patron allait mettre la viande dans le torchon. La journée avait été trop longue et il avait du travail à abattre le lendemain matin. Il était 23 heures. Le Yougo n'était pas un homme de la nuit. Les clandés, les bordels, les magouilles nocturnes, il les laissait à son adjoint, son frère, Josip l'Écorcheur de Banja Luka, un ancien militaire de la Republika Srpska qui s'était fait assez récemment, dans la riante péninsule des Balkans, une jolie réputation qui lui valut ce charmant sobriquet.

« Eh, l'Indien ! »

L'Indien se retourna vers le Yougo.

« Demande à ton Spiegelman de ne plus tourner autour de ta Felicia Bear. Dès que je la retrouve, je ne ferai pas de quartier, je n'épargnerai personne. »

Il lui fit un signe de la main, comme on congédiait une bonne, l'œil las et la moue méprisante. S'il avait eu son arme de service, l'Indien aurait abattu le Yougo. Comme ça. Sans sommation. Au lieu de cela, il prit une longue inspiration et suivit les sbires du maffieux jusqu'à la voiture blindée.

Chapitre dix-huit.
Mercredi 25 juillet 2001.

« Le Yougo te cherche.
-Je sais. Il m'a trouvée.
-Où ça ? Comment ça ?
-Espiritu Santo.
-Il est allé jusque là-bas ?

-Non. Ses sbires m'ont retrouvée. C'est pour ça que je suis revenue plus tôt que prévu. »

Spiegelman ne savait qu'en penser.

« Deepak Patel m'a dit que Juric voulait ta peau.
-Ton patron a de mauvaises fréquentations, ça lui jouera des tours un jour. Et tu lui diras que ça n'est pas beau de rapporter.
-Il ne t'a rien fait ?
-Qui ?
-Le Yougo ! Juric !
-Oh non ! Nous nous sommes expliqués, c'est tout. Et tout s'est arrangé.
-Comme ça ?
-Comme ça. »

Spiegelman se tut un long moment.

« Tu ne me crois pas ?
-C'est trop gros.
-Écoute, je ne devrais pas te le dire, Carl, mais nous sommes associés, alors… »

La fille des faux époux Bear regarda longuement Spiegelman qui s'était muré dans le silence.

« Nous ne sommes pas associés, Carl ?
-…
-Alors il faut que nous nous fassions plus confiance à l'avenir. Toi, surtout. Moi, j'ai entièrement confiance en toi.
-Arrête ton pipeau et déballe ! Pourquoi le Yougo t'a laissée en vie alors qu'il voulait te buter ?
-Parce qu'il a compris qu'il s'était planté.
-Après t'avoir foutu des baffes quand même !
-Ça se voit tant que ça ?
-C'est mon métier de voir sous le maquillage.
-Tu le connais, le Yougo, il fout des baffes d'abord, il parle après. Pour attendrir la viande, c'est ce qu'il dit.

-Non.
-Quoi, non ?
-Non, je ne connais pas le Yougo. Je ne m'appelle pas Deepak Patel. Et quel pipeau tu lui as sorti pour lui jouer l'air de l'innocence ?
-La vérité. Tony et moi n'avons rien à faire avec cette histoire de cocaïne empoisonnée. C'était un plan pour griller Tony.
-Le griller ?
-Le griller chez les Fédéraux. Et pour griller les Fédéraux. Ton Wojcik, c'est quand même un gros bourrin. Il croyait qu'il avait retourné mon mec ! Mais Tony m'a tout raconté des petits coups de pute de ton pote ! »

Wojcik, un gros bourrin ? C'était donc officiel, la fille des faux époux Bear avait perdu la main et le flair. Wojcik méritait au contraire sa place chez les Fédéraux puisqu'il était bien conscient que Tony Marks racontait tout à Felicia Bear. Il avait bourré le mou à Tony Marks de fausses informations pour qu'il poussât Felicia Bear à songer qu'il était temps de se lancer dans la recherche du trésor de la Vieille puisque les Fédéraux s'apprêtaient à faire saisir par la Police du Victoria tous les biens restant de feu la patronne de gang, y compris le contenu du fameux coffre à la banque. Wojcik avait aussi persuadé Felicia Bear, par Tony Marks interposé, que Spiegelman allait bientôt sauter pour corruption aggravée et que les Fédéraux préparaient aussi une série de scuds bien sanglants contre lui. Bonne âme et fidèle à sa promesse faite à la Vieille, elle avait donc décidé de protéger Spiegelman et de l'impliquer dans la recherche du pactole. Elle le partagerait avec lui. Ainsi, le vieux policier véreux pourrait se barrer dans une riante île du Pacifique avant que la charge fatale ne se fût lancée contre lui. Généreuse, la gueuse ! Spiegelman se sentit tout à coup bien ingrat de se jouer ainsi de la générosité et de la crédulité d'une femme, fût-elle Felicia Bear. Spiegelman s'étonna qu'il subsistât encore en lui ce substrat de machisme dû à son éducation à la dure au fin fond du Gippsland.

« Tu es silencieux, Carl. »

Il devait rester vigilent. La mascarade n'était pas terminée. Il fallait attendre la scène finale. Celle derrière la cascade sacrée. Mama

Yarra ! Spiegelman crut voir sa masse sombre sur le balcon. Il blêmit.

« Ça va ?
-Tu es sûre que tu n'as pas été suivie ? »

Elle haussa les épaules et se resservit un grand verre de single malt.

« Ce Tony Marks ?
-Oui ?
-C'était ton mec ?
-Mon mec ? »

Elle partit d'un long rire rauque qui jurait tellement avec le raffinement de ses gestes, l'élégance de sa tenue et la perfection de sa plastique de danseuse classique. Cette femme était d'une beauté foudroyante et riait comme un charretier. Toute malhabile qu'elle fût, la comparaison résumait bien l'étonnement de Spiegelman qui, à l'occasion, réalisa que c'était la première fois qu'il l'avait entendue rire. Il réalisa aussi, qu'en fait, il ne la connaissait absolument pas et que c'était peut-être mieux ainsi. N'était-elle pas la meilleure snipeuse du pays, tout sexe et toute catégorie compris ? N'avait-elle pas le gang des Yougos au cul ?

« Le gang des tapettes ? Je t'ai dit que Juric me mangeait dans la main à présent.
-…
-Quoi ?
-Rien !
-C'est parce que j'ai dit 'le gang des tapettes' ? Qu'est-ce que tu es devenu susceptible depuis que tu en es devenu une ! »

Spiegelman partit à son tour d'un grand éclat de rire. La glace était brisée.

« Tony Marks ? Pourquoi tu l'as mis dans le lit d'Agni ?
-Moi ? Mais je n'ai mis personne dans le lit de personne. Il m'a trompé avec cette conne, c'est tout. J'aurais bien eu une explication

de gravures avec lui s'il n'était pas mort avant. Le con ! Mourir dans le lit d'un flic !
-Si je comprends bien, tu me dis que tu n'y es pour rien quand le mec avec qui tu couches et que tu as mis entre les pattes de Wojcik et des Fédéraux crève dans le lit d'un haut gradée de la Police du Victoria, par ailleurs sex friend dudit Wojcik.
-Ça a l'air gros, mais c'est ce que j'ai expliqué au Yougo et il m'a cru, lui…
-Et ce n'est pas une grosse connerie ?
-Quoi ?
-Ce que tu lui as raconté ! Ce que tu me racontes !
-Tu es con, ou quoi ? Comment veux-tu qu'un trafiquant de came de grand luxe empoisonne son propre produit et en prenne lui-même ? C'est complètement… débile !
-Toute cette affaire de came empoisonnée est en train de partir en sucette, alors une débilité de plus ou de moins…
-Au fait, Joyeux Noël ! »

Spiegelman grommela que ce Noël en juillet, même si c'était une vieille tradition, ça le faisait chier. Qu'il s'agissait d'une fête coloniale. Pour les friqués qui pouvaient se payer un chalet à la montagne et des vacances de ski. Que les pauvres ne devaient pas les imiter alors qu'ils restaient au niveau de la mer à renifler et moucher à cause du temps de merde à Melbourne en juillet. Felicia Bear soupira et changea de sujet.

« Elle plaidera la folie en s'appuyant sur ce que vous avez découvert. Vous lui avez mâché le travail.
-De quoi tu parles ?
-De ton affaire !
-De mon affaire ?
-Arrête de faire l'idiot ! L'affaire Axel Hebron !
-Mais c'est une vieille affaire ! Elle ne me concerne plus ! C'est à la justice de trancher… Mais dis-moi, comment tu sais ce que va plaider Elena Koutoufides ? Comment tu connais les détails de la défense de son mari ?

-Je t'ai déjà dit, j'ai des oreilles partout. Et c'est vrai qu'il l'a tué pour favoriser l'ascension de sa femme au sommet de l'Alliance Française de Melbourne ? C'est tordu, non ?
-Oui. C'est ce qu'il a finalement avoué après avoir consulté son avocate.
-Sa femme.
-Sa femme. L'assassinat passionnel avec préméditation lui faisait risquer trop gros. Alors, officiellement, il n'a pas tué le jeune amant de sa femme, mais le fils de son rival pour lui faire renoncer à la présidence…
-Je sais Carl, j'ai toutes les informations. Je ne comprends pas la logique de ce choix. Il y a aussi préméditation dans son autre histoire et pour une raison moins flamboyante que le crime passionnel. Le mobile choisi risque de braquer le jury.
-Souvent, les informations ne suffisent pas pour comprendre. La disproportion entre le mobile et l'acte démontrera la folie de l'accusé. Elena Koutoufides va plaider la folie et elle pourra s'appuyer sur beaucoup de…
-Exit l'histoire du Roi David ?
-Tu sais tout, toi !
-Hé…
-Non, elle va reparaître lorsqu'on fera le portrait mental de l'accusé.
-Tiens d'ailleurs, nous avons un nouveau président. Gérard Loiseau a été élu président après que Elena Koutoufides a démissionné.
-Pourquoi tu dis 'nous' ?
-Parce que je suis membre du Conseil d'Administration de l'Alliance Française de Melbourne.
-Toi ?
-Pourquoi pas ?
-Pourquoi ?
-Attends, Carl, c'est du dernier chic d'être membre du Conseil d'Administration de cette institution.
-Si tu le dis… Mais je n'ai pas vu ton nom sur la liste des membres.
-Carl…
-Ah oui, toi et les noms, les identités…
-Cette Fabienne Ursus en vacances aux Fidjis, absente pendant toute l'affaire…
-Bien sûr… Ursus. Bear. »

Felicia Bear papotait, sautait d'un sujet à l'autre. Comme si elle ne voulait pas aborder l'objet de sa visite. A son habitude, Spiegelman ne tentait aucune manouvre d'approche et s'amusait à regarder la fille des faux époux Bear s'enfoncer. Il lui expliqua en long l'histoire aussi biblique que rocambolesque que lui avait servi John Koutoufides avant de se rétracter. Les divagations du shrink s'étaient avérées : John Koutoufides avait affirmé avoir été guidé par l'Éternel qui avait placé sur sa route la réincarnation des personnages de l'histoire du Roi David et d'Absalon, son fils chéri. John Koutoufides avait été obligé, toujours selon lui, de recréer la tragédie de la bataille d'Ephraim.

« Obligé par qui ?
-Qui sait ?
-Vous croyez en la réincarnation, vous les juifs ?
-Il n'y a que les Hindous qui, réellement…
-En tous les cas, c'est une belle salade ! Il y aurait donc deux mobiles ?
-John Koutoufides les multiplie comme votre Jésus les pains et cela permettre à Elena Koutoufides de plaider la folie. Emballez, c'est pesé !
-Ça va être baroque au tribunal !
-Je m'en fous, l'enquête est bouclée et je suis en vacances ! »

Mince ! Il avait clos la conversation sur les Koutoufides, elle allait devoir se mettre à parler de leur affaire à eux, à eux deux, à eux seuls. Sur la table basse du salon, les mêmes liasses de billets.

« Les mêmes billets que la dernière fois, puisque tu ne les avais pas pris. »

Là, il devait les accepter pour ne pas éveiller de soupçon. Il jouait gros.

« Et l'enveloppe de papier kraft, ce n'est pas la même ? Il y a quoi dedans ?
-Il y en a deux. »

En montrant d'une main vague les enveloppes, la fille des faux époux Bear commença à lui expliquer qu'elle lui avait confectionné une légende.

« Moi aussi, je peux en confectionner de belles et de complètes. »

Parce qu'immédiatement après qu'ils auraient mis la main sur le magot, il devrait disparaître définitivement dans la nature avant que Deepak Patel et les Fédéraux ne lui tombassent sur le râble.

« Selon ta légende, tu seras l'associé de Bébé et moi sur le projet d'Espiritu Santo.
-Bébé, le grand et beau Bébé…
-Regarde dans l'autre enveloppe plutôt que de fantasmer sur Bébé ! »

Il y en avait effectivement une autre, cachée dessous.

« C'est quoi ?
-La légende pour ton petit copain. Il est très mignon, lui aussi ! Tu as du goût. »

Spiegelman ne l'écoutait plus. Il avait la bouche ouverte et aucun son n'en sortait. Dehors, sur le balcon, presque collée à la vitre, debout, l'œil injecté de sang, le poing menaçant, Mama Yarra ! Mama Yarra en guenilles sous la pluie glacée. L'eau ruisselait sur la masse gigantesque de l'immense femme noire collée à la vitre du salon de Spiegelman. Magnifique et terrifiante femme noire dans le noir de la nuit d'encre, sans feu d'eucalyptus, ni Croix du Sud pour l'éclairer.

Chapitre dix-neuf.
Jeudi 26 juillet 2001.

Le convoi roulait doucement à travers le ville éteinte et battue par cette pluie fine et glacée de l'hiver austral dans le Victoria. Spiegelman luttait contre le sommeil parce qu'à chaque fois qu'il s'endormait la masse monstrueuse et trempée de Mama Yarra se glissait dans ses rêves pour l'exhorter à ne pas poursuivre sa route. Elle devenait de plus en plus menaçante et Spiegelman de plus en plus nerveux. La fille des faux époux Bear avait cessé de l'observer. Trop heureuse de voir enfin son projet aboutir, elle somnolait le sourire aux lèvres. De temps en temps, Omar jetait un regard dans le rétroviseur pour s'assurer que les deux vans noirs suivaient toujours. A chaque fois, il croisait le regard inquiet de Spiegelman.

« Tout va bien, monsieur ? »

Spiegelman lui grognait alors un oui d'une voix blanche qui ne rassurait pas le chauffeur. Le vieux policier craquait-il si près du but ? Sa patronne lui avait demandé de toujours garder un œil sur lui. Il aurait bien voulu s'arrêter pour la prendre à part et lui confier qu'il ne le sentait pas, ce grand vieillard assis derrière lui. Il allait tout faire rater s'il persistait à être si nerveux, si instable. Mais il n'en fit rien, il continuait à conduire. Après tout, cela n'était pas son affaire et une fois le magot apporté en lieu sûr, elle lui donnerait sa prime et à lui la belle vie ! Avec la somme qu'elle lui avait promise, il pourrait s'offrir un petit bar à chicha à Sydney, loin de toutes les magouilles et les coups fourrés de celle qu'il avait transportée d'un méfait à l'autre. Il se dégoûtait d'avoir été mêlé à toutes ces bizarreries, mais il le faisait pour la bonne cause : la sienne, un avenir heureux et calme, une retraite paisible. Omar n'était plus aussi jeune qu'il paraissait et aspirait à une paix retrouvée. Un verre de thé à la pomme qui lui brûlait le palais et une chicha à la cerise qui gargouillait. Un bon repas. Du repos. Et des journées simples.

« Tu rêvasses, Omar ! Concentre-toi sur la route ! »

La patronne ne dormait que d'un œil, un véritable crocodile ! Elle sourit à Spiegelman.

« Tout se passera bien, Carl. Ne t'inquiète pas. »

Il respira un grand coup et soupira que oui, que c'était stupide de s'inquiéter pour rien, mais nécessaire de se méfier de tout.

« De tout, c'est vrai. Mais pas de tout le monde. N'est-ce pas, Carl ? Tu as confiance en moi, comme j'ai confiance en toi. »

Après la fureur de Mama Yarra, c'était cette machination pour trahir Felicia Bear qui l'inquiétait le plus. Les Fédéraux étaient-ils toujours à l'affût et n'allaient-ils pas l'abandonner au dernier moment ? Il n'avait plus eu de nouvelles d'eux depuis trop longtemps. Wojcik l'avait prévenu qu'ils ne devaient plus se contacter avant la fin de l'opération, une fois le magot récupéré et tout ce beau petit monde sous les verrous. Spiegelman avait donc avancé à l'aveugle, en essayant de ne pas perdre la confiance de la fille des faux époux Bear et en luttant contre ses crises de panique à mesure que Mama Yarra se montrait de plus en plus pressante dans ses rêves. Elle ne décolérait pas et insistait par tous les moyens pour qu'ils abandonnassent leur projet de profaner cette cascade sacrée pour le Peuple des Origines d'Ici. Comme elle n'avait aucune prise sur Felicia Bear, Spiegelman était le seul objet de sa rage. Non seulement Spiegelman jouait sur deux tableaux dans le monde réel, le monde des Rêves Premiers s'invitait dans ses sommes, si légers fussent-ils, pour ruiner ses projets. Il ne pouvait annuler le plan sans se mettre à dos et les Fédéraux et Felicia Bear. Il ne pouvait le mener à bien sans provoquer l'ire fondamentale de Mama Yarra. De quoi avoir des sueurs froides et les mains moites.

« Tu es de plus en plus nerveux, Carl. Quelque chose te tracasse ?
-Je vais essayer de changer de vie sans que les Fédéraux et toute la Police du Victoria ne m'en empêche. Nous nous dirigeons en pleine nuit vers ce qui peut tout à fait être un fiasco intégral et tu voudrais que… »

La fille des faux époux Bear lui répondit sans lui laisser le temps de finir sa jérémiade.

« Repose-toi, nous aurons besoin de forces et d'esprit, Carl, d'un esprit clair. »

La même nuit noire que dans ses Rêves Premiers de nuit. La même Croix du Sud mais beaucoup plus grosse et bien plus étincelante. Elle couvrait presque tout le ciel d'encre au-dessus de la montagne mais sans l'éclairer. La montagne sacrée d'où s'enfuyait la cascade sacrée, celle que protégeait Mama Yarra comme sa propre chair, comme le plus profond de son âme. Aucun nuage n'obstruait la monstrueuse Croix du Sud. On pouvait en distinguer les principales étoiles : Acrux, Mimosa, Gacrux et Imai. Chacune comme un brasier dans les cieux dont les flammes semblaient tenter de lécher la cime des arbres, ondulantes, comme balayées par une tempête stellaire. Lorsqu'il rouvrait les yeux et qu'il regardait par la fenêtre de la limousine silencieuse, Spiegelman ne voyait que des paquets de nuages noirs qui filaient, battus par les vents d'hiver. La neige venait s'écraser vivement contre le parebrise. Omar pestait doucement. Il ne s'était jamais imaginé l'Australie ainsi. Il avait hâte, lui aussi, de recevoir sa part du gâteau et de laisser derrière lui cette partie de cette grande île où tout était triste. Les gens, le climat, la nature. Même les animaux qui marchaient lentement dans les forêts ou se jetaient sous les voitures la nuit, semblaient vouloir quitter cette vallée de larmes. Perdu dans ses pensées, Omar n'avait pas remarqué le kangourou fraîchement percuté, gisant et mourant sur le bord de la route. Qui d'autre que les Fédéraux auraient pu passer sur cette route, dans ce trou perdu, au beau milieu de la nuit, en pleines célébrations de Noël en juillet ? La fille des faux époux Bear n'avait rien noté non plus. Elle était occupée à observer le vieux beau suant et à moitié délirant à côté d'elle.

« Personne ne nous suit, Carl. Cesse de t'inquiéter. »

Quelle gourde ! Non, personne ne les suivait puisque les Fédéraux les précédaient. C'était Mama Yarra et toute sa moiety qui les suivaient, mais elle ne pouvait pas les voir, elle ne pouvait pas savoir. Il se prenait à rêver à l'intervention des Fédéraux avant leur arrivée à la cascade. Mais leur plan était clair : les Fédéraux devaient prendre la fille des faux époux Bear et sa petite bande la main dans le sac et ainsi les interpeller tous ensemble. Pas question de fléchir si près du but. La forêt de chaque côté d'eux grouillait de femmes et d'hommes du Peuple des Origines d'Ici qui couraient le long de la voiture.

« Qu'est-ce que tu regardes tout le temps, Carl ?
-Rien.
-Cette forêt noire et vide me fout le bourdon. Vivement le soleil de Vanuatu. Et la chaleur. J'ai tellement besoin de chaleur. »

Spiegelman avait le teint bistre, la peau grasse et front suant. La fille des faux époux Bear ne voyait rien de la décomposition sur pied de son compagnon de voyage. Il faisait noir dans la limousine silencieuse et elle ne s'intéressait plus à rien, ni personne d'autre qu'à elle-même et à son putain de magot qui se trouvait au bout du chemin qu'ils venaient d'emprunter. La limousine bringuebalait. La fille des faux époux Bear avait baissé la garde et le reste de sa troupe la suivait aveuglément. Les Fédéraux avaient déjà fait quelques bourdes que personne n'avait remarquées, n'était Spiegelman, à l'affût de tout dans l'immensité de cette forêt trop sombre, trop humide, trop boueuse. La corde au cou, le souffle court, il subissait son supplice sans feinte, ni honneur. Cet homme-là n'avait jamais rien eu d'un héros. Et cette bonne-femme à côté de lui ne voyait rien, ne sentait rien, ne comprenait rien de ce qui se tramait. Et elle se foutait totalement qu'il était en train de crever sur la banquette arrière de sa limousine si silencieuse. S'il continuait ainsi, Spiegelman allait claquer avant l'arrivée à la cascade. Il pleurerait bien de peur, de rage ou de n'importe quel autre des sentiments qui lui nouaient l'estomac. Il se pisserait bien dessus s'il n'avait encore cette once de tenue qui le différenciait des bêtes blessées agonisant le long de la route. Mama Yarra et la moiety d'Esprits, les Fédéraux et les hommes liges de la fille des faux époux Bear, toutes ces meutes avaient été lâchées pour fondre sur lui, le moment venu, bientôt, au bout du chemin.

« Nous y voilà. »

Felicia Bear sortit rapidement et en souplesse de la limousine, suivie d'Omar. Spiegelman resta à l'intérieur, tout occupé par sa décomposition mentale et physique. La trouille l'avait paralysé. Il regardait, rêveur, cauchemardeux plutôt, cette belle femme dans la neige molle rappeler ses ordres à chacun de ses hommes.

« Nous y voilà donc. »

Spiegelman soupira encore lorsque la fille des faux époux Bear lui fit signe de sortir de la voiture. Elle avait terminé son speech et tout le monde se mit en place. Il avait été convenu que Spiegelman et elle iraient en éclaireurs jusqu'à la porte dérobée derrière la cascade. Ils l'ouvriraient et prendraient la mesure du trésor. S'il en valait la peine, et seulement dans ce cas, elle appellerait ses hommes et affecterait une mission à chacun en fonction de la taille et du conditionnement du magot. En fait, toute créatrice et cheffe du gang le plus dangereux de l'histoire de l'Australie qu'elle était, derrière le monstre impitoyable et à sang froid, se cachait une petite vieille, semblable à n'importe quelle grand-tante acariâtre, sans enfant et abandonnée à sa solitude. Elle avait parlé de son héritage, cet obsédant trésor, sans en préciser l'ampleur, ni le contenu exact, afin d'aiguiser les appétits de son héritière présomptive et de la garder auprès d'elle jusqu'au jour fatal où le dieu des maffieux la rappellerait à sa droite. A la fin de sa vie, Giovanna Giacomelli, surnommée, la gorge nouée par la terreur, la Vieille, ressemblait à toutes les vieilles du monde, luttant contre la solitude avec leurs dernières forces et des promesses de richesses faites à de cupides légataires putatifs.

« Carl, tu sors de la voiture ? Nous avons un magot qui nous attend ! »

La fille des faux époux Bear était tout sourire. Spiegelman chaussa ses bottes du bush, s'enveloppa dans un vaste manteau de toile graissée et enfonça un chapeau de cuir à large bord sur la tête. Il était fin prêt et ridicule dans cet accoutrement quand elle était encore plus élégante que la dernière fois, dans ce qui ressemblait à une tenue de ski des années cinquante avec blouson matelassé et pantalon fuseau qui moulait ses interminables jambes si finement musclées. Spiegelman devait se concentrer sur les cuisses et les fesses de Felicia Bear, ça lui changerait les idées.

« N'en profite pas pour me mater le cul ! »

Spiegelman avait commencé à suivre Felicia Bear qui, à son habitude, avait des yeux derrière la tête et pouvait lire Spiegelman à livre ouvert. Vieux salopard ! Pédé un jour, pervers toujours ! En se concentrant sur le corps de cette magnifique femme si bien habillée au milieu d'une forêt en hiver, il ne pouvait pas voir la longue procession d'Esprits du Peuple des Origines d'Ici qui l'accompagnait de chaque côté du chemin. Il ne faisait que les sentir, les apercevoir du coin de l'œil. Il ne pouvait pas remarquer non plus les Fédéraux planqués partout autour du bassin naturel dans lequel la cascade se jetait. Il dut ensuite se concentrer sur le sentier escarpé et très glissant qui les menait jusqu'à la grotte au trésor.

« Fais attention ! »

Spiegelman et Felicia Bear disparurent derrière la cascade. Les Fédéraux et le sbires de Felicia Bear se crispèrent lorsqu'ils entendirent comme le long cri d'un animal. Était-ce la taille de l'animal en question ou l'écho provoqué par la cascade et sa caverne qui rendirent ce cri si terrible et si fort ? Surpris et apeuré par la violence du hurlement, un Agent Fédéral laissa tomber son arme qui, armée, se déclencha. La scène qui s'ensuivit fut extrêmement confuse puisqu'une fusillade en règle opposa les Fédéraux aux sbires de Felicia Bear à travers les arbres serrés et noirs. En voulant fuir ou poursuivre les fuyards, tous glissaient et tombaient. Personne ne put vraiment voir ce qui s'était réellement passé du côté de la cascade. On crut avoir aperçu une grosse forme noire se glisser derrière la cascade à la suite du couple. On crut avoir aperçu deux corps projetés à travers la cascade dans le bassin naturel. On crut avoir aperçu la grosse forme noire s'enfuir. On crut seulement, on était occupé à s'entretuer. Ce n'était pas la meilleure occupation pour un témoin oculaire. Une mesure d'encerclement permit de mettre fin à la mêlée sanglante. Les sbires se rendirent. Des Fédéraux se rendirent dans la grotte derrière la cascade où ils ne trouvèrent rien, ni personne, n'était le chapeau à large bord de Spiegelman. Tous se rendirent à l'évidence, lorsqu'ils eurent analysé les lieux.

« Spiegelman est mort.
-Felicia Bear aussi, visiblement.
-Tant mieux pour elle !
-Pour lui aussi, un peu, non ? C'était quand même un emmerdeur. »

D'autres Fédéraux intervinrent plus tard et mirent en place un système complexe d'hommes et de machines pour draguer le bassin naturel, la rivière qui en découlait, le fleuve Yarra dans lequel elle se jetait, la baie de Port-Phillip, destination ultime du fleuve. Rien. La fille des faux époux Bear, infatigable magouilleuse et snipeuse hors pair, et Spiegelman, Chief Superintendent de talent et emmerdeur patenté, n'étaient plus et leurs corps avaient disparu.

« Jan ?
-Agni ? Tu as des nouvelles ?
-Oui.
-Et ?
-Spiegelman est mort.
-Carl ?
-Oui.
-Mort ?
-Oui.
-Moi aussi. »

Fin

Printed in Poland
by Amazon Fulfillment
Poland Sp. z o.o., Wrocław

78485807R00157